SHANGHAI STORIES CULTURE MEDIA Co.,Ltd.

故事会®

惊悚恐怖系列

HORROR SERIES

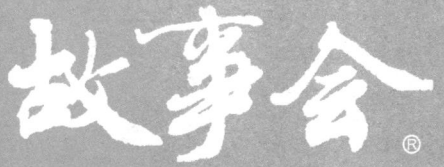

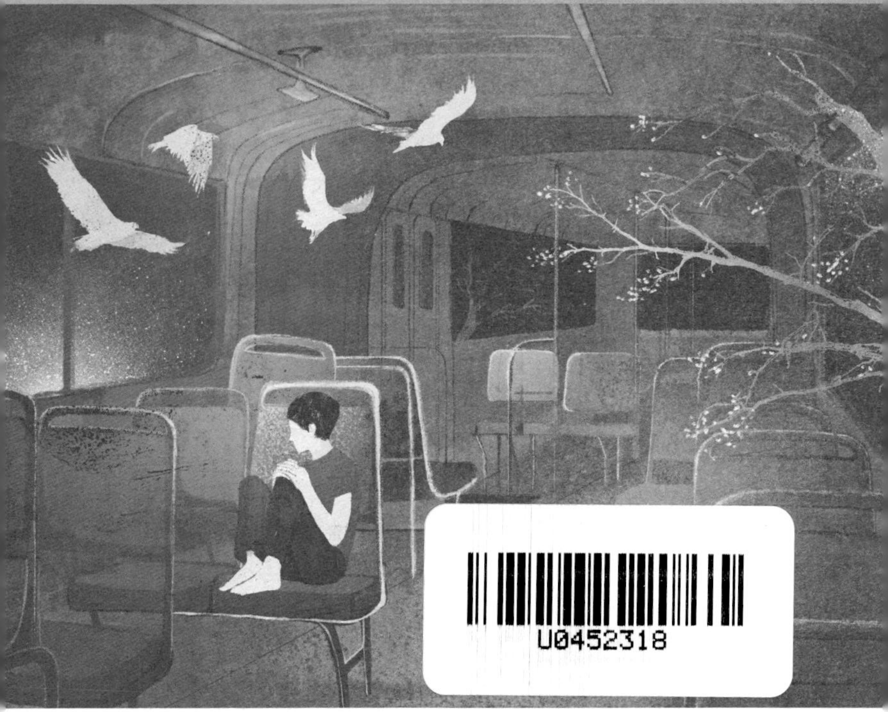

恐怖的脚步声

上海故事会文化传媒有限公司
上海文艺出版社

图书在版编目（CIP）数据

恐怖的脚步声 /《故事会》编辑部编. -- 上海：上海文艺出版社，2019（2021.8重印）

（故事会. 惊悚恐怖系列）

ISBN 978-7-5321-6403-5

Ⅰ.①恐… Ⅱ.①故… Ⅲ.①故事－作品集－中国－当代 Ⅳ.①I247.81

中国版本图书馆CIP数据核字(2017)第161922号

书　　名	恐怖的脚步声
主　　编	夏一鸣
副 主 编	吕　佳　朱　虹
责任编辑	陶云韫
发稿编辑	吕　佳　朱　虹　姚自豪　丁娴瑶　陶云韫 王　琦　曹晴雯　赵媛佳　田　芳　严　俊
装帧设计	周　睿
封面画	苏　寒
责任督印	张　凯

出　　版	上海文艺出版社
出　　品	上海故事会文化传媒有限公司 （200020　上海市绍兴路74号　www.storychina.cn）
发　　行	上海文艺出版社发行中心（200020　上海市绍兴路50号）
印　　刷	上海万卷印刷股份有限公司
开　　本	787×1092　1/32　印张8
版　　次	2019年12月第1版　2021年8月第3次印刷
书　　号	ISBN 978-7-5321-6403-5/I·5121
定　　价	25.00元

版权所有·不准翻印

上海故事会文化传媒有限公司
出品（00673）

想看更多精彩故事？
扫码下载故事会App

上海故事会文化传媒有限公司所有图书可办理邮购，免收邮费(挂号除外)
汇款地址：上海市黄浦区绍兴路74号(200020)；　收款人：上海故事会文化传媒有限公司发行部
联系电话：021-64338113
如发现本书有质量问题，请与印刷厂质量科联系 T:021-56928178

编者的话

一、中华民族自古以来便有讲故事的传统。五千年的文明绵延不断,五千年的故事口耳相传,故事成为中华民族弥足珍贵的精神财富。

二、创刊于1963年的《故事会》杂志是一本以发表当代故事为主的通俗性文学读物。50多年来,这本杂志得风气之先,发表了一大批脍炙人口的优秀作品,许多作品一经发表便不胫而走、踏石留印,故而又有中国当代故事"简写本"之称。

三、50多年来,这本杂志眼睛向下、情趣向上,传达的是中华民族最核心、最基本的价值观。

四、为让读者在最短的时间内阅读最大面积的精品力作,《故事会》编辑部特组织出版《故事会·惊悚恐怖系列》丛书。

五、丛书分为如下八本故事集:《等待第十朵花开》《飞动的黑影》《公馆魅影》《恐怖的脚步声》《日本新娘》《神秘的维纳斯》《匈奴古堡》《夜半口哨声》。

六、古人云:登东山而小鲁,登泰山而小天下。对于喜欢故事的读者来说,本丛书的创意编辑将带来超凡脱俗的阅读体验。

《故事会》编辑部

目录
Contents

闪灵·诡事

惊魂茑庄 …………………………… 02

恐怖的脚步声 ……………………… 07

克尔街凶宅 ………………………… 16

负重之壳 …………………………… 22

地狱的回声 ………………………… 27

情断野狼谷 ………………………… 34

炼狱18小时 ………………………… 46

噩梦·异事

断掌 ………………………………… 66

会说话的杯子 ……………………… 72

消失的棋子 ………………………… 78

梦境追踪 …………………………… 83

午夜枪声 …………………………… 89

梦游疑云 …………………………… 93

绿茵女士 …………………………… 97

目录
Contents

探秘·险事

狼王皮传奇 ………………… 120

匪窟脱险 …………………… 125

夜闯老鹰山 ………………… 132

密林中的较量 ……………… 136

会动的棺材盖 ……………… 140

不可撤销 …………………… 144

魔影707 …………………… 150

夜谈·怪事

绝杀 ………………………… 178

法场怪事 …………………… 184

一排18号 …………………… 187

猎人借宿 …………………… 192

火车司机的爱 ……………… 196

"鬼"讨债 ………………… 200

恐怖邀请函 ………………… 208

复仇亭 ……………………… 211

善人村 ……………………… 219

太阳下的幽灵 ……………… 225

逃走的尸体 ………………… 242

闪灵·诡事

shanling guishi

幽闭的空间，叵测的人心。你永远不知道接下来会发生什么……

惊魂莺庄

阿丽克丝是个聪明伶俐的姑娘。有一天,她在朋友家里邂逅了英俊潇洒的杰拉德,两人很快坠入情网。

阿丽克丝有四千英镑的遗产,这是她的一个表兄留给她的。阿丽克丝把这些钱都交给了杰拉德,杰拉德便用其中的三千英镑到郊外买了一座房子,还带一个大花园。

杰拉德对阿丽克丝说:"你一定没听过黄莺的叫声,黄莺只会为恋人歌唱。我们住到郊外去,到夏天的晚上,就可以听黄莺为我们唱歌。"

两人深深徜徉在爱河之中。没过多久,他们就结婚了,亲昵地把这座房子戏称为"莺庄"。

这天,他们雇佣的一个叫乔治的花匠来花园整理花草。

杰拉德不在家,阿丽克丝独自在花园里散步,就和乔治聊起天来。

乔治顺口问道:"太太,你们明天要去伦敦吗?"

阿丽克丝吃了一惊:"没有啊,谁告诉你的?"

乔治说："昨天我碰到了您的先生，他说你们明天准备去伦敦，而且不知道什么时候才会回来，您怎么会不知道呢？那……也许是我听错了吧。"

阿丽克丝觉得奇怪：杰拉德对花匠说了，为什么不对我讲呢？

乔治又说："我也希望你们能再回来。你们要是不走的话那该多好，我很喜欢看到你们两个年轻人在一起散步。这房子原来的主人耶米支也是个好人，他为修这房子花了很多钱，在每个卧室里都装上了自来水、电灯，还装了一部电话。我曾经问他：'您花了这么多钱，以后能赚回来吗？'他对我说：'乔治，这栋房子要是没有两千英镑的话，我是绝不会卖的。'"

"两千英镑？"阿丽克丝心里一惊，杰拉德明明对她说买这栋房子花了三千英镑。

阿丽克丝不由起了疑心，她无心与乔治交谈，便返身慢慢朝房里走去。

经过一簇花丛的时候，突然，她发现地上有一个暗绿色的小本子，捡起来一看，上面是杰拉德的笔迹。

杰拉德做事非常严格，他总是有计划地去做任何事，甚至严格地规定用餐时间，而且每天都要列好第二天的作息表。

过了下午茶时间以后，阿丽克丝再也无法安下心来，她烦躁不安，站也不是，坐也不是，总觉得有一股力量一直在诱惑着她。终于，她找了个清理房间的理由，拿起抹布，走进二楼杰拉德的书房。

她屏住呼吸寻找着可疑的东西，她把所有能找的地方都翻遍了，结果什么也没有发现，只有书桌最下面一只抽屉上了锁，怎么也拉不开。

阿丽克丝不甘心，她一看时间，估计杰拉德不会这么快回来，就立刻从楼下的餐具架上拿来杰拉德的一串钥匙，随后对着锁孔一把一把地试。

终于，有一把钥匙在锁孔里转动起来！

阿丽克丝的心"嘭嘭嘭"简直要跳出来，她轻轻地拉开了抽屉，奇怪，里面除了一叠剪报，什么都没有。一定是这些剪报里有名堂，否则杰拉德没必要把它们收藏得这么好。阿丽克丝充满好奇地迅速翻看起来。

剪报内容全是关于一个名叫沙路尔·路梅德的在逃案犯的报道，说他涉嫌杀害了所有被他欺骗过的女人,警方在他住处的地板下面发现了这些受害者的白骨。剪报中,有一张印着案犯的照片,阿丽克丝仔细一看,这人不是别人,正是杰拉德!文章中还有一个受害人证实,凶手的左手掌上有颗黑痣。

阿丽克丝惊呆了,不错,杰拉德的左手掌上正有个小伤痕……

阿丽克丝顿时感到惊恐万分,现在必须马上去找乔治,请求他的帮助,否则她就会成为杰拉德——不,是沙路尔·路梅德新的牺牲者。

一刻也不容迟疑,阿丽克丝急忙把剪报放回抽屉,抽出钥匙。

就在这时,门外传来一阵脚步声,阿丽克丝紧张得像石头那样僵立在那儿,无法挪动半步,她看见杰拉德手里拿着一把全新的铁铲,一边走一边哼着歌,已经进了屋。

阿丽克丝强迫自己镇定下来,装出一副若无其事的样子。

杰拉德说:"亲爱的,今晚9点我们一起到地下室去冲洗照片,怎么样?"

阿丽克丝只觉得自己全身发抖,几乎站都站不稳了,她强打精神,说:"你自己去好吗?我今天有点累了。"说着,为了掩饰内心的惊慌,她故意走过去,给杰拉德冲了一杯咖啡。

杰拉德说:"不,还是我们一起去吧,我不会让你感到太劳累的。"

"那……我先打个电话,通知他们明天送点菜来。"阿丽克丝镇定地走到电话机旁边,拨通了乔治的电话。

杰拉德微微地笑着,在她对面的椅子上坐了下来,一边看着她,一边喝着咖啡。

阿丽克丝摸到电话听筒上有个小按钮——压下按钮,对方就可以听到自己的声音,一放手,对方就听不到。她灵机一动,立刻想到了一个办法。

话筒里传来了乔治的声音。

阿丽克丝压下听筒上的按钮,说:"我是莺庄的杰拉德太太……"

又放开按钮,说:"明早请你送六块炸牛排……"

按下按钮,说:"来我家,我有重要的事,非常重要……"

放开按钮,说:"是的,明天早上……"

按下按钮,说:"请早一点来,越早越好……"

听起来,阿丽克丝是在谈送牛排的事,实际上乔治听到的是:"我是莺庄的杰拉德太太……来我家,我有重要的事,非常重要……请早一点来,越早越好……"

杰拉德还被蒙在鼓里,喝完了咖啡,说:"不好喝,太苦了,我们还是准备准备,去地下室吧!"

阿丽克丝完全明白"去地下室"对她来说意味着什么,她不知道乔治能不能听懂她刚才电话里的意思,她只觉得自己浑身冰凉,几乎陷入了一种绝望的境地。

而杰拉德却搓着手,眼睛由于兴奋而闪闪发光,似乎再也无法隐藏他那份杀人的喜悦,他走过来,两手抚着阿丽克丝的肩。

阿丽克丝惊叫着跳了起来,急中生智地说:"杰拉德,等……等一下,我有一件事要坦白地告诉你……"

阿丽克丝重新坐了下来,脸上的表情痛苦而沉重,她说:"我从小没有父母,在孤儿院长大,22岁的时候,我遇到了一个中年人,跟他结了婚,婚后,我说服他投了人寿保险,我是受益人。后来我曾经到医院里工作了一段时间,我知道有一种活性碱,它的功效和毒药相同,但是绝不会留下任何痕迹,我就伺机偷了一点这种药。啊,太可怕了,我实在不想再说下去。"

杰拉德却很着急:"快说吧,我还想听下去。"

阿丽克丝接着说:"丈夫对我很好,每晚我都为他冲咖啡,有一天晚上,只有我们两个人,我就在他的咖啡里放了一点活性碱……"

杰拉德眼睛瞪得溜圆。

阿丽克丝微微笑了一下,接着说:"丈夫死了,我得到了两千英镑。后来我又碰到一个男人,年纪很轻,他不愿投人寿保险,但却为我立下了遗嘱,和我的第一任丈夫一样,他也喜欢喝我冲的咖啡,不久他也死了,我又得到了四千英镑。后来……后来的事,你都知道了……"

杰拉德的脸变得煞白:"咖啡……啊,是咖啡!现在我知道了,刚才的咖啡为什么会那么苦,你这个恶魔,居然敢下毒害我!"

阿丽克丝说道:"对,对,是我下了毒,现在毒性已经发作,你最好别动,不能动。"

这时候,只听房门外传来一阵脚步声。

阿丽克丝眼睛一亮,"噌"的一下跳起来,箭一般地冲了过去,把门打开。出现在他们眼前的,是乔治和一群警察……

(原作:阿加莎·克里斯蒂 改编:彭立成)
(题图:姜建忠)

恐怖的脚步声

很久以前一个深秋的早晨,有一艘"莱姆"号商船慢慢地驶进了西欧某个国家的港口。老船长把全船几十名水手聚集到甲板上,严肃地说:"大家注意了,本船是第一次来这座城市,但由于时间紧迫,只能呆上一天就得启航。现在是早晨九点,明天这个时候,准时出发。"

老船长话音刚落,船员们就赶紧梳洗整理,三三两两上岸游览、买东西去了。

其中有一对好朋友,一个叫杰克,一个叫哈利斯,他们两个上了岸,转了几个弯,突然,看见前面马路上围着一群人,正在看一样什么东西。看的人虽然很多,但看完以后都耸耸肩、摇摇头,走了。他俩感到稀奇,走过去一看,原来墙上贴着一张纸,上面写着有一个叫克劳迪的人,提出要与任何一个大胆的人打赌,说在离这座城市三十英里的地方,有一个叫三星岛的岛屿，这个岛上虽然有一座三层楼的别墅，但却没有人敢去过夜。谁敢上这岛上去探险，并能直的进去、直的出来，平安地度过一夜，那么克劳迪愿意拿出一万美金作为报酬；如果遇难，则不负任何责任。谁敢去，请到M大街97号503室面洽。

杰克看完，低头沉思起来。哈利斯知道杰克胆大得出奇，怕他冒险，就催促他说："走吧！没有什么好看的。即使再大的好处，也没有咱们的份！不要忘了明天早晨九点启航！"可杰克还是对着那张纸又从头到尾读了一遍，在哈利斯的再三催促下，才勉强离开，走一步，还要回过头来看上一眼。

来到一家酒馆门前，两人走了进去。酒过三巡，杰克突然把酒杯朝边上一挪，说："哈利斯，你是我最好的朋友，我有一件事要跟你商量。"

"什么事？"

"我想到三星岛上去闯一闯！"

"什么？"哈利斯吃惊地张大嘴巴望着杰克，说，"不行，你千万不能冒这个险。你想，这个克劳迪愿意拿出一万美金打赌，说明这事情必定凶多吉少！你不能去，你要是去了，这件事你妈妈知道了……"

哈利斯说到"你妈妈"三个字，杰克"霍"站起来，"砰"一拍桌子，大声呵斥："不要说了！"

哈利斯见老朋友突然发这样大的火，心里一震，但马上想到了刚才在船上杰克跟自己说起的一番话。

原来，杰克家里只有他和他母亲两个人，靠杰克给人家做些杂活过日子。最近他母亲突然生了一场重病，杰克借了高利贷，才把母亲送进了医院。为了还债，杰克在朋友的帮助下，上船做了水手。哈利斯猜到了，杰克要去三星岛，是为了能拿到一笔钱，还掉债务，好回到他母亲的身边。可眼下，怎么能眼睁睁地看着朋友往虎口里跳呢？哈利斯急得眼泪都流了下来。

这时，杰克走到他身边，说："好朋友，不要怕，世上没有魔鬼，你就让我去吧。假如我活着出来，一半钱还债，还有一半我送给你；如果真的死在那里，那么，请你像儿子一样赡养我的母亲。"

哈利斯知道,事到如今,是再也没有办法劝阻杰克了,两人痛苦地拥抱、告别。

再说杰克拿了这张纸,照着上面写的地址,来到了M大街97号,他见503室门关着,就按了一下电铃。门开了,一个戴着金丝边眼镜、样子挺斯文的中年男子出来迎接他,一见他手上那张纸,赶紧说:"噢,请进来坐吧。"

杰克刚坐下,那人就说了:"我就是贴那张告示的克劳迪。你叫什么?今年几岁了?"

"我叫杰克,今年20岁。"

"噢,年轻人,敢拿下这张纸,了不起呀!不过,这三星岛非同一般,杰克先生年龄还小,要是发生……这个,岂不可惜!所以,我请你多考虑考虑,现在还来得及呀!"

杰克听到这里已经不耐烦了:"不要说了,我既然来了,这件事情就这样定了。"

"不,年轻人,不要那么自信!你先到隔壁休息一下,再考虑考虑。如果定了,那么吃了晚饭,我就送你去;不定,还可以回去。"

杰克来到休息室,不免前前后后地思考起来。想到那叫人捉摸不定的三星岛,心里不由得也产生了一种恐怖感,但一想到在病床上呻吟的母亲,再想到那一身债务,动摇的念头又打消了。到了吃晚饭的时候,杰克又被带到了克劳迪的办公室。

克劳迪为他准备了一桌丰盛的酒菜,一边请他坐下,一边说:"杰克先生,考虑好了吗?"

"没有什么可考虑的了。"

"作为一个长者,我还想提醒你,曾经有许多身材比你高大、武艺比你高强的人,都没有经受住考验,我看你……"

杰克两眼盯住克劳迪,没开口,只是摇了摇头。克劳迪"哈哈哈"一阵大笑,拿出一支枪、三粒子弹,说:"那好吧,既然这样,你就把这东西带上。我是个讲情理的人!"

晚饭以后，克劳迪用车把杰克送到海边，然后两人走上汽艇，直往三星岛开去。在天色将要暗下来的时候，汽艇靠上了小岛。

克劳迪对杰克说："杰克先生，如果你懊悔的话，现在还来得及，我可以用汽艇送你回去，我们就像从来没有见过面一样。"

杰克看了看小岛，看了看岛上那幢外表深色的三层楼房，对克劳迪说："你走吧，明天早晨八点钟来接我。"说完，就朝岛上走去。克劳迪看着他的背影，微笑了一下，接着，驾起汽艇走了。

三星岛不大，不到半个小时，杰克就围着它转了一圈，最后他来到了这幢楼房跟前。院子的铁门开着，他进去以后，随手把它关上了。朝四周一看，院内杂草丛生，有半人那么高，中间一条石子路，直通那幢三层楼房的大门。眼下除了海水的咆哮声、昆虫的鸣叫声以外，没有一点动静，杰克摸出手枪，壮了壮胆子，沿着石子路朝那幢三层楼的房屋走去。

楼房里漆黑一团，伸手不见五指，杰克划着一根火柴，见房内的装潢很讲究，但由于很久没有人居住，雕花的墙上布满了灰尘和蜘蛛网，看上去灰蒙蒙的，加上火柴所产生的微弱光亮，给人一种阴森、可怕的感觉。

杰克踏上了楼梯，一间一间屋子看过去，从一楼到三楼走了一遍，还好，没有发生什么意外的事情。杰克想：今晚在哪一间房里过夜呢？他考虑了一下，决定到三楼最高的一间房里过夜，那里居高临下，几乎可以看到整个岛上的情况，即使这幢楼发生意外情况，最高处也是最晚受到袭击的。

杰克走进房里，发现一截蜡烛，赶紧把它点上，借着烛光，把屋内又仔细看了一遍。南边是窗，北边是门；书桌上墨水瓶翻倒了，一支蘸水笔还斜插在里面，周围还有许多乱七八糟的纸；再朝墙上一看，靠门的一边，全是一只只血手印；另一边放着一只挂钟，发出"嘀嘀嗒嗒"的声音。杰克一看，已是晚上九点多了，离天亮还有整整八九个小时。天知道，在这八九个小时内会发生什么事情呢？杰克深深地叹了一口气，转过身想把房屋的门关上，刚一推门，不由得又倒抽了一口冷气：门板后面插着一把匕首，露出的半截正发出一闪一闪的寒光，反射到旁边带血印的墙上。显然这里曾经发生过一场搏斗。

杰克握紧了手枪，镇定了一下，他知道只有大胆沉着，才有取胜的可能。他在房里来回踱了几步，就在窗下的沙发上坐了下来，望着波涛汹涌的大海，又想起彼岸正在生病的母亲……墙上那只挂钟仍然发出"嘀嗒嘀嗒"的响声，像是陪伴着这位年轻人度过这可怕的一夜。杰克不时地抬头看看它，10点，11点，两个小时过去了，屋里始终没有什么动静，岛上也没有发出什么奇怪的声响，这反而使杰克有点坐不住了。他站了起来，走到书桌前，推开乱纸，见底下有一本像连环画那样的画册，打开一看，大吃一惊：第一页上没有图，也没有文字，是一只鲜血淋淋的大手印！杰克吓得赶紧闭上了眼睛。可越是不敢看，越是想看，杰克鼓足了勇气，又一页一页地翻了起来。原来，后面画的都是发生在这个岛、这幢楼、这间房子里的事情。

很多年以前的一个夏天，这幢楼的主人的两个女儿带着两个仆人来到这儿避暑。一天，大女儿身体不大舒服，带着仆人回城看病去了，楼里只留下小女儿和仆人两个人，就住在三楼这间屋子里。到了晚上，墙上这只挂钟"当当当……"敲完12响时，突然，传来一阵急促的敲门声，小女儿以为是姐姐回来了，赶紧叫仆人去开门。那仆人下去后，刚把院子的铁门打开，就"啊"惊叫一声，以后便没有声音了。小女儿听到这一声短促的尖叫，又不见人上来，感到奇怪，准备下去看看，还未走出楼房，只听院子外面传来一阵恐怖的脚步声，"咚咚咚……"声音像打夯一样，震得整幢楼都微微抖动，一步一步之间相隔的时间足足有十几秒钟。小女儿赶紧抬头朝院子外面看，借着月光，只看到那个黑影朝自己移来，不由得也"啊"惊叫一声，双腿一软，倒在了地上……

画册到此为止，下面是白页，可杰克知道，下面的画面，要由他来画了。

还容不得他多想，这时墙上的挂钟也"当当当……"敲了12响，院子里那扇大铁门，也传来了"笃笃笃"的敲门声。杰克想：不能开门。"嘭嘭嘭"，敲门声越来越响，杰克仍然纹丝不动。"砰"又传来一声，显然门被推开了，接着，院内传来了"咚咚咚……"一阵脚步声。杰克想：现在下去必然与对手遭遇，难以脱身！不知别处是否有出去的地方呢？他刚想跨出房门，只听那脚步声已移到了楼内，知道来不及了，赶紧回了房间，把门关上，靠着墙，拿着枪，两眼紧紧地盯住那扇门。这时，那个怪物正在一间屋子、一间屋子地搜索，一层楼、一层楼地向上走着。不多一会，他已经走到三楼了，"咚咚咚……"脚步声震得楼梯发出"吱吱吱"的响声，屋内的杰克屏住气，仔细地听着，等待着将要发生的事情。

那个怪物经过隔壁一间屋子后，就来到杰克这间屋子的门口，"笃笃笃"敲了一下，见不开门，就使劲地推了起来。眼看门就要被推开，杰克也不知哪里来的力气，把那张书桌一下搬了过来，顶住了门。可这哪里挡得住，门还是被怪物轻轻地推开了，一只芭蕉扇大小的手掌先伸了进来，接着整个身子朝里走来。杰克沉不住气了，对准怪物的头部"砰"就是一枪，打中了。可怪物不怕子弹，照样朝杰克走来，还未等辨清它的模样，杰克自己已经吓昏了！

当杰克醒来的时候，他已经躺在克劳迪的房子里。他硬撑着坐起来，把手一伸，意思是我虽然吓昏了，可我没有死，我杰克现在还活着，你应该给我钱。可克劳迪却抽着烟，摇摇头，推了推那副金丝边眼镜，说："杰克先生，我明白你的意思，可我们谁都没有输，谁都没有赢。你虽然活着出来，可你是我们把你抬出来的呀。那张纸上不是写得很清楚吗，要直的进去，直的出来，才能算你胜利。年轻人，算你幸运，逃过了死亡一关，回去吧！"说完，转身要走。

杰克一看表，九点零五分，莱姆号已经起锚出航了，我杰克现在回到哪儿去呀！他赶紧喊住克劳迪："你等一等！"

克劳迪转过身来，看着他："怎么啦，年轻人？"

"我，想再去试一试！"杰克的声音虽然很低，但却是那么稳重、深沉。

克劳迪已经了解了杰克的脾气，他没有反对，想了一下，点点头，说："那好吧，勇敢的年轻人，我同意你的要求。可你眼下身体不好，休息一下，明天再去。这几个钱拿着，随便到街上买些什么东西。嘿，要知道，我克劳迪是最讲情理的人!"

杰克没有想到克劳迪这样轻易地答应了自己的要求,他休息了一天,在街上吃了一些东西,还买了一把匕首,插在靴子里,看看时间不早了,就朝M大街97号503室走去。

这次,克劳迪没有劝说杰克不要去,他热情地接待了杰克,看看天色快暗了,就拿出那支枪,又给了他三粒子弹,然后用汽车送他到海边,用汽艇把他送上三星岛。

克劳迪对着杰克微微一笑,说:"年轻人,就看你的命运了。说实在的,我也希望你是一个胜利者!"

杰克不明白,跟自己打赌的人为啥还要帮自己说话?可眼下也顾不得想啦,他转身朝岛上走去。

情形和两天前差不多,只是今晚没有月亮,天气沉闷,四周显得更暗,连那条石子路都看不清在哪里。杰克借着火柴的亮光,摸到三楼那间屋子,门虚掩着,推开一看,一切照旧。前天搬动过的那张桌子又回到了原地,墙上那只挂钟仍然发出"嘀嗒嘀嗒"的声音,好像在欢迎杰克这位老朋友。杰克看着它,苦笑了一下,坐了下来,等着它敲12响。这次,杰克没有关门,他想:关门也没有用,那截蜡烛昨天放在屋里,我在明处,怪物在暗处,我看不清怪物,怪物倒看清我了。所以今天要反其道而行之,杰克把蜡烛放到了走廊上。

等着、等着,当挂钟"当当……"敲完12响时,果然外面院子里又传来了"笃笃笃"的敲门声,杰克没有动。"哆哆哆"声音越来越大,杰克仍然没有动。"砰"门被推开了,接着又传来了"咚咚咚……"的脚步声。这时杰克想到前天晚上的情景,不免有点毛骨悚然,但他很快控制住自己,握紧手枪,人贴在墙边,听着那"咚咚咚"的脚步声,等待着怪物的到来。

一切都跟前天一样,那怪物一楼一楼地走上来了,当它走到门口的走廊时,杰克一看,险些叫出声来。只见那怪物身高二米七十以上,前发齐眉,后发披肩,两只绿幽幽的眼睛一眨不眨,浑身黑毛,两只芭蕉扇大小的手上下乱舞，"咚咚咚"直逼杰克而来。杰克再也沉不住气了，枪栓一扣，"砰"一声，打中了。谁知这怪物毫无感觉，仍然"咚咚咚"地朝杰克走来。杰克的手颤抖了，刚想打第二枪，已来不及了，那芭蕉扇大小的手已经伸过来朝他使劲一打，杰克手中的枪不知被打到哪里去了，接着他的脖子也被那双大手掐住了。杰克只觉得胸闷气急，他拼命地挣扎着，反抗着，可是毫无用处，那双大手仍然紧紧地掐住了他。这时，他突然想起靴子里那把匕首，猛地把它抽了出来，用劲朝那怪物的下身刺去……

慢慢的，杰克只觉得脖子上那双手松开了，"砰"怪物摔倒在地上。

还不容杰克细看，突然，楼下又传来了一阵杂乱的脚步声，杰克估计足有几十个人。他想拔出那把匕首，可是扎得深，拔不出来了。忽然，他发现眼前有一样黑乎乎的东西，闪着寒光，要紧一摸，原来是刚才那把枪，里面还有两颗子弹。等他拿起枪，借着烛光抬头一看，只见上来了三四十个矮人，都没有桌子高，穿着奇异的服装，样子很怪，"叽叽喳喳"说着杰克一句都听不懂的话。杰克举起枪，对准前面那个，"砰"就是一枪，那矮人倒下了；其他一些矮人相互"叽叽喳喳"又说了些什么，就"笃笃笃笃"全部走开了。杰克想：可能去叫援兵了吧。怎么办？三粒子弹只剩最后一粒了，如果再有怪物来，怎么对付？杰克心里不免有点着急。

他耐着性子等着，这时候，那截蜡烛也燃尽了，屋内一片漆黑，只有那只挂钟还在"嘀嗒嘀嗒"地发出响声，时间慢慢地消逝着。好不容易天快亮了，杰克高兴啊，这一夜终于过去了！可正在这时，又传来一阵脚步声，听那声音，足有一群人，杰克赶紧贴到墙边，握着仅有一粒子弹的手枪，准备作最后的搏斗。

谁知走上来的不是别人，而是来接他的克劳迪和他的仆人。杰克打赌胜利了！

他们回到M大街97号503室，杰克由于过分紧张和疲劳，足足睡了一天，当他醒来的时候，已经是吃晚饭的时候了，克劳迪准备了丰盛的酒菜招待他。杰克一边吃，一边说："我赢了，你把钱给我吧！"克劳迪摇摇头，说：

"年轻人,你很勇敢。钱,我当然要给你!不过,你不要急,先来看一看你的成绩。"说着,克劳迪把他领到隔壁一间屋子,打开放映机,小银幕立即跳出了清晰的图像,详细地记录了杰克上三星岛探险的全部过程。杰克睁大了眼睛,不明白克劳迪的用意。克劳迪解释说:"明白吗,我是电影公司的经理,我不满意我的演员来完成这部惊险片子,我希望一个真正勇敢的人,用他真实的感情、逼真的神态,来演完这部戏。结果,是你,勇敢的杰克,你帮了我的忙,要知道,我获得的利润将不是一万美金,而是十万,一百万!哈哈哈……"克劳迪得意忘形地放声大笑起来。

杰克仍不相信,他摇摇头,说:"那怪物和矮人是怎么回事?"克劳迪笑笑说:"矮人是我收下那些刚出生的婴儿后,把他们放在与世隔绝的地方,用铁笼控制着他们的生长,才变成这个样子的。至于那个怪物,他还在里面躺着,你可以去看看。"杰克转身走到里间,只见手术台上躺着一个已经死去的黑人,虽然身材高大,但根本不能与昨晚那个怪物相比。所以,杰克不相信地摇摇头。克劳迪一看,耸耸肩,说:"噢,不信吗?就是他!他是我用钱买来的。经过我这双手,给他装上一只假头颅,就化装成昨晚的那只怪物了。由于头是假的,所以你打不死他。可是,我没料到你用匕首把他刺死了。不过,像他这种人嘛,世界上有的是……"杰克听到这儿,再也忍不住了,他做梦也没有想到昨晚打死的是这样两个人!杰克两眼喷出炽热的火焰,盯住克劳迪,从嘴里迸出一句:"魔鬼!"然后,猛地扑到黑人身上大哭起来……

克劳迪却若无其事地在屋里来回踱着方步,"笃笃笃……"每一步都好像凶残地踏在杰克的心上。

(陶文进)

(题图:冯 远)

克尔街凶宅

克尔街是迪特城里一条非常繁华的街道,不是有身份的人是不可能住在这里的。称得上是超级大款的梅涤夫先生,本来在这街上已经有了一套相当不错的楼房,可是最近他又打算拆掉它,再盖一座完全现代化的精品住宅。在他请人画图纸的时候,他的好朋友、大侦探依格就劝他说:"一个人的财产不知有多少只眼睛盯着,你不要太张扬了。"

梅涤夫笑了:"老朋友,你是怕我树大招风是不是?我是在热热闹闹的迪特城克尔街上,又不是在荒郊野外,何怕之有啊?"依格只好苦笑一声了事。

当梅涤夫的新宅破土动工的时候,依格接受了一个跨国界的案子,他知道再提醒梅涤夫也没有用处,就没再多说什么,只是在向梅涤夫告别时,握着他的手说:"祝你好运!"

半年以后,依格刚刚结束了棘手的案件,拿起一张报纸想放松一下时,突然被报上一条醒目的标题惊呆了：迪特城克尔街豪宅变凶宅，主人梅涤夫入住当夜暴死。

"暴死？"依格盯着这两个字看了半天，他又伤心又怀疑：好端端的一个人，为什么偏偏刚进新宅就突然死了呢？依格当机立断，立刻办理机票，飞回了迪特城。

依格没有回家，直接来到梅涤夫的新居。那新颖的造型，高档的建材，豪华的装饰，简直让他看得眼花缭乱，一种不祥的预感袭上他的心头，他摇摇头，不由叹了口气："老朋友，难道你还嫌嫉妒你的人少吗？"他走进工艺铁花的大门，见通道两旁的草地上撒满了各色的纸屑，显然是庆贺豪宅建成时留下的痕迹，再一看楼厅的正门上，挂着黑色的幔帐，缀着几十朵白花。他刚刚走进厅门，马上有一个人扑在他的肩头上痛哭起来，那人是梅涤夫的独生儿子小梅涤夫，他正在国外的大学读书，是接到父亲去世的噩耗匆匆忙忙赶回来的。

依格安慰他说："孩子，你要节哀呀！"依格心情沉重地向老朋友的遗体告别。之后，他把小梅涤夫叫到一个僻静的房间里，开门见山地说："凭我的经验，你父亲是非正常死亡，因为我看了他的瞳孔，他是受了极度的惊吓。"

"这是怎么回事？"小梅涤夫一下子茫然了。

依格很有把握地说："一定是有人看上了这座新宅，想买又知道你父亲不会卖，于是就置他于死地。"

小梅涤夫不解地问："可是，还有我呢？"

依格说："他们会用同样的手法对待你，你年轻吓不死，可也不敢住下去，于是就会卖掉。"

小梅涤夫说："他们要来买？那不就抓住他们了吗？"

"是啊，"依格相当自信地说，"我不会让他们跑掉的！"

尽管小梅涤夫不相信事情就这么简单，但他还是听从了依格的话，马上登出了售楼的广告，价钱低得连成本也收不回来。可是三天过去了，一直没人过问，甚至连个电话也没人打。

小梅涤夫沉不住气了，依格安慰他说："你这凶宅别人不敢买，想买的人也就是我们在等的人，又在等着我们降价。再者我在这儿，他也不敢来呀！"

小梅涤夫一听，拉着依格的手说："叔叔，您可不能离开我。"

"不，"依格摇摇头，"我在这儿，即使抓住了买房人，又怎么说他就是害死你父亲的人呢？我还必须去找足够的证据。"

小梅涤夫问："那人家再来害我怎么办呢？"

依格想了想，说："这样吧，我给朋友打个电话，请他来帮助你，他既是个经纪人，又是侦探，这样不会引人注意。"说完，他就拨通了他朋友的电话。果然，他的朋友满口答应，说下午就来。依格对小梅涤夫说："记住，他的名字叫霍尔。"

下午四点钟的时候，门铃响了。依格显得有些激动，对小梅涤夫说："肯定是霍尔先生来了！"说着，他就跑出去开门，小梅涤夫紧紧地跟在后边。

可是当他们来到院里时，发现镂空的铁花门外并没有人。依格似乎还不死心，按了一下电钮，铁门无声无息地开了。就在这时，一辆黑色的奥迪轿车驶了过来，车窗的茶色玻璃缓缓地降下来，一把手枪从车窗里探了出来。小梅涤夫在后边看见了，大叫一声："小心！"

哪知已经来不及了，随着一声枪响，依格捂着胸口倒在地上，鲜血透过指缝流了出来。小梅涤夫再抬头看时，黑色奥迪轿车早已不知去向。小梅涤夫拦住迎面驶来的一辆车，想把依格送到医院去。正巧，司机是依格的朋友，他对小梅涤夫说："你不用管了，我会照顾他的。"

依格吃力地说："放心吧……霍尔先生天黑以前……一准来。"

车急速开走了，小梅涤夫心里非常不安，他怕霍尔先生不来，到了晚上，他会像父亲一样，被那伙人吓死。还好，一个小时后，门铃又响了。小梅涤夫叫下人去开门，一再叮嘱不问明白千万别让他进来。不一会儿，下人把一个秃顶、跛脚，看上去有点儿呆头呆脑的人领到小梅涤夫面前，说这个人自报就是霍尔。小梅涤夫犹如兜头一盆冷水浇下来：依格叔叔怎么介绍这么一个人来帮忙？这样的人能顶事吗？可是这会儿也没别的咒可念了，只好拿这位霍尔当菩萨供着了。霍尔似乎很有信心，说买房的人不来便罢，来一个抓一个，来两个抓一双，定叫他有来无还。小梅涤夫心说：这会儿你是放开了吹，等人家来了就看你怎么动真格的了。

当天晚上，小梅涤夫和霍尔睡在一个房间里。霍尔头一沾枕头马上就打起呼噜来，小梅涤夫却睡不着，一闭眼就觉得有龇牙咧嘴的怪物出现，不知出了几身冷汗，他才迷迷糊糊地睡去。可是到了半夜他却被一阵声音吵醒了，他闹不清是梦里，还是真有什么声音。他欠起身子看了看霍尔，只见他虽然不打呼噜了，可还是一动不动地睡在那儿。小梅涤夫想想他那副跛脚样子，只好自己从枕头底下摸出枪来，悄悄地走出房门，在楼道里蹑手蹑脚地走着。刚走到一个转弯的地方，突然他持枪的手腕被抓住了，紧接着枪就被缴了过去。他正要惊叫，发现这人竟是霍尔。

霍尔告诉他说："外边什么事都没有，回去睡吧。"小梅涤夫往回走着，心里直嘀咕：他不是在睡觉吗？回到房间里一看，霍尔的床上只有一床被子，弄成个人的形状。小梅涤夫心里一个闪念：这个霍尔是不是真的呢？当初依格也没给我看照片，谁知道他是什么样呀？

这回小梅涤夫可真睡不着了，好不容易熬到天亮，刚刚吃过早饭，小梅涤夫正和霍尔在二楼的一个房间里说着闲话，下人来报告说买主来了。小梅涤夫看了霍尔一眼，霍尔点点头，小梅涤夫就叫下人带那人上来。

来人是一个三十出头的年轻人，看上去非常精干，身穿一身咖啡色的西装，手里提着一只很精巧的密码箱。他走进房间，大模大样地一坐，也不砍价就说："这楼房我买下了！"

霍尔一听，马上问："钱准备好了吗？"来人利索地打开密码箱，露出里边一叠叠钞票来。霍尔拿起一叠用手一捋，发出"哗哗"的声音。他脸上带着微笑，说："我们可以办手续了。"气得小梅涤夫真想问问他："我找你就是为了卖房吗？"可是话到嘴边又咽下去了。

霍尔取出事先准备好的合同书，对来人说："咱们先签好字，点了钱，然后再去办个过户手续就可以了。"说完,他先在证人一栏签了名,又把笔递给小梅涤夫。小梅涤夫瞪了他一眼,没好气地签上了名,把笔扔在桌子上。霍尔根本不在乎他的态度,捡起笔,客客气气地把它又递给了来人。小梅涤夫突然发现霍尔和来人的眼睛里,全都掠过一丝发自内心的喜悦。他一下明白了,霍尔和来人是一伙的,说不定真的霍尔被他们给杀了。

就在来人签字的一刹那,小梅涤夫大叫一声:"这房我不卖了!"他的话音刚落,只见霍尔手腕一抖,一道寒光闪过,一副手铐就戴在了来人的手上。

小梅涤夫还没明白过来是怎么回事,突然,只见来人一个旱地拔葱跳到了桌子上,紧接着往上一跃,身子像旋风一般转了起来,然后猛地向窗户撞去,只听"哐啷"一声,窗户被撞开了,他一个闪电飞出了窗外。

霍尔和小梅涤夫冲到窗前一看,只见那人摔在地上,一个鲤鱼打挺蹦了起来,可是没走两步又摔倒了。小梅涤夫正要问是怎么回事,只见又一个人跳了出来,一脚蹬在那人的胸口上,同时用枪点住了他的脑门儿。

霍尔对小梅涤夫说:"我们下去看看!"说着迈开大步跑了下去。小梅涤夫跟在他身后直纳闷:他的脚怎么不跛啦?这时霍尔一边往下跑,一边把自己的秃头皮抓下来,又把八字胡扯了下来。小梅涤夫虽然是在后边,可是也彻底明白了:什么霍尔啊,原来就是依格!依格和小梅涤夫到了院里,一看那人已被彻底制服。

依格对那人说:"我在这儿你不敢来,你以为我让人打伤了,甚至是死了,可惜我好好的,什么事也没有,而且正耐心地等着你。你没让我失望,还真的来了!"

那人叫着:"我来买房,你凭什么抓我?"

依格冷笑着说:"我出国前请我的朋友注意谁对新楼最注意,他们说是你。我还没说卖房,你就在门前转来转去,自从登出卖房的广告后,你来得就更勤了,可见你是别有用心!"

那人还要说什么,依格说:"你的情妇已经在我们手里了,还需要我多说什么吗?"那人这才傻了眼。小梅涤夫一看那人的脚上挂了一副脚镣,这才知道那人为什么老摔跟斗。可这脚镣依格是什么时候给他挂上去的,小梅涤夫怎么也没想明白。

依格似乎懂得他的心思,指着给自己帮忙的那个人说:"这位才是真正的霍尔先生呢!昨天就是他开着车打了我一枪,当然枪是空的,我自己把事先准备的装有红色液体的塑料袋挤破了,让你以为我的伤口在流血。还有,送我去医院的那个司机也是我的朋友。我们后来到酒吧喝了一杯啤酒,又以霍尔的身份回来了,我那位朋友呢,就去找这位买主的情妇,说这位买主全招了。那个傻妞信以为真,把什么都说了,于是我们就拿到了抓人的证据。"

小梅涤夫还是疑惑地摇头:"我不明白,这一切你们都是什么时候商量的呢?"

依格拍拍霍尔的肩膀,笑着说:"这就是我们的秘密了。"

依格和霍尔押着那人走了,临出门时,他回过头来对小梅涤夫说:"放心吧,这座你父亲精心设计的住宅,再也不会有什么事了,是卖还是自己住,全凭你自己作主了。可是别忘了,你还得回去念书!"

(改编:崔 陟)
(题图:箭 中)

负重之壳

地板上的血迹

李秋华年纪轻轻,就从一个小职员奋斗到副总的位置,收入翻了几番,活得很滋润。最近,李秋华买了套一百多平方米的三居室。虽说是二手的,但装修和家具都不错,李秋华稍加打扫后,便搬了进去。

这些天妻子回老家去了,李秋华懒得打扫房间,家里早就乱七八糟像个垃圾桶。这天,他下班回到家,开门一看,咦?屋子里收拾得干干净净。莫非是妻子提前从老家回来了?李秋华赶紧拨通妻子的手机,才知道她还在老家。

李秋华的脑袋"嗡"一下,难道有小偷?他赶紧打开抽屉,还好,里面的钱和贵重物品都在。李秋华一想,不对呀,小偷都是翻箱倒柜找东西,哪见过帮主人收拾房间的!

李秋华满腹疑惑,关掉灯,斜躺在床上,点燃一根烟,借着窗口透进来的月光,打量着房间。他无意中瞟了一眼地板,顿时惊得跳了起来:地板上渗出了殷殷的血迹!

李秋华顾不上多想,赶快报了警。不一会,警察来了,屋里屋外查了半天,却压根没发现什么血迹。警察对李秋华说:"小伙子,现在人们的生活压力都很大,说不定是你神经过于紧张,导致了幻觉。"

李秋华分辩道:"不,我没有压力,我的事业很成功。"

警察一笑,说:"像你们这些小有成绩的白领都是这样,死活不肯承认自己生活得过于紧张。"警察走了,李秋华关上灯,又瞟了眼地板,咦,血迹果然没有了。李秋华揉了揉眼睛,莫非自己真的产生了幻觉?

第二天,李秋华特地给房门换了把锁,晚上回到家,却又一次惊呆了。刘秋华清楚地记得,自己早上出门时,连被子都没有叠,现在被子不但叠得整整齐齐,屋子也被打扫得干干净净。月光透过窗户射进房间,啊,地板上又渗出了殷殷的血迹!李秋华看了又看,千真万确是血迹,他再次报了警。警察来了,却还是什么都没发现。

这回警察不听他解释了,警告他以后再胡乱报警要负法律责任。说来也怪,警察走后,地板上那些殷殷的血迹就再也没有出现过。这一宿,李秋华怎么也睡不着,瞪着眼睛一直熬到天亮。

神秘的房主

李秋华干脆向单位请了个假,他要守在家里,看看究竟是什么人在捣鬼!

白天一点点过去,家里没有什么动静。

夜幕降临时,李秋华从床上坐起来,准备出去买点吃的。就在这时,门开了,一个文质彬彬的瘦男人走了进来。李秋华赶紧从枕头底下抽出早已准备好的菜刀，屏住呼吸，观察着那个人的一举一动。那个人在客厅四下看看，叹了口气，操着嘶哑的声音说："看看，看看，把这屋子糟蹋的。"接着动手收拾起来。

那个人在客厅里捣鼓了一会儿，就向卧室走来。李秋华见自己再也藏不住了，便大喝一声，手握菜刀，冲出卧室。

那人微微一惊，说："我、我是这个房子原来的主人，在这里住了好几年。我对这个房子很有感情，回来看看。"

李秋华生气地说："你已经不是这个房子的主人了，你这是私闯民宅！"

那个人不好意思地说："对不起，我就是放不下这里的一切，这里曾经寄托着我们对生活的希望。"

李秋华打断了他："你要是不舍得，就别卖房子啊！"

那人露出痛苦的神情："对不起，我是不该来……"

李秋华吼道："马上给我出去！否则，我就叫警察了。"

那人无奈，悻悻地走了。

李秋华关掉灯，想出去吃点饭，走到门口，一回头，在月光下，那片地板又渗出殷殷的血迹。真是邪门了！

这个房子里肯定藏着什么不可告人的秘密，不能再住了。想到这里，李秋华立刻拨打了中介公司的电话，迫不及待地说："这个房子我要卖掉，越快越好，我愿意降价五万元出手。"

打完电话，李秋华的心依然在突突地跳。刚买到这套房子时的欣喜，现在早已荡然无存。他一刻也不想在这里呆下去了，于是简单收拾一下，准备找个宾馆去住。

"鬼"才明白

李秋华打开门，吓了一跳，原来那个瘦男人直挺挺地站在门外。李秋华怒气冲冲地问："你、你怎么还没走？"

那人一脸抱歉地说:"我刚才走得匆忙,忘记了该办的事。"

李秋华问:"你还想干什么?"

那人指着地板上的血迹,说:"我这一走,就再也不会回来了。我想它们一定给你带来许多麻烦,我这就帮你清除掉。"

李秋华一惊:"你也能看到地板上的血迹?"

那人苦笑一下:"当然能看到,那是我亲人的血啊。"说着顺手一指其中几块,"这是我爹妈的。"又指着另外几块,"那是我岳父岳母的。"

天哪,四条人命! 李秋华惊恐地看着他,不敢出声。那人伤感地说:"是我们连累了他们。"然后又指着其他几块,"那是我哥,还有我妹的。"

这里发生过灭门血案? 李秋华的心提到嗓子眼了,不自觉地离那个人远了一些。

那人趁机挤进了屋,猫下腰,用他那双枯瘦如柴的手,卖力地擦起地板。擦完几块,他自言自语道:"爹,妈,这是你们辛辛苦苦攒下的钱,我们把房子卖了,还给你们了。"又擦完几块后说,"岳父,岳母,这是你们的养老金,还给你们,你们再也不用节衣缩食了。还有哥哥,你家的老二上大学不是没钱吗,咱可不能耽误孩子的前程⋯⋯"直到把地板上的血都擦干了,那个人才直起腰,如释重负地出了口气,对李秋华说,"这回,你就放心地住吧,这房子不错,别卖了。"

李秋华呆呆地看着那个男人,问:"你这是在捣什么鬼?"

那个人摇摇头:"我不是在捣鬼,为了买这个房子,倾尽了我亲友们所有的血汗钱,我却没有守住它。老弟,只有你才是它最合适的主人。"

李秋华疑惑地问:"你凭什么说这个房子就适合我?"

那个人说:"因为你毕业后在外面租房子住,没有后顾之忧,一心扑在事业上,结果飞黄腾达,现在买这套房对你来说已经不成问题了。我不想让那些自不量力的人重复我的错误。"

李秋华好奇地问:"你犯了什么错?"

那人懊悔地说:"我错就错在刚工作时,偏要买这么大的房子。结果欠了家人和银行一屁股的债,这房子把我压得透不过气来。为了还债,我必须保住那份并不称心的工作,处处谨小慎微,提心吊胆,干了多年,事业毫无建树,还熬坏了身体。"

李秋华安慰他道:"老哥,别泄气,遇到困难坚持一下就过去了。"

那人叹了口气,说:"晚了……这个房子就像一个巨大的壳,我背了它这么多年,现在把它卖掉,终于解脱了。我真的很羡慕你,兄弟,如果有来生,我会跟你一样的。"

看着那个人飘然逝去的背影,李秋华仿佛是做了一场梦。

三天后,李秋华辗转找到了原来房主的住所,走进他们的小屋一看,顿时听得冒出了冷汗,因为屋子正中竟挂着那个人的遗像。

一个中年妇女迎出来,问:"先生,你有事吗?"

李秋华结结巴巴地问:"你是花苑小区5单元502室原来的主人?"

那个中年女人点点头。

李秋华又问:"你家大哥呢?"

中年女人凄然地说:"走了,去年肝硬化走了。"

李秋华惊愕地问:"什么,去年他就去世了?"

那个中年妇女点了下头,"是啊,去年的3月1日。他的病若是早治疗,不至于这么严重,就是因为要还债,心疼钱,耽误了。结果,病没治好,房子也没保住……"那个中年妇女说不下去了,两行热泪夺眶而出。

李秋华下意识地看了一下日历,今天是3月4日,三天前,正好是那个人的周年祭日。那天,他是来和房子作最后的告别啊!

(孙瑞林)

(题图:佐 夫)

地狱的回声

这天晚上,已经退休的市委书记李云鹤,打破了已经多年养成的生活习惯,时间已过半夜,他还在客厅里踱步,为他的老部下、电业局长顾鹏程的英年早逝而感伤着。

顾鹏程是李云鹤在位时一手培养的干部,聪明、干练,办事大刀阔斧,担任电业局长后,整顿干部队伍,修订规章制度,规范职工素质,没过多久,就把庞大的电业系统治理得有条不紊、顺顺当当。当然,在治理过程中下面也时时有些反映,甚至也出现过一些职工联名告状的风波,但是事业型干部总难免得罪几个人,招致一些非难,顾鹏程在领导的支持下,还是很有能力地解决了这些问题。

李云鹤知道,顾鹏程虽然在事业上一帆风顺,但近三年来家庭生活却连遭不幸。先是妻子因患癌症不治身亡；紧接着，唯一的先天性傻儿子又莫名其妙地得了白血病，从而一病不起；再后来他自己也无缘无故地得了怪病，虽经医院反复诊断治疗，但毫无效果，人一天比一天消瘦，一百四五十斤的体重，短短三个月竟成了一副七八十斤的骨头架子，最后两腿一伸，也走了。现在全家只剩下一个过门刚满三年的儿媳，据说也患上了严重的再生障碍性贫血，看来性命也是朝不保夕。

想到这里，李云鹤心情沉重。他抬头看看墙上的挂钟，已是凌晨两点，便摁熄烟头准备回卧室休息。恰在这时，电话铃声骤然响起，他拿起听筒，那一头传来一个喑哑恐怖的声音："你还在怀念你的老部下吧？明天请到绿茵小区5号别墅、红玫瑰庄园12号别墅和贵族公寓218单元去，顾鹏程在那几处地方恭候，请千万别错过机会！"那声音似从缸瓮中发出，辨不出是男声还是女音，在静谧的三更时分显得格外阴森恐怖。李云鹤虽是个无神论者，但此情此景还是让他毛发陡然耸立，额头上不由渗出了涔涔冷汗。当他回过神来想追问对方身份时，电话机中已经只剩下"嘟嘟"的空音。

李云鹤一夜未能入眠，第二天早上几经犹豫，决定还是先按电话上说的，去那几个地方看看再说。他第一个先去绿茵小区，当年这个小区落成时，他还亲自去剪过彩，小区里住的都是在经济大潮中有点名堂的人物，李云鹤试着按响了5号小楼的门铃。

门打开了，走出一个身着丝质睡袍、涂着猩红口红的艳丽女人，她一见李云鹤就连珠炮似的说："哟，你是律师事务所的？一清早接到你们的电话我就来气。我承认我和顾鹏程同居过，但我又没有结过婚，要说重婚也是死鬼顾鹏程的事，和我一点也不搭界。至于这房屋，还有房屋里的一切，虽说是他给我买的，但产权一开始就属于我的，不信你们可以查看房产证、单据、发票……"说着，她转身去拿准备好的材料。

趁着这时刻，李云鹤环视了屋内的一切：高档真皮沙发、纯羊毛波斯地毯、立式空调……这豪华奢侈的巢窠，总价值不会少于百万元；而一个月薪不到两千的局长，哪来的巨资购买这一切，而且还养着一个情妇？他顿时觉得一股无名怒火在胸口撞击。

李云鹤一分钟也不想再耽搁下去，他顺着这女人的误会敷衍几句，转身就出了门。他狠狠地深呼吸了几下，平了平气，又按昨晚的电话线索赶到红玫瑰庄园12号别墅。使他瞠目结舌的是，那儿的情景几乎是绿茵小区别墅的翻版，所不同的是，别墅中养着的竟是一个西江大学毕业仅仅三年的女学生。电话中提到的第三个地方，他觉得自己已经没有必要再去了，还是留给组织去调查吧。

当天晚上，李云鹤在书房里提笔想给纪委写信，可是许久许久写不下一个字。他自认为自己几十年在领导岗位上光明磊落，问心无愧，特别是在干部培养和使用方面，更是谨慎小心，可万万没想到，顾鹏程这个他最为信任器重的干部，竟是这样的一个两面人。

他重新铺开信笺，想先给党委写一份检查，正当此时，电话铃声响了，抬头一看，差不多是昨晚来电的同一时间，电话里又是那个喑哑阴森的嗓音："你见到真正的顾鹏程了吧！"一阵凄厉的笑声响过，那声音继续说道，"明天到顾鹏程家里，在书房那套《辞海》后面，你可以见到顾鹏程活的灵魂！"他还没回过神来，对方的话已戛然而止，听筒中又只剩下"嘟嘟"的空音。

李云鹤对这电话不再有昨天那种惊恐的感觉了，他知道这是有人在用这种特殊形式向他揭露顾鹏程的问题。看来这个人知道他和顾鹏程的关系，对他是既抱希望又不十分信任。他无心再写东西，决定摸一摸情况再说。

次日上午，李云鹤一早便来到顾鹏程的家。在顾鹏程生病的半年中，李云鹤已来过三次，对这里很熟悉，这是一幢宿舍楼的三室单元房，除面积较大外，和一般职工住房并无多少差别。李云鹤知道，现在顾家只有一个乡下远房外甥女在看管，顾鹏程的儿媳住在医院里。

推开门，看家小姑娘一看是经常往来的老领导，就把他迎了进去。李云鹤说，他想在老顾的书房里坐坐，小姑娘就懂事地给他在书房里泡了杯茶，很客气地掩上门，退了出来。

李云鹤环顾室内，见沿墙放置着一个硕大的书架，书架上果然置放着一套《辞海》，他伸手抽出一看，发现后壁出现了一个不到一尺见方的暗门，那暗门设计得极为精巧隐蔽，如果不是有人疏忽而使之微微开启，李云鹤还根本无法发现。

李云鹤尽管早已有了心理准备，但打开暗门，还是使他大惊失色。只见成捆的百元大钞码放得整整齐齐，还有不少外汇港币。他一时估不透有多少款额，却深知自己几辈子也休想挣得这个数目。他哆嗦着手还想翻看一下暗橱里的其他东西，却听到客厅里传来看家小姑娘的声音："大嫂，你又从医院请假回来了？快坐下歇歇，书房里有客人……"

听声音，李云鹤知道是顾鹏程的儿媳回家了，他急忙关上暗门，又把书放回原处，端坐在顾鹏程的书桌前，装作凭吊死者遗物的样子，浏览着多宝格上的一件件古董。

此时，书房门被轻轻推开，进来一位病恹恹、脸无半点血色的女人。

李云鹤是认识顾鹏程的儿媳的，她叫郑华秋，据说是大学物理系的毕业生，就在电业局科研室工作。李云鹤第一次见到她，是在顾鹏程为他傻儿子举办的结婚喜宴上，当时他很诧异，顾鹏程这个连生活都不能自理的儿子，怎么娶了这样一个出众的姑娘？谁知婚后不过几年光景，顾鹏程那傻儿子就患了白血病，继其母之后不治身亡，而这个当初明眸皓齿、光彩照人的姑娘，现在竟也病成这副模样……

像是猜到李云鹤的心思，郑华秋那没有血色的脸上掠过一丝冷漠古怪的笑容，她开口道："老首长，谢谢你的到来，你在想我们家发生的事吧？"她喘息了一下，又顺着李云鹤的目光道，"老首长对我家的古董有兴趣？"

"不，我只是随便看看。想不到老顾工作之余倒还很有雅兴，收藏了这么多的东西。"李云鹤边说边走近多宝格，观赏抚摸着一件件古色古香的青铜、古瓷器物，同时暗暗注意郑华秋的神色。

郑华秋面无表情，淡淡地说："老首长不值得大惊小怪，这些东西都是不值钱的赝品，只不过工艺精湛到几能乱真的地步罢了，好像现在的许多事情一样，叫人真伪难辨。"

"哦，"李云鹤口中应着，信手捧起一尊半尺来高的碧玉观音，谁知还来不及细细观赏，耳边却响起郑华秋急促的叫声："快，快放下！"

李云鹤惊诧地回过头来，只见郑华秋又恢复了淡漠的表情："这观音倒是真品，新疆和田玉雕成，价值近三万元，请注意不要失手摔坏。再说，她神态的妙处要保持一定距离才能领略到。老首长，不信你退后几步看看。"

李云鹤放下雕像，后退几步细看，果然细腻传神，栩栩如生，只是比常见的观音少了几许慈航普度的神态，眼角眉梢间似隐隐藏着几分凶煞之气，于是说道："这观音雕得确是不错，只是这神态似乎隐约有些……"

"老首长果真好眼力！你是说她有些恶相？其实，什么是恶，什么是善，本来就是难辨难断的，就像这世上的事一样，善又何曾得扬，恶又何曾得惩？"

李云鹤早就听出这女人话中有话，当即打断道："不，如果有恶未曾遭惩，那是时间未到。惩恶扬善是我们每个人的社会责任，真正可怕的，倒是人们惩恶扬善的良知正气被泯灭和失落！"

一席话触动了郑华秋，她正欲答话，却身子一软，跌在沙发上。

李云鹤急忙叫来看家小姑娘，郑华秋缓过气来，指着那尊观音，吃力地对小姑娘说："把她给我送……我回……医院。"

当天晚上，李云鹤再一次守候在电话机旁，他预感那神秘的夜半电话铃声会再次响起。果然，在差不多的时间，电话又来了。这一次李云鹤早有准备，他没容那喑哑恐怖的声音先开口，就正色道："如果我没有猜错的话，你一定是深受顾鹏程之害的人。我理解你的心情，我以一个老共产党员的名义向你保证，我决不会亵渎你的信任！希望你不要再采取这种不必要的形式……"

李云鹤话没说完，听筒里喑哑的喘气声没有了，代之的是一个清晰的女人的抽泣声："李书记……我把氧气面罩取掉了……我……郑华秋……被你一手提拔的顾鹏程……害得……好苦……"李云鹤正想安慰几句，电话却断了。

李云鹤当即就往医院赶，可是令他意外的是，郑华秋已在他到达医院前五分钟死了,护士给了他一个写着"李书记收"的大信封。

李云鹤打开一看,里面有一封郑华秋给他的信及一叠材料。信的全文是这样的:

李书记:

我这样称呼你,是因为据我这些天来的观察,发现你还是符合一个共产党书记的称谓的。

我曾是一个纯洁的姑娘,是这地狱的炼火,把我变成了一个复仇的魔鬼。我毕业分配到电业局不久,顾鹏程就盯上了我,派人撮合我和他傻儿子的婚事,声言当时局内在搞人员优化组合,我已被列入下岗名单,如果我能答应这门亲事,不但可以不下岗,而且我那同在电业局工作的身患晚期尿毒症父亲的医疗费用,也可以全额报销。当时我父亲病势危重,每周两次赖以维持生命的血液透析治疗费已无着落。为了亲人,我不入地狱谁入地狱?

谁知这不是我悲惨命运的终点,人面兽心的顾鹏程在一个夜晚,就在他熟睡的傻儿子身旁,粗暴地占有了我。从此,他时时伺机对我蹂躏,尽管我百般抗拒哀求,但一个纤弱女子又怎能抵御这头疯狂的恶狼……

后来,我那动过肾脏移植手术的父亲因并发症溘然长逝;十七岁的弟弟因接受不了我这畸形婚姻造成的舆论压力而弃学南下,不知去向;母亲受不了这纷至沓来的精神打击,自杀身亡。我真正成了苟活于世的孤魂野鬼。

我还在地狱里活着,我耳闻目睹顾鹏程夫妻虎咬鲸吞大笔大笔国有资产的罪恶。在几次向有关部门匿名告发却一无动静后,我绝望了,渐渐地产生了靠个人力量报复的计划。

我用全部积蓄购买了那座碧玉观音,又利用自己的物理专业知识和工作的机会,将放射性原素钴封置在观音的眼珠内。当亲眼看到顾鹏程家人一个个因生活在致命的高放射线环境中患病死亡时,我获得了复仇的快感。对于我自己也因此而得病,我并不后悔,倒是我那呆傻的名义丈夫,是无辜的殉葬者。

本来,我是准备找机会将这尊复仇的观音送给你的,因为我知道你在顾鹏程得意仕途中的作用。但是这几天的经历让我发现,你并不是我原先想象中的人,因此,这尊复仇的观音我已把它销毁了……

李云鹤读完这封似乎还没写完的书信,他的背上如同淋了一桶冰凉的冷水,好长一会,才使自己镇静下来。他毅然地捧着这袋材料,向市纪委大楼走去……

(周惠成)
(题图:箭　中)

情断野狼谷

浙西山区有个独龙镇,离镇三里路有个野狼谷。那儿陡壁悬崖,古木森森。山下仅有一幢早就空着的石砌小屋,几个冬春一过,屋顶落满枯枝败叶,墙上爬遍青藤绿蔓,平添一种孤独阴森的气氛,有人就叫它"鬼屋"。

谁知年初,独龙镇上有一对年轻夫妇突然放弃位于镇中心的两室一厅住房,要租住此屋。

这对夫妇,男的叫唐林,生得眉清目秀,风度翩翩,是独龙镇上的一位美男子,现任某公司经理。女的叫梅雪玉,长得更是婀娜多姿,楚楚动人,曾有"独龙镇上一朵花"之称,是医药商店的营业员。

他们为什么要租住此屋?这是唐林的主意,理由是他患有严重的神经衰弱,原来的住处面临大街,车来人往,嘈杂异常,使他昼夜不能入眠,而野狼谷离镇不远,环境幽静,夜里休息得好,白天才能更好地工作。梅雪玉起初对丈夫这样做，感到迷惑不解，她不同意，可是她是个温情的女子，在丈夫一再解释，甚至近乎哀求的情况下，终于顺从了。

夫妻俩住进野狼谷后，上班下班，总是共骑一辆自行车，有说有笑，形影不离。十天半月一过，倒也渐渐习惯了。

谁知，就在他们对新环境刚刚适应起来的时候，一件怪事出现了：那天傍晚，他们下班回来，刚打开屋门，只听"啪"一声，从门缝里掉下一张纸来。梅雪玉捡起一看，是张香烟壳子，只见背面歪歪斜斜地写着四句话：

今天八号，

明天九号，

不用多说，

想必知道。

梅雪玉好生奇怪：这条子前无称呼，后没落款，四句话也不知是什么意思，便把它递给唐林，唐林一看，眉毛微微一跳，很快又微微一笑，说："会有什么事呢，大概是哪个调皮鬼在开玩笑吧。"说完，他"啪"揿亮打火机，把这张纸条烧掉了。

从发现条子后的第二天起，一切照旧，平安无事。谁知到了第三十天的傍晚，他们回家开门，门缝里又掉下一张香烟壳子来。梅雪玉拿起一看，还是原来的那四句老话："今天八号，明天九号，不用多说，想必知道。"而唐林拿过去仍不当一回事，又是打火机一揿，把它烧掉了。

可是这天晚上，梅雪玉发现唐林整整一夜没有睡好觉，不是左右翻身，就是长吁短叹。但当梅雪玉问他有什么心事时，他却连连摇头，接着就佯装入睡，打起鼾来。雪玉心里便多了一个疑团。

时隔不久，梅雪玉正在上班，突然接到一位自称姓徐的人打来电话，说唐林向他借了两次钱，一次是上个月九号，一次是这个月九号，都是发工资的日子，每次五十元，一共一百元。现在他有急用，望转告唐林，能于近日归还。

放下电话，梅雪玉懵了，她想他俩每月收入二百元，借钱何用！这两个"九号",使梅雪玉一下子想起了那两张神秘的纸条。再想起唐林两次见到纸条时的神情变化,梅雪玉越来越觉得其中必有文章。

这天晚上,夫妻俩回家后,梅雪玉再也忍不住了,一进屋,就把这些疑问一股脑儿地提到了唐林面前。唐林一听,大惊失色,他盯着梅雪玉"你……你……"了好一会,也说不出半句话来,最后突然捏紧拳头,重重地捶了几下自己的脑袋,"唉"的一声,跌坐在沙发里,闭起了眼睛。

梅雪玉见状,料知两次纸条都不是凭空而来,丈夫必有什么难言之隐。于是就挨近唐林坐下,一阵柔声细语,劝唐林即使有天大的事情也不要瞒着她憋在心里,只要说出来,做妻子的一定为他分忧解愁。

唐林听了,不由得眼圈一红,掉下两行泪来,说:"我……我对不起你。那纸条不是别人开玩笑,而是……是……"

梅雪玉忙问:"是谁写来的?"

"一个劳改释放犯。"

"那里面说的是什么意思?"

"是逼我每个月九号给他五十元钱……"

梅雪玉奇怪了:"他是你亲戚?"

唐林摇摇头。

"是朋友?"

唐林还是摇摇头。

"那是什么关系?"

"一言难尽啊……"唐林话没说完,突然抽身站起,"扑通"一下,跪在了梅雪玉面前。

梅雪玉吓呆了,连忙伸手想拉起他,可他重重地在地上叩了三个响头,接着声泪俱下地说:"玉,我告诉你,我把一切都告诉你。可你……你要原谅我,一定要原谅我啊!"直到梅雪玉点了头后,他才说出了事情的由来——

原来,两年多以前,唐林有次出差,在火车上结识了一位绰号叫"野猫"的外地采购员。两人几经交往,便合伙干起了经济诈骗的罪恶勾当。唐林还利用职权,为诈骗活动提供了大量自己单位的空白介绍信。可是出师不利,"野猫"很快就被有关部门揪住了尾巴。唐林赶紧用花言巧语骗住了那个"野猫",要他一人揽下罪责,日后一定有报。那个"野猫"也真够义气,一口答应了,结果被判处二年徒刑,进了班房。

唐林本以为事情到此已经了结,谁知那"野猫"刑满释放后,很快就找到了他。今天向他借五块钱,明天又来讨十块钱,后来索性每月九号在唐林发工资的这一天找到镇里,伸手要五十块钱。唐林稍有吞吐,他就一瞪眼说唐林今天所以还能端着铁饭碗、拿国家工资,全是他的功劳。你好我好,就相安无事;要是疙疙瘩瘩,他就不客气了,说着还扬出了当年唐林与他合伙的证据。说他只要把这东西往公安局一送,他唐林就有好戏看喽!这一下,还不把唐林吓了个七荤八素!但是,把柄捏在别人手里了,只得一次次满足他的贪欲。但天长日久,何时才能摆脱这"野猫"的纠缠?左思右想,就编出种种理由,住进了野狼谷。谁知"野猫"还是跟踪而来……

梅雪玉听完这些,眼前一黑,差点晕倒。她万万没有想到那张纸条的后面,隐藏的是这样的大祸,不由得"刷"一下,泪水涌了出来。而唐林死死地拉住她,一迭声地说:"玉,我……我把一切都告诉你了。你……你看我应该怎么办,怎么办啊?"

梅雪玉思前想后,苦泪满眶,最后,她牙一咬说:"唐林,听我的话吧,把这一切都……都向领导说了吧。"

唐林一听这话,触电般从地上跳了起来,连连摇头说:"不不不!这……这不是自己往火坑里跳吗?眼下全国范围都在开展打击经济犯罪的斗争哪!说要从重从严从快。我去说,还不是刚好撞到了枪口上!加上我大小又算个干部,到时候刚好抓你个典型,那我……岂不是一辈子都完啦!"

梅雪玉方寸大乱:"那你……你就这样提心吊胆地过日子?"

唐林摇摇头说:"这日子我是一天也熬不下去啊!一个月被他敲去五十块钱倒还是小事,严重的是他手里捏着我的把柄,他什么时候都可以捅我一下子啊!"

梅雪玉听了也觉得左右为难，忍不住一下扑进唐林的怀里，把头紧顶着他的胸脯，"呜呜"哭着说："你呀，你呀，真是好糊涂啊……"

唐林一声不响，好一会，他才捧起梅雪玉的脸，帮她揩去眼泪，说："事到如今，后悔已经迟啦，我们还是想想以后该怎么办吧！"

梅雪玉问："你看呢？"

唐林说："我左思右想，觉得只有一条路可以走了。"

"什么路？"

"我……我不敢说。"

梅雪玉急了："现在是什么时候啊，你还这样吞吞吐吐！"

唐林咬咬牙，脸上露出了一股杀气，说："我想，无毒不丈夫，尽快干掉这个家伙……"

梅雪玉一听，如雷击顶，"啊"一声，吓得面孔变了色，她一迭声地说："不不不，这……这可是罪上加罪的事啊！"

而唐林一把将梅雪玉抱紧，说："玉，你听我说，听我说吧，我也是骑虎难下，被逼上梁山啊！这个隐患不除，我们一辈子都没得安宁，随时都可能身败名裂，家破人亡。再说那个'野猫'绝非好人，我是被他拉下水的呀！他对社会只有坏处，没有好处。从一个特殊的意义上说，干掉他，是代表正义对他实行合理的惩罚，而我们从此安全了。消除了这个隐患，我一定永远做好事，做好人，对得起社会，对得起你。为了我，为了你，也为了我们的爱情，为了我们的后代，你……你点一下头吧……"说着又"扑通"一声，在梅雪玉面前跪了下去。

有人说，眼泪是女人对付男人的有效武器，殊不知要是男人向女人使用这种武器，它的威力会成倍增加。梅雪玉是个教授的女儿，在她牙牙学语时，父亲就被莫名其妙地划为右派，母亲很快与之划清界线，远走高飞了。她是从人家的冷眼歧视中悄悄长大的。"文化大革命"开始不久，她父亲含冤自杀了，她理所当然地被时代洪流冲击到广阔天地接受再教育。举目无亲的处境和繁重的体力劳动，使她几乎想早点结束自己的生命。可就在这时候，唐林出现了，他对梅雪玉十分体贴，说他爱她；梅雪玉坦率地说她万事不求，就求能早点离开农村，唐林满口答应。就在唐林把她的户口弄到镇上的当天晚上，她就满足了唐林的需求。一个举目无亲、长期在冷眼歧视中生活的女人，一旦得到丈夫的柔情，是那么地容易满足，又是那么地害怕会失去。也许正是这种微妙复杂的感情，使她在唐林的眼泪鼻涕面前动摇了。她浑身发抖，双手颤栗，像一片树叶子那样贴在唐林身上，哆哆嗦嗦地说："这……这……要是万一让人发现了，那……"

唐林说，只要梅雪玉同意了，他保证万无一失。他说之所以要搬进野狼谷，就是为了动这个脑筋。唐林说他已摸准那个到处流浪的"野猫"，这几天正宿在独龙镇附近的一座偏僻凉亭里，他准备第二天晚上就动手。只要梅雪玉在他离家后，守在家中，以后要是有人问起她，就一口咬定他睡在家中，没有离开半步。

梅雪玉木愣愣地听着，她不知道自己应该点头，还是应该摇头，她已经做不出任何反应来了。

第二天晚上，唐林不知从哪里弄来了一把匕首，一根尼龙绳子，又戴上一顶鸭舌帽，架上一副墨镜，穿上一件旧风衣，把自己化装了一番。待到夜幕降临，他喝了四两烧酒，一阵风似的出发了。

梅雪玉默默地看着这一切，浑身颤抖不止。唐林走后，她跌坐在沙发上不敢动弹了，她简直怀疑自己是在做一场恶梦。想自己，平时看到别人杀鸡剖鱼，都会浑身起鸡皮疙瘩，可今天，竟眼睁睁地看着丈夫拿着刀子出门去杀人！她越想越害怕，越想越后悔，一下子从沙发上跳起来，想冲出门去，但开门一看，唐林早已无影无踪。而屋外月暗风紧，山影模糊，野狼谷的恐怖气氛，使她不由得头皮发麻，脸色泛白，连忙关门上闩，退回到沙发上蜷缩成一团，用双手紧紧地捂住面孔，连眼睛也不敢睁了。

不知过了多少时候，响起了"笃，笃，笃"的敲门声。她想一定是唐林回来了，连忙起身奔到门前。刚拔下门闩，"砰"一声，门被推开了。接着"呼"一下进来一个头戴鸭舌帽，眼架墨镜的男人。梅雪玉一下扑上前去，想问问凶吉如何,谁知来人一手将她推开,接着摘掉眼镜、帽子,露出一张鹰嘴鼠目的小脸,弹出一双血红眼睛,满脸杀气,盯住梅雪玉一动不动。

梅雪玉大惊失色,"啊"一声,退到墙边,结结巴巴地问道:"你……你……是谁?"

来人关门上闩,再转回身子,冷笑道:"我是谁,你还不认识?告诉你吧,我就是你们想谋杀的那位'野猫'!"

梅雪玉一听"野猫"二字,料知凶多吉少,吓得浑身根根汗毛直竖起来。而那"野猫"死死地盯住她,一步一步地走到她面前,"呼"一下,丢给她一个布包,冷冷地说:"先别紧张,请打开布包看看吧。"

梅雪玉浑身颤栗,看着那个布包,就像看着一个冒烟的炸药包,哪敢去打开,身子连连后缩。那"野猫"得意地扫了她一眼,再捡起布包,"呼"地抖开,把里面东西"哗"一下推到梅雪玉面前。梅雪玉一看,如雷击顶,一下子脸如土色,差点瘫下去。因为出现在她面前的,是一把带血的匕首,一根带血的尼龙绳子,一件血淋淋的风衣。这三件东西,全是她丈夫唐林出门时带去的。

梅雪玉这时候已经魂不附体,只听那"野猫"耸耸肩膀说:"你们这对狗男狗女,心真狠毒啊!好在我跑过码头,见过世面,早已看出姓唐的有可能狗急跳墙,杀人灭口,就时时在注意你们的一举一动。昨天晚上,你们在密谋杀人计划,我正好在门外听得一清二楚。既然你们无情,那我当然也就无义了。老实告诉你,你丈夫是搬起石头砸自己的脚,已经给我送到阎罗王那里报到去了!既然你们夫唱妇随,那我也就成全你们。你怎么个死法?自己挑吧,不要再叫我费手脚了。"说完,又发出一阵令人毛骨悚然的狞笑。

梅雪玉后悔极了,她恨自己软弱,恨自己一时糊涂,默许了丈夫的这次冒险,结果酿成了如此悲剧,送了丈夫的命还不够,自己也已经危在旦夕了。可她毕竟还只有三十来岁年纪啊,生活在她的面前似乎还刚刚开始,她怎么甘心离开这个世界呢?她不愿死,她要活下去。可她一想自己的处境,又绝望了。这野狼谷前不着村,后不着店,一个弱女子,如何对付得了这样一个心狠手辣的亡命之徒?喊吗?喊天不应,叫地不灵;逃吗?你跑得过他;拼吗?更不是他的对手。看来,今天晚上真是羊落虎口了!想到这里,她不禁万念俱灰,潸然泪下。

"野猫"见她这副模样,一阵冷笑,逼上一步说:"快拿主意吧,我是不会心慈手软的,泪水流成江也救不了你的命!"

梅雪玉一听"泪水流成江"这句话,突然眼前一亮,有了主意。她抬起头理理头发,揩揩眼泪说:"既然到了这一步,我活在这个世界上还有什么意思呢?你要我活我也宁愿死了。不过,请允许我挑一个死法……"

"野猫"点点头,说:"完全可以。是刀上死,还是绳上死?"

梅雪玉摇摇头,说:"野狼谷的前面就是大江,请让我跳江。"

"野猫"的绿眼珠转了几转,接着说:"好,我同意。"说着一脚踢起那把匕首,接在手中,晃了几晃,又逼近梅雪玉说,"走吧!"梅雪玉整整衣衫,扫了"野猫"一眼,大步向门外走去。"野猫"也紧紧地跟在她的后面。

此刻,时值深夜,天地间黑蒙蒙的一片,野狼谷山影模糊,树影摇曳,一阵阵阴风拂过茂林修竹,发出如怨似诉的沙沙声,真是鬼哭狼嚎,慑人魂魄!梅雪玉目不四顾,径直穿过黑压压的树林,踏下江岸,走上了那片宽阔的江滩。她的心在咚咚地跳着,她想的是自己曾两次横渡过这条江,今夜如何发挥好自己的水上功夫,靠这条江逃出魔掌……

可是,当她刚要靠近大江的时候,她突然发现,身后的"野猫"正在边走边脱衣服。她连忙转过身一看:不好!"野猫"已经脱去了全部外衣,身上只剩汗衫短裤了。梅雪玉马上停下脚步,问:"你……你想干什么?"

"野猫"一阵狞笑,得意地道:"干什么?为了送你上西天。你当我不知道啊,你大概在水里是有点功夫的。我早就看出了,你跳江自杀是假,靠江逃命是真。嘿嘿,你不死,我安宁得了?我与你一起下水,非得看着你一命归天不可!"

梅雪玉真没想到这家伙会如此阴险毒辣,不由得浑身沁出了冷汗。她往江面上一看，江面上一片漆黑，江水拍岸"哗哗"地响着，像在沉重地鸣咽……她想，现在已经到了你死我活的关键时刻，为了能活下去，为了最终能惩罚"野猫"，有些东西不能再顾了，她应该轻装下水，决一死战。想到这里，她牙齿一咬，"哗"的一声，撕掉外衣，又飞快地脱下长裤。顿时，一具曲线流溢的人体呈现出来，在朦朦胧胧之中显出诱人的幽光。"野猫"见了，一下子神魂颠倒，欲火中烧。他瞪起色眼，拦住梅雪玉，气喘吁吁地说："你……你……给我……等等，等等……"

梅雪玉十分清楚"野猫"此时的用意，故意问："你要干什么？"

"野猫"喘着粗气说："我……我……我想……我想……"说着他张开颤抖的双臂，扑上前来。

梅雪玉觉得机不可失，时不再来，就运足力气，略俯身子，拼尽全力用脑袋向"野猫"的下腹撞去。只听得"哎呀"一声，"野猫"被撞了个四脚朝天。梅雪玉这时不知从哪里来的一股力气，猛地扑上前去，想夺那把匕首。哪料想"野猫"正用捏着匕首的那只手在抚摸自己的痛处，见梅雪玉扑上前来，他急忙翻过身去。而梅雪玉还是拼尽全力扑了上去。正是事出意料，"野猫"提匕首的那只手来不及从身下抽出，而身子却被梅雪玉重重地压了下去。只听得"扑"一声，匕首深深地刺进了他的腹部，一股鲜血喷溅出来，他像野猫般嚎叫了一声，身子一下软瘫下去，再也不会动弹了。

这一来，梅雪玉反倒呆了。她站起来，看着躺在地上的"野猫"，怔了好一会，才转过身子，穿上衣服，往江岸上走去。她想，事已至此，得马上去镇上的派出所。

为了能快一点赶到镇上，她决定骑自行车去。于是飞快地穿过了那片黑茫茫的杂树林，直奔野狼谷的那间石砌小屋，几步跨上台阶，就推门进屋。刚想去拉电灯，猛听得黑暗处传来"啊"的一声惊叫。举目一看，只见对面墙角落暗处，正忽明忽暗地闪动着一颗火星。她大吃一惊，连忙喝问："谁？"可是，没有回答，只是"啪嗒"一声，那颗火星掉到了地上。她的心一阵慌乱，随手"啪嗒"一声拉亮电灯，定睛一看，不由得"啊"一声惊叫，差点倒下地去。

只见墙边的沙发上,正蜷缩着一个满身污血的人,此人正是她的丈夫唐林。

梅雪玉以为自己碰着鬼了。她连连地扭着胳膊,咬着舌尖,眨着眼睛。而唐林见了她,也是眼睛大睁,满脸惊恐:"你……你……"

梅雪玉经过了刚才江滩上的一幕,胆量已经壮了不少。她这时再也憋不住,一步上前,大声喝道:"唐林,你……你到底是人是鬼?"

唐林哆哆嗦嗦地反问:"你……你呢?"

梅雪玉胸脯一挺说:"我当然是人!"

唐林也点点头说:"我也是。"说完站起身来。

这时候,委屈的泪水一下子涌上了梅雪玉的眼眶,她一步冲上前去,扑进唐林的怀里,"呜呜"地哭了。

接下去,梅雪玉把自己碰到的前前后后告诉了唐林。唐林一听"野猫"已死,惊喜交加。随后也告诉梅雪玉,他晚上去找"野猫",谁知那家伙早有准备,刚进黑山口,就遭到他的突然袭击,几个回合之后,又被夺去了匕首、绳子,撕破了衣服,最后还被推下了悬崖,亏得他跌在悬崖下的大刺蓬上,才保住了一条命。待他攀上悬崖,赶回家来,一看门开屋空,知道"野猫"已经来过,就瘫倒在沙发上,再也站不起来了……

唐林说完这些,梅雪玉马上接口说:"唐林,这样的事,一生中经历一次已经太多了。现在,事情到了这一步,我们再也不要犹豫啦。走吧,我们马上到镇上去,把全部情况都向领导讲清楚……"

不待梅雪玉讲完,唐林吓得脸如土色,"噔"地一步跳开,把头摇成了拨浪鼓,一迭声地说:"不不不……"

可这一回,梅雪玉不妥协了,她斩钉截铁地说:"这一次,我是主意打定了,你不去,我去!该怎么处理就怎么处理,我都领!"说完,她一下转过身子,跨开了脚步。

唐林连忙将她拦住,讷讷地说:"等等,让我……再想想……"说完,他来回踱了几步,在椅子上坐下,点起一支烟,"嘶嘶"地抽了起来。

梅雪玉见唐林态度有变,就慢慢地靠近他,又是柔声细语地一阵劝说。

唐林闷着头足足吸了一整支烟，才抬起头来，说："那好吧，我去，不过去之前，我们先到江滩上去看看，要是那家伙还有救，我们就把他送到医院去，到时候也可以多说一句话。"

梅雪玉觉得此话有理，就点头随着唐林出了门，朝江滩走去。

江滩上，"野猫"扑卧在地，早已断气了。唐林与梅雪玉站在这具尸体面前，相对无言。等了好长一会，唐林说："这一去，我……我也许不会回来了。"说完，他张开双臂，把梅雪玉拥进了怀里。

梅雪玉感受到一种生离死别般的情绪，禁不住泪水外涌，扑簌簌地从脸颊上掉下来，她啜啜泣泣地说："不会的，不会的，即使暂时不能回来，我……我……也是属于你的……"说着把身子紧紧贴在唐林身上。唐林久久地吻着她，把她越抱越紧，越抱越紧。随后他的双手慢慢地从梅雪玉的腰部摸上来，摸上来，一直摸过背脊，摸过肩膀，落到了脖子上。就在这时候，他的脑袋猛地一别，用脸颊死死地堵住了梅雪玉的嘴巴，双手一下子掐紧了梅雪玉的脖子。善良的梅雪玉开始还以为是唐林过分激动的缘故，就没当一回事，直到连气也透不出了，才开始挣扎，但唐林的手却越卡越紧。她这才慌了，拼命睁眼一看，只见唐林满脸杀气，眼露凶光，咬牙切齿。梅雪玉的脑海里霎时跳出了一个可怕的念头：唐林正在谋杀自己！她挣扎着，惊恐地问："你……你为什么要害我……"

唐林铁青着脸，阴险地说："谁叫你铁了心，要去告发呢！一告发我什么都完了。今晚就让你、我和'野猫'死在一起！"他边说边使劲地掐。

梅雪玉虽说被掐得再也出不了声，但她脑子清楚，唐林这话犹如钢刀刺心，她悔恨交加，痛心疾首。她后悔自己不该同意搬到这鬼地方来；她后悔自己不该委曲求全听信他的花言巧语；她恨自己太软弱，居然默认他去杀人；她更恨正向自己下毒手的狠心贼唐林！

此刻，梅雪玉的脖子被唐林掐得呼吸艰难，生命已危在旦夕。生的欲望加上仇恨的火焰，使她产生了神奇的力量。她急中生智，连忙屏住呼吸，有意双腿一软，让身子软垂下去。待到自己的脑袋滑过唐林的胸脯时，她猛地双腿一挺，拼尽全力用自己的脑袋向唐林的下巴猛顶上去。只听得"咔嚓"一声，唐林被撞飞了两颗门牙，半截舌头也血淋淋地飞了出去。他本能地松开双手去捂自己的嘴巴，梅雪玉趁机飞也似的奔过沙滩，跳进了黑……的大江，飞快地游到对岸，向镇派出所飞奔而去……

（赵和松）

（题图：陈 宁）

炼狱18小时

地狱约会

腾飞集团是以柯正腾、柯正飞兄弟俩的名字命名的。哥哥柯正腾任董事长，弟弟柯正飞任总经理。

柯正腾四十岁时患上了糖尿病。富人命贵，柯正腾患病之后，就在城西30公里的白云山风景区盖了一座别墅，命名为腾飞山庄。这座二层楼别墅，宽敞坚固，造型别致，隐没在绿树丛中，柯正腾就整天住在山上安心静养，集团里的大小事务，都交由弟弟柯正飞打理。

这一天下班时，柯正飞突然接到集团里另一名外号"杨铁嘴"的董事打来的电话，说是董事长要在白云山召开董事会，有紧急事情要磋商，请所有的董事务必在6点半以前到会。

放下电话,柯正飞颇感奇怪,这几年哥哥很少过问集团里的事,即使要开董事会,也会事先与自己商量,今天怎么招呼都没打一个,就让人通知开会。柯正飞隐隐觉得这个会非同寻常,所以晚饭也顾不上吃,当即开车回家,接了自己的妻子,也是集团股东之一的白娜娜,直奔白云山而来。

柯正飞和白娜娜赶到哥哥的腾飞山庄时,其他董事还没有到。柯正腾一见到他俩,就诧异地问:"你俩怎么有时间到这里来?"

柯正飞愣住了,说:"不是你要开董事会吗?"

柯正腾一脸茫然:"谁要开董事会?谁通知你们的?"

柯正飞说:"杨铁嘴通知的。"

三个人正在愣神儿,柯正腾的司机阿冬领着一位年轻漂亮的女子走进来。这个女孩子叫赵南,是腾飞集团最年轻的股东。她进来后,也说是接到杨铁嘴的电话,通知她来开董事会的。

柯正腾不高兴地说:"这个杨铁嘴,搞什么鬼?我什么时候说要开董事会了?"正嘟哝着,杨铁嘴进来了。

杨铁嘴大名叫杨新,原来是一名律师,因为打官司能说会道,铁嘴铜牙,所以人们送了他"杨铁嘴"的外号。

柯正腾一见杨铁嘴,就生气地问他:"怎么回事?我没说要开董事会呀,你怎么将大家都召来了?"

杨铁嘴一愣,说:"是你的私人保镖大头打电话给我,说你让我通知大家开会的。"

"胡说!"柯正腾火了,"大头的母亲去世了,他两天前就回老家奔丧去了,他怎么会打电话通知你们开会呢?"

杨铁嘴见柯正腾不相信,掏出手机,翻出了来电记录,那号码的确是大头的手机号。

柯正飞便说:"拨过去,问问大头,到底是怎么回事?"

杨铁嘴反拨了过去,但语音提示说:"对方已关机。"

这就怪了,远在老家的大头怎么会假借董事长的名义胡乱发通知?大家都觉得这事不可思议。柯正腾也糊涂了:"大头跟了我好几年,一向中规中矩的呀。"

柯正飞不无担心地说:"这里面会不会有什么阴谋?"

这时,小保姆走进来,轻声问大家吃过晚饭了没有。大家这才记起来,晚饭还没来得及吃呢。

柯正腾说:"只怕大家都饿了,有多少饭菜,大家先将就吃一点吧。"

于是大家便到隔壁饭厅就餐,一边吃一边聊这件蹊跷事。聊着聊着,大家的话渐渐少了,柯正飞只感到眼睛发涩,脑袋发沉。他努力打起精神,只见赵南和自己的妻子白娜娜已经歪倒在饭桌上了,杨铁嘴和柯正腾也在摇摇晃晃,快要睡着的样子。他顿时意识到不妙,张嘴想喊点什么,舌头却不听使唤。他本能地去腰间掏手机,却感觉手机有千斤重,怎么也提不起来。接着,"咣当"一声,手机掉到了地上,他也一头栽倒在饭桌上。

柯正飞醒过来的时候,饭厅里的灯光耀眼,而窗外已经黑咕隆咚。再看眼前,哥哥、妻子,还有赵南、杨铁嘴,仍伏在桌上沉沉睡着。再看看饭厅的门口,司机阿冬也歪在那里,睡得像死猪似的。

柯正飞摇摇发沉的头,渐渐意识到一定是有人在饭菜里下了迷魂药了。他本能地伸手去腰间掏手机报警,但没掏着。他这才依稀记起,在自己快要晕倒的时候,手机掉在了地上。他艰难地弯下腰去找自己的手机,但地上啥也没有。

他忙去拿妻子的手机,但摸遍了白娜娜全身,也没摸到手机。他用力把白娜娜摇醒,又急着去赵南身上找手机。

他在赵南身上摸了一遍,也没摸到手机,倒把赵南给弄醒了,她发现柯正飞在摸自己的身子,顿时又羞又怒地叫起来:"你,你,干吗?"

白娜娜见了,软绵绵地伸手来揪柯正飞的耳朵,斥道:"你,你色胆包天!"

柯正飞也顾不得解释,只是冲她俩叫了起来:"你们快醒醒,睁开眼睛,看看发生了什么!"他这一喊,赵南和白娜娜同时一震,一看眼前的情景,彻底清醒了,慌忙站起来,去推仍在沉睡的柯正腾和杨铁嘴。

柯正腾和杨铁嘴被摇醒了,迷迷糊糊地问发生了什么事。柯正飞叫起来:"我们被下了药!快,找找你们的手机,快报警。"

大家摸遍了自己全身,谁也没摸到手机。很显然,有人乘他们昏睡的时候拿走了他们的手机,目的就是想阻止他们报警。

柯正腾叫道:"我卧室里有电话,打电话报警。"柯正飞听了,忙奔上楼,到哥哥的卧室里打电话,可提起电话,他不由愣住了,电话线被人掐断了。

柯正飞正在发愣,猛地听到楼下传来一声尖叫,这叫声在这寂静的夜晚,听起来非常恐怖。他吓得扔下话筒,往楼下跑。跑回饭厅,只见白娜娜和赵南都紧张地用双手按着胸口,而哥哥和杨铁嘴正在看一张纸条。

这时,柯正腾和杨铁嘴看完了纸条,也是一脸紧张的表情。柯正飞从他俩手中接过纸条一看,只见上面歪歪扭扭地写着:

我是索命的魔鬼,我将你们召集到这里来,就是要取你们的性命!这里就是你们的炼狱!从你们看到纸条的时候起,炼狱的大门正式向你们启动,谁走出这幢别墅,我就杀死谁。我就在别墅的周围徘徊,等着你们送命来!

柯正飞看了纸条,也不由得感到心惊。赵南告诉他,纸条刚才就压在饭桌上的一个菜盘底下。

柯正飞将这张纸条与前面的事一联系,不由不寒而栗。他们莫名其妙地被召到这里来,接着是中毒昏睡,再接着是这张纸条,可见这是事先设计好了的圈套。他像是问自己,又像是问大家:"这是谁干的?为什么要这么干?"

柯正飞嘴里说着,目光在每个人的脸上扫来扫去,突然,他叫了起来:"小保姆哪里去了?"

人们这才发现,自他们苏醒过来,就一直没发现小保姆的身影。

对,小保姆!

这桌饭菜是小保姆准备的,只有她有机会在饭菜里下毒,然后趁大家昏睡的时候拿走手机,割断电话线,让他们不能报案。

血雨腥风

几个人几乎是异口同声地大叫起来："小保姆!"这一叫,把躺在饭厅门口的司机阿冬惊醒了。他迷迷糊糊地坐了起来,揉揉眼睛,看看众人,又看看自己坐的地方,一脸的迷茫。

柯正腾见阿冬醒了,就厉声问道："保姆在哪?"

阿冬吃惊地瞪大眼睛,结结巴巴地说："她,她难道不在厨房里吗?"

杨铁嘴听了,忙去厨房,但很快就跑回来冲大家摇了摇头。

柯正腾气呼呼地冲大家叫道："这丫头跑哪去了?大家去找!我绝对饶不了她!"就在他叫嚷的时候,从隔壁房间里传来了"啊啊啊"的叫唤声。大家走过去一看,那是小保姆的房间,声音正是从里面传出来的。

柯正飞上去敲了敲门,门内回应他的仍是"啊啊"声。柯正飞推了推门,门反锁着。他返身到饭厅拿来一把椅子,抡起椅子"砰砰"几下把门砸开了。

大家一看,只见小保姆蜷缩在房间的地板上,她的脸上、脖子上,全是殷红的血,她的手脚被绳子绑着。柯正飞扔下椅子,奔了进去,连声问:"谁干的?告诉我,谁干的?"

小保姆像哑巴似的只是"呜呜啊啊"发出含糊不清的声音,接着一张嘴,嘴里就涌出了大量的鲜血。柯正飞一边手忙脚乱地给小保姆松绑,一边追问:"谁把你绑在这里的?"

松了绑,小保姆哭着用手往自己的嘴里一掏,血顿时汩汩直冒,她的手上,拿着一块血肉模糊的东西。

柯正飞一看,惊骇地叫道:"她,她的舌头,被人割了!"

一听这话,大家只觉得头皮发麻,门外的白娜娜和赵南吓得"哇哇"直叫,赵南更是背过身去干呕起来。

这时,小保姆抬起头来,痛苦地看了大家一眼,哪知这不经意的一眼,她的瞳孔突然紧缩,脸上露出了极端惊恐的表情。她"啊"的一声怪叫,猛地从地上爬起来,一把推开柯正飞,就没命地从房间里跑了出来。

大家被这突然的变故惊呆了,眼睁睁地看着小保姆跑出别墅的大门,跑向黑漆漆的门外。眨眼间,她的人影就被黑暗吞没了,只听见她惊恐而含糊的叫声。

最先反应过来的是柯正腾,他冲众人叫了起来:"快,快把她追回来,她一定看到了绑她的人!"

一句话将大家从呆愣中惊醒了,阿冬最先明白了老板的意图,他率先追了出去,接着,杨铁嘴和柯正飞也追了出去。

柯正飞跑到门外,外面一片漆黑,几乎是伸手不见五指。好在小保姆的叫声一直从前面传过来,引导着他,循着声音高一脚低一脚地往前追赶。

追了不到两分钟,柯正飞突然想起前面不远处是一片树林,听小保姆的叫声,她正在往树林处跑。柯正飞觉得必须在小保姆跑进树林前抓住她。就在他加快速度时,猛地听到前面小保姆"啊"的一声惨叫,那声音尖锐凄惨、恐惧绝望。这一声叫,刺得柯正飞心惊胆战,骇得他一下子站住了。

就在这时,前面传来了一阵低沉嘶哑,缓慢却极凶狠的男人说话声:"本来,我只想割了你的舌头,不让你说出事情的真相,但既然你认出我了,我只有杀了你!"这声音一停,就传来小保姆第二声让人心怵的惨叫。

叫声过后,四周再没有动静。柯正飞吓得双腿发软,他哪敢再向前挪步,当即转身就往回跑。

柯正飞跑到别墅前,拼命拍门、叫喊:"开门,快开门!"这时,杨铁嘴和阿冬也跑了回来。待门一开,三人冲进门内,转身"咚"地将门关了个严严实实。

大家围着沙发坐下,一时间,谁都不言语。过了好一会儿,杨铁嘴开口道:"要不,我们跑出去,下山,去市内,这样……"哪知,他的话还没说完,突然,客厅里的所有灯光熄灭了,原本亮如白昼的客厅,眨眼间一片漆黑。

灯一熄,只听到赵南和白娜娜的尖叫声。白娜娜吓得钻到柯正飞怀里,将柯正飞抱得铁紧。其他人也紧张得大气都不敢出。

黑暗持续了约三分钟,所有的灯又莫名其妙地亮了。

这时，赵南惊呼起来："你们看！"她的手颤抖地指着沙发前的茶几。大家望过去，只见茶几上放着一张纸条。

柯正飞拿过那张纸条，只见上面仍是歪歪扭扭地写着——

索命魔鬼再次警告：别想逃跑！别想走出别墅大门，否则，小保姆的下场，就是你们的下场！"

看了纸条，柯正飞结结巴巴地问大家："这纸条，是，是谁放这里的？"

大家都茫然地摇头。

赵南说："我记得，刚才这茶几上还啥东西也没有，看来这张纸条是我们屋内的人趁熄灯的时候偷偷放上去的。那个索命魔鬼，就是我们之中的一个！"

此言一出，大家都惊恐地从沙发上弹跳起来，本能地与他人拉开了距离，戒备地打量身边的每一个人。

谁是魔鬼

柯正腾环视众人，厉声喝道："谁是那该死的索命魔鬼？我柯正腾待你们不薄，你为什么装神弄鬼地吓唬人？"大家你看看我，我看看你，没人吭声。

柯正飞凑过去对柯正腾耳语道："哥，要不，我俩上楼到你的卧室，商量一下。"

柯正腾想了想，点了点头，尔后招呼一声白娜娜，三人上了楼，来到柯正腾的卧室，关好门窗。柯正腾单刀直入，问弟弟和弟媳："你们说，那放纸条的人会是谁？"

白娜娜说："除了咱们一家人，楼下的，我都怀疑。"

柯正腾点了点头，说："在这样的时候，我也只能相信你俩了。但楼下的三个，到底是谁呢？我们与他无冤无仇，他为什么要这样对待我们呢？"

白娜娜想了想，说："说到冤仇，我觉得，那个索命魔鬼就是赵南。大哥不要忘了，咱们的腾飞集团以前可是叫龙跃集团，大股份是赵南父亲的，我们不但将集团改了名,还瓜分了赵南父亲的股份。她一定是知道了内幕,所以找我们寻仇。"

柯正飞听了,默不作声。他觉得妻子说得不错,腾飞集团的前身的确是龙跃集团,董事长就是赵南的父亲赵龙跃。当时,赵龙跃占了集团百分之六十五的股份,而柯正飞和他哥哥柯正腾加起来也只占了百分之三十五。

八年前,赵龙跃因脑溢血中风住进了医院,丧失了说话的能力,集团里的事只得交给柯正腾打理。赵龙跃除了一个独苗女儿赵南在国外求学,别无亲人。对董事长的位子垂涎已久的柯正腾觉得机会难得,于是对赵南封锁了她父亲住院的消息,并找柯正飞商量,怎样才能将董事长的位置弄到手。

要将董事长的位置弄到手,首先就要让自己成为最大的股东,兄弟俩经多次密谋,决定吃掉赵龙跃的股份。当时,龙跃集团的财务总监叫占晓云,是个长得丑陋,性情也古怪的老姑娘。柯正腾便去向她求婚,占晓云自然是大喜过望,对柯正腾百依百顺。柯正腾便让占晓云修改集团里的账目,吞吃赵龙跃的财产。

仅仅这些还不够,要想让赵龙跃的财产名正言顺地成为自己的财产,必须要有正规的法律手续。当时杨铁嘴是集团里的法律顾问,而柯正飞的女朋友白娜娜,是市公证处的一名公证员。柯正飞便向哥哥献计,让杨铁嘴和白娜娜帮忙,伪造法律手续。

但帮忙不能白帮,柯正腾许诺凡参与这件事的人,都可以分到赵龙跃的一笔财产。就这样,柯正腾、柯正飞、占晓云、杨铁嘴、白娜娜,五个人联手,不但修改了集团的账目,还伪造了集团的财产公证,伪造了赵龙跃的遗嘱。

后来,赵龙跃死了,他们每个人得到了集团百分之十的股份,只留了百分之十五的股份给赵龙跃的女儿赵南。柯正腾如愿以偿地登上了董事长的宝座。柯正腾与占晓云结婚两年后,占晓云怀孕难产,大人小孩都没保住性命,占晓云名下的股份自然也归了柯正腾。

想起这些事，柯正飞自然明白妻子话里的意思。但是，他却认为，那个索命魔鬼不会是赵南，因为在他看来，赵南只是个涉世不深的女孩，而且这么多年，她对她父亲留给她的财产，从来没有过怀疑。于是他摇了摇头，说："我觉得不是赵南。当年我们瓜分她父亲的财产的事，做得天衣无缝，她不会怀疑。更何况，刚才在野外，我听到杀小保姆的人的说话声，是个男的。你俩想一想，去追小保姆的，只有三个人，我、杨铁嘴、阿冬，都是男的。"

白娜娜问："你的意思是说，去追小保姆的人杀了小保姆？"

柯正飞点点头，说："你想想，那个人能在门窗都关严的情况下，短短的三分钟内将纸条放在茶几上，这个人只能是我们六个人中的一个，而小保姆是在外面被杀的，也只可能是追出去的人干的。"

柯正腾一拍大腿，说："对！你们注意到没有，当时小保姆看人的眼神是那样的惊恐害怕，她所以向外跑，一定是发现了割她舌头的人。而凶手见她认出了自己，必定要追出去杀人灭口。这个人，不是杨铁嘴，就是阿冬！"

最终，三个人一致将疑点放在阿冬的身上。

他们是这样分析的：追赶小保姆时，阿冬是第一个跑出去的，又是最后一个跑回来，这么长时间他完全有可能杀死小保姆。而更重要的一点，大家吃晚饭的时候，因为饭菜不够，只有几个董事吃，阿冬和小保姆作为下人，都没吃。大家是吃了饭菜中毒的，阿冬根本没吃东西，怎么也会晕倒呢？唯一的解释，他是装的。既然认定阿冬有可能是凶手，那该怎么办呢？他们最后统一意见是，为了不激起阿冬狗急跳墙，稳妥的办法是支开他，然后大家趁机逃跑。

三人回到楼下客厅里，柯正腾往沙发上坐下后便对阿冬说："小保姆死了，凶手是谁我们也不知道，报警吧又没个电话，你跑一趟，下山，去公安局，让他们来人。"

阿冬面有难色地说："纸条上不是说，谁走出别墅就杀了谁吗？我可不敢……"

柯正腾安慰说："你和杨董事他们刚才不也跑到外面追小保姆了吗？结

果怎么样，你不还是好好地回来了？那纸条是吓唬人的。再说，我们分析，那个索命魔鬼就是我们屋内的这些人中的一个，只要我们不让屋内的人出去，谁还能到外面拦你？"

阿冬毕竟是柯正腾的司机，老板下令了，还能不同意？他去房间拿了车钥匙，然后苦着脸，磨磨蹭蹭走出别墅大门，登上他平时开的小车，发动了车子，开亮了车灯，"呼"地开走了。

眼瞧着阿冬的车上路了，柯正飞立即对大伙儿说："我们分析，那个索命魔鬼就是阿冬。现在我们支开了他，大家立即上自己的车子，逃下山去。"

赵南担心地问："要是阿冬在前面用车子拦住我们怎么办？"

柯正飞大手一挥："撞他！我就不信他拦得住我们三辆车。只要有一辆车逃出去了，就可以报案呀！"

大家一窝蜂地跑出别墅的大门，跑向自己的车子。就在大家纷纷拉开了自己的车门，准备上车时，不远处突然升起了一团火光，接着，"轰"的一下巨大的爆炸声传了过来。

大家被这巨大的爆炸声惊呆了。那团火光，正在别墅前面的第一个拐弯处，也就是阿冬的车刚刚开到的地方。

第一个从惊愕中反应过来的是杨铁嘴，他变声变调地冲大伙儿怪叫起来："有炸弹！阿冬的车被炸了！大家别上车！"

他这一叫，大家的手像被烫了似的，纷纷将扶着车门的手缩了回来。然后，一窝蜂地跑回了别墅。

草木皆兵

回到别墅，大家都像惊弓之鸟。阿冬的车被炸了，无疑，其他的车也有被炸的可能，很可能歹徒在每辆车上都安上了炸弹。没有车，几十里的山路，怎么下山？路上歹徒会放过你？逃跑，现在他们是想也不敢想了。

阿冬的车被炸了，不用问，阿冬必死无疑。阿冬是索命魔鬼的可能性也排除了,那么,索命魔鬼只会是屋内这五个人之中的某人了。

此时,五个人分成了三方,柯氏兄弟和白娜娜为一方,而赵南和杨铁嘴各自为政。三方人分开站着,形成三足鼎立的局面,他们都不言不语,神经绷紧,虎视眈眈地盯着另外两方的人。

正当三方人处于僵持时刻,突然别墅内的灯光再一次熄灭,眨眼间又陷入了深不见底的黑暗之中。

三方人都同时惊叫起来,本能地往后退,生怕在黑暗中遭到暗算。大约过了一分多钟,所有的灯又亮了起来。

灯亮了,大家发现,三方人中间的空地上又出现了一张让人胆战心惊的纸条。

柯正飞上前捡起了纸条,只见上面写着:

你们已经看到了,逃跑是什么下场。我也不与你们打哑谜了,实话告诉你们吧,我要你们所有人的股份。只要你们愿意放弃在腾飞集团拥有的股份,我可以放你们一条生路。

柯正飞看完纸条,心情沉重地死死盯着赵南和杨铁嘴,现在,他真的拿不准,放纸条的人,到底是赵南,还是杨铁嘴。他将纸条交给哥哥和妻子看了,然后又放回了原处。

接着,杨铁嘴拿过纸条看了,也是一脸的惊诧。

最后,赵南看了纸条。看完纸条,她像是被蝎子蜇了一下,猛地将纸条扔了,一脸的紧张恐怖,接着歇斯底里地叫起来:"谁?你们中到底谁是这个魔鬼?为什么这么卑鄙?用这样的手段来夺我的财产!"

白娜娜冷冷地接了腔:"谁?我看就是你!你装模作样地在这里演戏!是你,想要我们的股份!"

"我?"赵南怪叫起来,"我干吗要你们的股份?我自己有股份!是,是你,你们……"

她将屋内的人一个一个地看了之后,像疯了一样,双手抱头,痛苦地大喊大叫起来。

赵南喊叫了一阵，见没有人接腔，就停了下来，嘤嘤啜泣。屋内的人只能戒备地你看我我看你，相互猜疑，相互提防。

僵持中，天色一点一点地亮了。让人恐惧的黑暗终于逝去，太阳，从白云山的山坳里，露出了小半张红脸，而屋内的紧张气氛丝毫没有改变。

最先忍受不了的是赵南，她不时地望望窗外。窗外已有阳光，一草一木在阳光中显得鲜艳清新。也许是阳光壮了她的胆，也许是她心中的弦已经绷断，精神已接近崩溃，她猛地跳起来，歇斯底里地大叫："我不能在这里待下去了，我不能在这里送死，我得走，我得下山！"她喊着，开始往门口走去。

柯正飞不由自主地向前迈了几步。此时，他的心里很矛盾：他还弄不清楚赵南是不是凶手，不想让她就这样走了。但同时，他又希望她走，由她为自己打头阵，看能不能闯出一条生路。

赵南走到门口，拉开大门，她蓦地回过身来，有些神经质地冲屋内的人大叫大嚷："谁都不许跟上来！你们看好了，谁跟上来，谁就是索命魔鬼！只要索命魔鬼不跟上来，我一定能逃出去，一定，一定……"赵南像疯子似的，不断地重复着最后的两个字，然后，快步冲了出去。跑到停车的地方，拉开了自己小车的车门，但她略一犹豫，没有上车，而是沿着盘山公路向前跑去。

屋内没人跟出去，只是个个目不转睛地盯着赵南的背影渐跑渐远，眼看就要拐过盘山公路的第一道弯了，不料就在这时，只见弯道一边猛地冲出一个人，面戴狰狞可怖的面具，手握着一把寒光闪闪的尖刀，拦住了赵南的去路。就听赵南"哇"的一声惊叫，转身便往回跑。可是没跑几步，又见弯道的另一边也冲出一个头戴魔鬼面具的人，两个"魔鬼"一前一后堵死了赵南的去路。

赵南无处可逃，只得跑进了路边的树林。她一边跑，一边拼命喊救命。两个"魔鬼"也追进了树林。

赵南的呼救声越来越弱，最后，传来的是两声凄厉的惨叫。惨叫过后，外面是死一般的沉寂。过了一会儿，只见两个戴魔鬼面具的人，又从树林里冒了出来,上了盘山公路,隐身于弯道的那边。

屋内的人此时终于明白,原来,"索命魔鬼"不止一个人,他还有同伙守在别墅外面,看来,除了按纸条上说的交出股份,是没办法活着离开这幢别墅了。但交出股份权,就能活着离开吗?谁能保证索命魔鬼不杀人灭口?

就在大家心惊胆战、不知所措时,柯正飞突然扑向杨铁嘴。他觉得赵南是索命魔鬼的可能性已经排除,现在就剩下杨铁嘴了。只有抓住杨铁嘴,自己才有活着的希望。

但杨铁嘴早有提防,没等柯正飞扑到跟前,他一闪身躲开,然后飞快地跑进厨房。柯正飞冲哥哥和妻子大叫:"快抓住他,他是魔鬼!只有抓住他,他的同伙才不敢向我们下手,我们拿他当人质,才可以活命!"

一句话惊醒了柯正腾和白娜娜,三个人一步一步地向厨房包抄过去。没等他们来到厨房门口,杨铁嘴已手拿菜刀从厨房里出来,冲三个人怪叫道:"来呀,来抓我呀,谁上来我就砍死谁!"

面对菜刀,三个人都不由得后退一步。杨铁嘴也不敢贸然上前,双方僵持着。眼看这样僵持下去不是办法,柯正腾只得改变策略,对杨铁嘴说:"杨铁嘴,你先将刀放下来,咱们有话好好说。"

"说个屁!"杨铁嘴激动地叫起来,"放下刀我就没命了,你们不仅想要我的股份,还想要我的命!我真傻,一直还蒙在鼓里。我早应该想到,这场阴谋是你们策划的,你们一直就想独吞集团的财产。当年,你们用卑鄙的手段对付赵龙跃,现在又用阴险的手段对付我和赵南。"

柯正飞气坏了,咬着牙骂起来:"你他妈的还倒打一耙,明明想独吞股份的是你!你就是那个索命魔鬼!"

"你放屁,你贼喊捉贼!"

就在柯正飞与杨铁嘴互相谩骂、互相揭短时,柯正腾突然神色紧张地轻声对柯正飞说:"正飞,窗户外面好像有人。"

柯正飞一听,也慌了。他想一定是那两个戴魔鬼面具的歹徒赶来了,如果不能及时拿下杨铁嘴做人质,就真的危险了。

情况紧急，柯正飞豁出去了，他抓起身后的一把椅子，就向杨铁嘴冲了过去。杨铁嘴挥舞着菜刀抵挡。但柯正飞冲得猛，杨铁嘴被椅子顶到了墙上，椅子的四只腿刚好叉在杨铁嘴的双肩和身体两侧，他一下子动弹不得。说时迟那时快，柯正腾和白娜娜一拥而上，夺下了杨铁嘴手中的菜刀。三人合力，将杨铁嘴按倒在地上，将他的双手扳到背后。柯正飞想找绳子绑他，但别墅内没绳子，柯正飞就叫白娜娜上楼将被单撕成条当绳子。

白娜娜上楼去了。柯正飞怕杨铁嘴反抗，就解下了自己的领带，先将杨铁嘴的双手绑牢，然后两个人按着杨铁嘴，等白娜娜拿被单下来。

亲人反目

过了半天，白娜娜才神色慌张，双手空空地跑下楼来。柯正飞不满地问："被单呢？"

白娜娜眼神异样地看看柯正飞，又看看柯正腾，然后对柯正飞说："你来一下。"

柯正飞看妻子表情怪异，猜测必定有要紧的事，就交代哥哥，按住杨铁嘴，自己站了起来。

白娜娜将他领到二楼柯正腾的卧室内，关上门，才紧张地说："我们抓错人了，那个索命魔鬼不是杨铁嘴，是你哥！"

"我哥？"柯正飞大吃一惊，"这怎么可能？"

白娜娜指着床头的电话机，说："我刚才上来拿被单，这电话突然响了。我当时也吓了一跳，你不是说这电话被人掐断了吗，怎么还会响？我拿起来一听，就听一个男人在说：'董事长，我是大头，他们愿交出股份权了吗？我看还是让我进去，将他们杀了吧。你的弟弟和弟媳本来就是你家里人，他们一死，财产名正言顺地到了你名下，至于杨铁嘴，我们再……'他的话还没说完，电话就断了。"

柯正飞一听，只觉得脑袋"嗡"的一响，整个人几乎傻了，他不敢相信哥哥会是索命魔鬼，但这话是从妻子嘴里说出来的，他又不得不对哥哥有所怀疑。他觉得，论亲情，哥哥是不应该对弟弟下手的，但论人品，这样的事，他这位哥哥是做得出来的，他想到当年哥哥侵吞赵龙跃股份时用的手段，想到当时将赵龙跃的股份分给杨铁嘴和白娜娜时，哥哥那不乐意的态度，觉得哥哥这次完全可能施展出阴谋来夺取所有人的股份。

白娜娜劝柯正飞将杨铁嘴放了，去将柯正腾绑了。柯正飞经过痛苦的左思右想，最后还是决定，将哥哥也绑起来，但不能放了杨铁嘴。说实话，平时处事果断、诡计多端的柯正飞，此时也方寸大乱，他不知道应该相信谁，甚至连妻子，他都无法完全相信。

于是，他和白娜娜将床上的被单撕了拧成绳子。两人拿了绳子下楼，见柯正腾还在按着杨铁嘴。柯正飞走过去，假装绑杨铁嘴，趁柯正腾不备，猛一下就将柯正腾的双手绑了起来。

柯正腾惊得大嚷起来："正飞，你干什么？"

柯正飞一边绑一边说："对不起，哥，娜娜刚刚接了个电话，她说你才是真正的索命魔鬼，我不得不将你绑起来。"

柯正腾一听，双眼瞪着白娜娜，怒气冲冲地骂她造谣污蔑。

白娜娜也不示弱，回骂道："你黑心、卑鄙，我刚刚接到了大头打来的电话，他是打给你的，问你要不要杀掉我们。你也太狠了，竟然对自己的弟弟和弟媳下毒手！"

这时，躺在地上的杨铁嘴也大叫起来："这一下我算是明白了，就是他！这事一开始就是由他策划的，他让大头打电话给我，召集人们来开会，然后由大头在外面守着，他在里面，里应外合。"

柯正腾叫屈说："我为什么要这么做？"

"为什么？为了股份呗！"杨铁嘴说，"为了股份，你什么事做不出来？当年，你不就是让大家修改账目，伪造遗嘱，伪造公证，才将赵龙跃的股份夺了过来，你现在又想将我们手中的股份夺过去，所以你就……"

"放你妈的屁！"柯正腾骂起来，"当初赵龙跃的股份，你不也分了一份吗?你有什么资格说别人?"

杨铁嘴反唇相讥:"我是分了一份,所以你不甘心,你现在又想将这一份夺过去。"

两个人对骂着,都说对方是索命魔鬼,都叫柯正飞放了自己。柯正飞不但不放,还给他们加了一道绳子。

柯正腾满脸痛苦,绝望地望着柯正飞,问:"弟弟,我可是你的亲哥哥呀,你就这样待我?这样狠心?"

柯正飞咬牙说:"不是我狠心,是你狠心!"

柯正飞说罢,再也不理他们,他让妻子去找吃的,吃饱了,等他们的同伙进来,好有力气与他们拼。

白娜娜去厨房转了一圈,出来说没现成的东西吃,冰箱里的东西都是生的,二楼会客厅里有水果,可以先上去拿一点充饥。

柯正飞从昨晚一直折腾到现在,的确感到饿了。反正哥哥和杨铁嘴都被绑得严严实实,别墅的门窗也关得死死的,他就放心地上二楼去拿水果了。

他拿了水果,刚要下楼,突然听到隔壁"叮铃铃"响起了电话铃声。柯正飞先是一惊,他循声走进隔壁哥哥的卧室,是床头的电话在响。他跑过去,拿起了话筒,听筒里传来一个男人低沉的声音:"白老板吗?屋内的那些人搞定了没有?要不要我们进来帮忙?"

"白老板?"柯正飞浑身一震:"是她?白娜娜!"

也许是柯正飞一直没说话,引起了对方的怀疑,电话很快就断了。柯正飞这才醒悟过来,慌忙拨打110,但电话机却无声无息了。显然,电话线再一次被人掐断了。

柯正飞三步并作两步,冲下楼,见白娜娜在厨房里弄吃的,他二话没说,抡圆了胳膊,"啪"一巴掌捆在白娜娜脸上,白娜娜被打得倒在地上。

白娜娜被打懵了,好半天,才抚着脸问:"你干吗?你疯了吗?"

柯正飞上前一把揪住了白娜娜的头发,将她从厨房里拖了出来,一边拖一边大叫:"我是疯了,居然一直没认清你的嘴脸,原来,想要我们命的,是你!"

白娜娜终于明白是怎么回事了,她冲柯正飞骂起来:"你真的是疯了,你居然怀疑我,我是你老婆呀,你连我都信不过?"

柯正飞捡起地上剩下的绳子,将白娜娜的双手绑了,一边绑一边恶狠狠地骂道:"你还装?人家电话里已经说得清清楚楚了。"

这时,一旁的柯正腾大叫了起来:"怪不得她栽赃到我头上呢,原来是转移目标,借弟弟你的手将我绑起来。弟弟,快,你现在可以将我放了,我们一致对付她!"杨铁嘴也叫起来:"现在事情清楚了,快将我的绳子解开!"

白娜娜急得在一旁大叫起来:"千万别放了他们,老公,你听我的,相信我的话,我是你老婆呀,我是冤枉的。"

柯正飞这边看看,那边看看,一时间,他不知道该怎么办才好。他不知道该相信谁才好!他真的快疯了,捂着耳朵歇斯底里地大叫道:"你们都别说了,我谁也不放!我谁都不信!我只相信我自己!你们都不是什么好人!"

杨铁嘴望着柯正飞,撇了撇嘴,冷冷地哼了两声,说:"你是什么好人?当初,夺取赵龙跃股份的时候,不就是你出的主意?要我说,最歹毒的就是你,你才是真正的索命魔鬼,你现在将我们三个人都绑起来,不就说明问题了吗?"

走出炼狱

正在这时,外面突然响起了敲门声。屋内的人顿时一惊,吓得都不敢出声。

柯正飞慌忙跑到厨房门口,捡起地上的菜刀,一会儿将刀架在白娜娜的脖子上,一会儿又将刀架在哥哥脖子上,再一会儿又将刀架在杨铁嘴的脖子上,他不知道,拿谁来当人质才是合适的。

门再度响起来,并有人大声叫喊:"开门!开门!"

柯正飞吓得疯了一般叫起来:"别进来!不然的话,我杀死他们!"

窗口出现了一个穿着制服举着枪的警察,冲着柯正飞喝道:"放下刀,我们是警察!"

柯正飞战战兢兢地问:"你真的是警察?"

窗户外又出现了几个穿警服的人,说:"我们真的是警察,快把门打开。"

柯正飞终于看清了,是警察!他"哐当"一声扔了菜刀,跑过去将门打开了,几名警察同时冲了进来。

终于得救了!柯正飞做梦也没想到警察会来,他喜极而泣,哽咽着说:"你们来得太好了。你们知道吗?有人要杀我,就是他,他……"他用手指着被绑的三个人。

一个警察笑了笑,说:"他们要杀你吗?我只看见你拿着刀要杀他们呢。"说着话,"咔嚓"一声给柯正飞戴上了手铐;接着,几名警察过去,给柯正腾、白娜娜、杨铁嘴三个人松了绑。一松绑,几个警察都掏出手铐,也"咔嚓"、"咔嚓"将他们三个人铐了起来。

几个人都愣住了,同时惊叫起来:"你们怎么铐我?我是被害人呀,是有人要杀我。"

警察还是笑笑,问:"谁要杀你们?是她吗?"他用手指指身后。只见门口进来一个年轻漂亮的女孩。四个人一见那女孩,同时惊叫起来:"赵南?你,你不是被人杀了吗?你没死?"

赵南微微一笑,说:"我怎么会死?追杀我的是我的男朋友,他怎么会让我死?"说着话,她朝外面招了招手,外面并排走进来一男一女,那男的,是柯正腾的司机阿冬,那女的,就是小保姆。

柯正飞他们吃惊得瞪大了眼睛,怪叫起来:"你们是人是鬼?你们不是死了吗?"

赵南仍是微笑着说:"你们亲眼见到他们死了吗?我介绍一下吧,阿冬,是我的男朋友,我俩在国外留学时就相爱了。小保姆呢,是阿冬的妹妹。我们只是演了一场戏给你们看。"小保姆调皮地扮了个鬼脸,说:"我只含了点鸡血和一小块牛肉在嘴里,就让你们以为我被人割了舌头,嘻嘻。"

柯正飞、柯正腾兄弟俩恍然大悟，异口同声地问:"索命魔鬼就是你们？你们为什么要装神弄鬼地吓唬我们？"

"为什么？"赵南脸上的笑容眨眼间变成了悲愤，她冷冷地说，"为什么，你们自己应该很清楚。你们侵吞了我父亲的股份，还将我父亲的集团改了名，据为己有。你以为我是傻瓜？相信我父亲在龙跃集团只拥有百分之十五的股份？一个董事长，一个连集团的名字都是以他的名字命名的董事长，会只是一个小股东？我再年轻，再不清楚集团的底细，这点常识还是懂的。所以，我只有不露声色，来弄清楚我父亲的股份去了哪里。但是，你们联手，将事情做得不露一点痕迹，我没法查。三年前，你，柯董事长，要造别墅休养，我才有了机会，让阿冬和他妹妹混进去给你当了司机和保姆，想从你们的言谈中觅到蛛丝马迹，但阿冬他们并没有得到什么有价值的线索。这次，保镖大头回家奔丧，因为他的手机卡号是本市的，他不想回到家乡打电话多花钱，所以将卡号留了下来。我们才真正逮到了机会，用大头的手机卡号通知你们开会，然后一步一步地给你们制造恐惧和猜疑，让你们精神崩溃，让你们相互怀疑，这样，你们就会狗咬狗，抖出你们见不得人的东西。顺便告诉你们，那些纸条就是我放的，而电线和电话线，是由阿冬的妹妹在外面控制的。"说到这，她举起了手中的一个录音机，"你们狗咬狗，终于说出了当初侵吞我父亲财产的内幕，我们都在窗外录了下来。其实，我一离开别墅，就通知了警察。我怕录音不能作为证据，就让在场的警察亲耳听到了你们当初的阴谋，你们就认罪吧。"

柯正腾、柯正飞、白娜娜、杨铁嘴四个人听了，脸色由白变灰，冷汗直冒。

警察将他们四个人带了出来，押上了通往山下的路。此时，太阳正好当顶，柯正飞他们自从进入腾飞山庄到现在离开，整整18个小时，这18个小时，他们如在炼狱，受尽了煎熬。而18个小时以后，等待他们的，又将是什么呢？

(方冠晴)

(题图：杨宏富)

噩梦·异事
emeng yishi

噩梦本身并不可怕，可怕的是噩梦成真。

断 掌

故事发生在民国初年。

这年三伏天的一个中午,芜湖信义典当行里,老板刘梦奎正坐在高高的柜台后面摇着蒲扇扇凉风,就听柜台外有人在喊:"掌柜的在哪里?"刘梦奎赶紧站起身,探头一看,进来的是个绷着脸的男人,大蒜鼻子豹子眼,瓦盆似的脸上有几颗麻子,两颗大暴牙张牙舞爪地突在嘴唇外。

刘梦奎心里一沉,觉得来者不善,忙赔着笑脸走出柜台,问道:"客官有何吩咐?"

"大暴牙"扯着腮帮子大大咧咧地说:"到这儿来自然是当东西的,难道是逛窑子不成?"

刘梦奎上下打量他一眼,小心翼翼地说:"客官两手空空,不知当的什么?"

大暴牙也不答话，把左手朝柜台上一伸，突然从后腰拔出一把菜刀，手起刀落，他将左手齐腕砍了下来。

站在一边的店小二吓得尿了一裤裆，大叫一声就蹲在地上起不来了；刘梦奎也吓得不轻，哆嗦着身子说不出话来。

此时，店堂里早已围了一群看客，个个惊得目瞪口呆。

大暴牙把砍下来的手掌递给刘梦奎，说："掌柜的，我刚从赌场下来，输了个溜溜光。你看，我这只手能当多少银子？"

刘梦奎开了几十年当铺，还从来没有遇到过这种事儿，他知道今天遇到大麻烦了，赶紧去后堂拿来一块崭新的毛巾，要给大暴牙包扎伤口。

可大暴牙一点也不领情，他早点了自己身上的几处穴道，所以此刻竟然一滴血也没淌出来。他龇着牙对刘梦奎说："老板，你这店堂上可是写着'诚信为本、老少无欺'，你不会不让我当这只手吧？"

刘梦奎苦着脸说："好汉爷，您这是何苦？这手掌您带回去，需要多少银两只管开口就是。"

"怎么着？是嫌我这手不干净？"大暴牙朝刘梦奎瞪起了眼珠子。

没办法，刘梦奎只好赔着小心赶紧让大暴牙开价。

大暴牙说："不多，我只要十两银子。如果你觉得不值，那我把另外一只手也砍给你！"

刘梦奎吓得连连摆手："值值值。"他立刻吩咐伙计，马上去拿银子。

大暴牙煞有介事地让刘梦奎开当票，刘梦奎问他姓甚名啥，大暴牙嘴一咧："你写'大暴牙'不就得了！"

不一会儿，按通常惯例，当票写好了：民国五年六月十五日，押大暴牙左手掌一只，当纹银十两，当期三个月，过期不赎，所当之物归本铺所有。

大暴牙拿到银子和当票很是满意，他让刘梦奎拿来一只青花瓷罐，将砍下的手掌放进罐里，还封了口，嘱刘梦奎好生保管，就算过了当期也不可随意扔了。

大暴牙走了，刘梦奎却好半天缓不过劲来，周围的看客们望着大暴牙远去的背影，议论纷纷。

一个名叫罗二的前清秀才对刘梦奎说："刘老板，只怕你的灾星到了，刚才那个人你没认出来？"

刘梦奎愣愣地看着罗二。

罗二说："我看这人就是几年前猖狂一时的土匪头子马彪。"

刘梦奎不信："马彪三年前就被官府抓住正了法。再说，我在官府的通缉文告上见过马彪的画像，根本没有暴牙。"

罗二直摇头："可你难道没听说过，死了的那个是官府被上头逼急了找来的替死鬼，真正的马彪就长着两颗暴牙，可显眼了，无论谁见了也忘不了！"

罗二这话刚出口，好像马彪突然来了似的，众看客人人脸上变了色，顿时一个个溜之大吉。

刘梦奎这才意识到，更大的麻烦还在后头：这当票上写得清清楚楚，三个月之后马彪还要来赎当。眼下正是三伏天气，再过三个月，那被封在瓷罐里的手掌怕是早烂得只剩骨头了，还怎么给他赎回？到时候他不弄你个家破人亡能甘休？这马彪可真是心狠手辣呀！

接下来的这一天天，简直就是度日如年。刘梦奎越想越害怕，他一咬牙，决定离开这个是非之地，回老家甘县去。除了这只装着马彪左手掌的青花瓷罐，刘梦奎将没有到期的当品一一如数退还物主，连本钱也不要了，连夜就带着家人匆匆上路。

一路上，妻子几次要刘梦奎把青花瓷罐扔了，但细心的刘梦奎却防着万一哪天遇上马彪也好有个应付，所以一直不肯，任凭妻子怎么数落，他就是捧着罐子不撒手。

经过千里迢迢长途跋涉，一个月后，刘梦奎携妻带女回到了老家，此时他已经没了开当铺的本钱，于是就找了家药铺，在那里谋了个账房先生的差事。

后来，凭着一点点辛苦攒下的钱，刘梦奎终于在二十年之后，又重新在老家正街买下一间店铺，挂起了当年从芜湖带来的"信义典当行"的牌匾。

这时，他已年过花甲，两鬓如霜。

这天，大街上有个散步的老人，经过刘梦奎新开的店铺门口，看到信义典当行的招牌愣住了。这位老人七旬有余，精神矍铄，满面红光。他身后还跟着一个汉子，年近六旬，看上去也十分壮硕，走起路来虎虎生风。

老人一步跨进店铺，朝铺子里的刘梦奎高声喊道："梦奎！你是梦奎！一别二十年，你认不出我了吗？"

刘梦奎吃惊地抬起头，对着老人端详片刻，惊喜地喊道："大哥，怎么是你？"

来人是刘梦奎的结义兄弟胡一亭，当年红透半边天的黄梅戏三庆班班主。他刚刚带着三庆班来甘县落脚，饭后到街上闲逛，突然看到信义典当行的招牌，这不是自己在芜湖的结义兄弟刘梦奎的店铺吗？怎么会开到这里来了？他觉得好生疑惑，走进来一看，果不其然！

故友异地重逢，胡一亭见刘梦奎一脸沧桑，新开的店铺也没法跟当年芜湖的比，便问他如何落到这步田地。刘梦奎长叹一声，便将二十年前马彪如何用一只手掌敲诈自己，自己又如何带着全家人逃回老家的经过，详详细细说了一遍。

跟在胡一亭后面的那个汉子在一旁听罢，大吃一惊，问道："刘老板，那个青花瓷罐您没有打开看过？"

刘梦奎苦笑道："一只土匪的脏手，看它何用？"

这汉子突然"扑通"一声跪在刘梦奎面前，"咚咚咚"叩了三个响头，额头都淌出血来，说："刘老板，我对不起您，想不到我当年一个恶作剧，竟害得您吃了二十年的苦头。"

刘梦奎大惊，赶紧扶起汉子。

汉子急着问刘梦奎："刘老板，当年那个青花瓷罐还在不在？"

刘梦奎说："在呀，我把它从芜湖带回老家，不敢扔，埋在屋后的桂花树下。"

汉子喊道："快，快去看看！"

汉子让刘梦奎指引着，立即将瓷罐从桂花树下挖出。刘梦奎打开一看，惊呆了，罐子里是十五根摆成手掌形的金条，金条下压着的纸条都已经发黄了，上面写着——

梦奎：
　　我欠你的情，也欠你的钱。你再三不要，可目前你身陷困境，做哥哥的又岂能置之不理？我只有让戏班里会变魔术的王老幺用这个方式给你。这下你不要也得要了！
　　哈哈哈……

愚兄：一亭字

原来，当年胡一亭带着三庆班刚到芜湖时，只是一个乡下草台班，人称"花子班"，但刘梦奎慧眼识珠，坚持给三庆班捧场，还不时出高价请三庆班到家里唱堂会，硬是帮三庆班在芜湖站稳了脚跟。后来，土匪马彪绑架了胡一亭的女儿，借机向戏班索要五百两银子，此时胡一亭刚成气候，哪能拿得出这么多银子？又是刘梦奎仗义出手，硬是把胡一亭女儿从马彪手中赎了回来。

胡一亭是个懂得感恩的人，戏班活路稍有起色，他就急着要将五百两银子还给刘梦奎，刘梦奎执意不收。后来三庆班发展如日中天，而刘梦奎的典当行生意却越来越清淡，胡一亭想帮刘梦奎一把，而刘梦奎心气极高，他只想凭自己的能力走出困境。

再后来，胡一亭应一家大戏院之邀，带着戏班去了上海，一炮打红后财源滚滚而来。胡一亭心里一直惦着芜湖的结义兄弟刘梦奎，怕他典当行的生意一天不如一天，要不了多久就要关张。他苦思良久，终于想出一个法子，让戏班里善变魔术的王老幺带去十五根金条，包装成物品假意当给刘梦奎。只要过了当期不去赎，到时候刘梦奎一看到里面的纸条就会明白是怎么回事了。

可谁知王老幺不但有一手会变魔术的绝活,而且他生性还喜欢开玩笑。本来,他打算将十五根金条藏在草帽里当给刘梦奎,不料坐船时江风将他头上的草帽吹走了,一时又找不到合适的东西,于是他灵机一动,便决定给刘梦奎开个玩笑吓吓他。他到芜湖之后去街上买来面粉和配料,在旅店里关起门来捏捏弄弄,把十五根金条做成一只手掌,又把自己装扮成马彪,然后就去刘梦奎的典当行里演了这出戏……

汉子哭着说:"刘老板,那个大暴牙就是我呀!"

真相大白,刘梦奎、胡一亭和王老幺三个人紧紧相拥,抱头痛哭。

(黄廷洪)

(题图:黄全昌)

会说话的杯子

左凡是一名电脑程序员,金融风暴中,他被原先的公司裁员,好容易才找到一家新公司。新公司不大,连经理在内也就七八个人,办公室在郊区一个由旧厂房改建的楼里。

上班不久,左凡就发现这家公司到处透着古怪的气氛。这里的工作任务很重,左凡每天都主动加班到晚上八九点,连周末也不休息,可是那个魔鬼经理还是不满意。

这也难怪,因为左凡每天离开的时候,同事们总是还在电脑前。左凡暗自纳闷,这些人难道通宵都在加班?另外,这里的人都很少说话,就连开会也只用QQ聊,左凡很不适应。

那天，左凡因为赶一个程序设计，加班到了凌晨，同事们一个个还像幽灵似的，在电脑前忙碌着。

左凡把脑袋从办公桌的隔板上抬起来，大声问道："你们还不下班吗？"但那些人都戴着耳机，没人理他，静悄悄的办公室里只有键盘的敲击声。

大家都不走，左凡很尴尬，他想了想，决定也不回家了，这样可以把手里的设计连夜做完，顺便看看别人到底什么时候下班。

左凡又埋头干了很久，一看电脑上的时间，已经是凌晨三点，他拿出一袋速溶咖啡，准备去冲水，突然，听见有个声音对他说："你千万要小心，这里有鬼！"

左凡吓了一大跳，抬眼张望，同事们都埋着头，没人和他说话啊！

那个声音又响了起来："别找了，我就在你面前，我是你喝水的杯子！"左凡低头一看，那说话声还真是桌上的口杯发出来的！在这气氛古怪的办公室里，发生这样难以置信的事，左凡一下子不由毛骨悚然！

这只口杯，是左凡进这家公司时，女朋友给他买的。就是一个很普通的瓷杯，怎么会开口说话呢？左凡端详着口杯，战战兢兢地问："你怎么会说话呢？鬼在哪里？"

杯口传出了回答："我叫口杯，有口当然能说话！我每天凌晨三点后才能说话，今天你加班晚，所以第一次听见。我还有个外号，叫小鬼，不过我不是鬼，就是个杯子，但你的同事们全都是鬼！你千万要小心！"

啊！左凡头皮发麻，突然听见身后"叮"的一声，吓得他扭头朝发出声音的地方看去。

只见一个瘦得像麻杆一样的同事，从办公室的微波炉里取出一盒东西，津津有味地边吃边朝这边走来。

那人发现左凡目不转睛地看着他，微微一笑，走到左凡面前，把手里的饭盒向左凡递过来，意思是让他也吃点。左凡下意识地往后一缩，鼻子里却闻到了一股血腥气！他往饭盒里一看，大吃一惊！那里面竟然全是鲜红的浓血，和着几块森森的白骨！

左凡一抬眼，只见在昏暗的灯下，那人一张脸白中透青，嘴角还挂着鲜血，正冲他龇牙咧嘴地笑着！左凡吓得"啊"的一声大叫，差点把桌上的杯子碰翻！那同事也不再勉强他，戴着耳机摇头晃脑地回去了。

左凡愣了半天，才用颤抖的声音问那个口杯："那个同事，他、他就是鬼？"

"你怎么不信我说的话呢？刚才那个人是一个在电脑前累死的鬼！不止是他，这里的所有人，连经理都是鬼！"

左凡记得半个月前他来应聘的时候，经理很赏识他，当场拍板录用。如果口杯的话是真的，一群鬼招聘他这个人进这个公司，到底想干什么？他想了想，心说不行，一定要搞清楚！左凡看了看经理办公室，门关着，从门上的一个小窗，隐约看见有闪烁的光亮，经理还在里面。

左凡轻轻走过去，在门外听了听，没什么动静，他又回过头看了看，其他人都聚精会神地看着电脑，谁也没注意他。这些人真的是没日没夜地加班，累死在电脑前的吗？

左凡想想心里就一阵发麻！他回到办公桌前，找出一个无线摄像头，悄悄把它安在经理办公室门上的那个小窗前。

左凡回到电脑前，紧张地打开视频，死死盯着那个摄像头拍到的画面。只见屋里光线很暗，中间有个黑影在动，从体态看就是经理，他正绕着椅子在转，双手高高举过头顶，随着身子的扭动，做出一些怪异的动作，整个场景十分诡异。突然，那人回头往窗口这边望了一眼，摄像头捕捉到了他的脸部，那是一张什么脸啊！左凡看得心都要跳出来了，只见那张脸的颜色比纸还白，几乎看不出五官，只有两只奇大无比的眼睛，在屋内电脑屏幕的映衬下，闪着妖异的光芒！

这分明就是个鬼啊！

左凡惨叫一声，跳起来往门口跑，不料办公室的大门却怎么也打不开。他急得像热锅上的蚂蚁，拼命拽门，响声惊动了办公室里的其他"人"，已经有"人"抬头朝他看过来了!左凡吓得魂不附体,仓促中,他又拔腿往自己办公桌跑过去,想钻到桌子下面去躲起来。

刚回到桌前,那只口杯就朝他喊:"笨蛋!快躲到厕所里去!"

左凡一抬头,发现有两个"人"已从座位上站起来,互相点了点头,朝他这里走了过来!他来不及细想,连忙拿上杯子就往厕所跑,心想带着这只会说话的口杯总有用处。左凡跑进厕所后,立即把门反锁起来。

公司的厕所很大,左凡在空荡荡的厕所里大口地喘着气,浑身像筛糠似的发着抖!

"快打电话报警啊!"手里的口杯又提醒他。

左凡猛然醒悟,把杯子放在盥洗台上,掏出手机拨通了110,为了不被外面人听见,他使劲压低声音:"喂?110吗?我被困在一间全是鬼魂的办公室里了!快来救我,地址是……"

话还没说完,左凡就听见有人在敲门,那敲门声越来越响,到了后来简直变成砸门了!左凡扔掉手机,扭头钻进身后的厕所隔间,插上插销,坐在马桶上连大气也不敢出一口,全身瑟瑟发抖!

也不知过了多久,砸门声渐渐消失了,厕所里又变得静悄悄的,只剩他自己的喘气声。

突然,他觉得有什么地方不对!因为,他听见左侧的隔间里,传来轻轻的"噼噼啪啪"声音,好像是电脑键盘的敲击声!

这声音若在平时的办公室里,听起来很普通,但在这凌晨的厕所里,就显得十分怪异!

过了一会儿,左凡实在忍不住了,壮着胆子问:"谁……谁在隔壁?"没人回答,那声音却一直持续着。

左凡又敲了敲木板隔断,还是没反应,但敲键盘的声音越来越快、越来越响!

左凡吓得面无人色,难道那些鬼已经进来了?他们是怎么开门的呢?他心里越是害怕,就越是想弄明白隔壁到底有什么东西,他悄悄开门出去,走到左侧隔间,壮起胆子大喊一声,伸脚踢向了紧闭着的小门!

门被踢开了,里面果然有个人!那人头戴耳机坐在马桶上,膝盖上放着一个笔记本电脑,正瑟瑟发抖、一脸惊恐地望着左凡,口里喃喃地说:"我……我都躲到厕所里来了,你……终于还是把我找到了!"

那人害怕,可左凡比他还害怕!因为他发现,这个浑身发抖、吓得像实验室里的小白鼠一样的人,不是别人,正是他自己!

左凡再也受不了这样强烈的刺激,眼前一黑,终于昏了过去。

后来,接到报警电话的警察赶来把门砸开,把左凡送到了医院。经过急救,左凡醒了过来,详细地向警方讲述了他所经历的这一切。

然而,当警察半信半疑地拿左凡的话去盘问那些职员时,他们都很惊讶。那个加餐的同事说,他吃的只是普通的番茄牛尾汤,红番茄是为了补充用眼过度后的维生素不足。经理说他加夜班的时候,有敷面膜护肤和跳健身舞的习惯,这也是一种放松。

相反,他们说当晚左凡的举止奇怪,明明知道公司晚上要锁大门,却不用钥匙开,只一个劲地拽门把手,有同事想去问问,他却躲进了厕所,怎么敲门也不开!

经理对警察说,现在IT行业受金融风暴冲击,好多大公司都垮了,他们这种小公司要想生存,就必须靠更低的价格和更快的速度来接业务。最近客户催得很急,所以公司里的老员工干脆吃住都在办公室里,天天没完没了地加班,忙得说话的时间都没有。他本想忙完这个月,给大家好好放个假。

医生经过详细检查,诊断结果是左凡由于长期过大的工作压力,造成神经系统紊乱,从而产生了一系列幻听和幻觉,口杯说话、厕所里的那个"人",都只是他想象出来的!医生建议左凡留在医院观察一段时间,同时接受一些治疗。

但左凡不信那些人的话,他只相信那个叫小鬼的口杯。他要女朋友去公司把他的口杯偷出来。女友听了他的故事后也有点害怕,不敢去公司,就去原来的商店,买了只一模一样的口杯给他。

半夜,左凡在病床上醒来后,对床头的口杯左看右看,自言自语地说:"这不是我原来的那个杯子!"

不料这只杯子也开口了:"咯咯……你原来那个杯子叫'小鬼'吧?那是因为它老是信口开河,说些骗人的鬼话,所以我们给他取了这个外号!"

左凡现在对口杯说话已经不是那么吃惊了,既然小鬼能说话,别的口杯当然也会说。他愣了一会,端起那只杯子问:"你不说假话?那你能不能告诉我,在我身边,到底谁是鬼?"

口杯回答:"只要你看见谁把我捧在手里,我杯里的水沸腾起来,那人就是鬼!你千万要小心!"

左凡没有说话,他只是满脸恐惧地看着手里的口杯——杯子里,那些水突然沸腾了起来……

(花　剑)

(题图:安玉民　梁　丽)

消失的棋子

佐藤酷爱下棋,尤其是盛行日本的"将棋",一下起来就特别投入。他有好几个棋友,其中交往最频繁的是铃木。佐藤和铃木从中学时代起就认识了,两人的关系挺微妙:佐藤身材肥胖,铃木则体型瘦削,虽然外表是两个类型,可在个性方面,两人都十分倔强好胜。不知从什么时候起,两人把对方当成了自己的竞争对手,一见面就要互相嘲讽两句。在下棋方面,这种竞争更是白热化,为了不输给对方,佐藤拼命地学习将棋的技艺,可是两人的水平不相上下,多年来一直互有输赢。

这天,佐藤的妻子带孩子出门了,佐藤难得清静地坐在书桌前,刚要开始工作,铃木就上门来了。两人寒暄了几句,和往常一样,开始下棋。

这盘棋的气氛充满诡异,原来,最近两人为了一件事闹得挺不愉快,下棋时双方都憋着一股劲。平时两人对战，总会一边下棋一边轻松地嘲讽对方，可这天，两人却一句话也不说，只是盯着棋盘，彼此身上都冒出一股杀气。

铃木下一手棋，佐藤也下一手棋，直到中盘为止，两人的布局都毫无失误，可是随着棋局的进展，佐藤的形势渐渐危险了，慌乱之中，他出了一个昏招。棋子刚一落下，佐藤就意识到自己要输了，他懊悔地抬起头，正好看到铃木脸上露出得意的冷笑，说道："哼，愚蠢的盘算落空了吧？"

佐藤心里蹿起一股邪火，反驳道："谁输谁赢还不一定呢！"

"算了吧。"铃木冷冷地说，"从中学时起你就不如我，这么多年，一直硬撑得很辛苦吧？"

这句话一下子点燃了佐藤的怒火，两人吵了起来，从陈年旧账说到最近的矛盾，越吵越凶。最后，佐藤再也忍受不住，猛地扑向铃木。等到回过神来，佐藤才发现，瘦弱的铃木被自己压在身下，咽喉被自己的右手牢牢掐住，已经一动不动了……

佐藤失魂落魄地站起身来，不知站了多久，才发现天色已经暗了。他一转头，看到倒在旁边的铃木的尸体，突然明白了自己的处境：快，必须趁妻子还没回家，找个地方把尸体藏起来。

幸好，佐藤家虽然不大，却是位于郊外的独栋房子，有个宽大的庭院。为了打扫庭院里树木的落叶，佐藤前几天刚好在院子角落里挖了一个大洞。这个洞已经填满了落叶，妻子一直叫佐藤填起来，免得孩子不小心掉进去。佐藤心想：现在自己把洞填了，应该不会引起妻子的怀疑。

于是他抱起冰冷的尸体，走进庭院，分开洞内的落叶，放入尸体，再从上面盖满落叶，最后一锹一锹地铲土覆盖在落叶上，终于顺利地将尸体埋妥。埋好后，他跑回屋内收拾好一切，这才呆坐着等妻子回来。不久，妻子回家了，佐藤说自己头痛，没吃晚饭就回卧室躺下休息了。妻子果然一点也没怀疑。

从这天晚上开始，佐藤失眠了。白天，他的目光总是不自觉地投向院子的那个角落,夜里更是噩梦连连。就这样过了两三天,铃木的家人曾经来询问过一次,佐藤假装一无所知。每天早上,他都仔细阅读报纸,却没发现有什么相关报道。

第四天中午,佐藤的另一位棋友来访,他没有发现佐藤不太对劲的样子,向他提出了挑战。这位朋友棋力比佐藤稍弱,竞争意识也不强,平常佐藤很喜欢和他下棋,现在却实在没有这份心情,但佐藤又担心:如果自己拒绝,会不会引起朋友的怀疑呢?于是,他只好若无其事地拿出棋盘,和朋友面对面坐下。

朋友迅速从棋盒里拿出棋子,在棋盘上摆放起来,佐藤也同样摆放着棋子。忽然,佐藤发现少了一颗名为"角和步"的棋子。

佐藤愣了一下,立刻脸色大变:角和步、角和步……那不是铃木当天拿在手上的棋子吗?想到此,佐藤不由摇摇晃晃站起身来,嘴里喃喃念着:"棋子少了、棋子少了……"他恍恍惚惚地走出客厅,刚走进卧室,就倒了下去。妻子担心地跟着佐藤进屋,那位朋友只好没趣地告辞了。

佐藤昏倒一会儿后醒了过来,他对妻子说,自己是劳累过度才这样的,总算骗过了妻子。

这天夜里,妻子睡着后,佐藤悄悄起床,走出了卧室。他想来想去,那颗消失的棋子一定是握在铃木的手掌中!自己平时非常珍爱这副棋子,连孩子都不让碰,如果棋子就这么无缘无故消失了,妻子肯定会怀疑的。佐藤决心要拿回棋子。

冒着深夜的寒气,佐藤来到院子里,即使在黑暗里,他也清楚地记得那个洞穴的位置。他卷起袖管,插入了铁锹,"噗噗"的挖掘声,好像是从地底下传来的呻吟……佐藤鼓足勇气挖下去,突然,他看到了和服的一角衣摆,慌忙想转头,脖子却像僵住了似的无法动弹。佐藤深吸了一口气,丢下铁锹,用双手扒开落叶。

很快,他摸索到了死人的手,佐藤一阵恶心,情不自禁地缩回手,可他脑海里好像有个恶魔在低语:"证据,这可是证据啊,不能把证据留在那种地方啊……"佐藤擦了擦满头的冷汗,咬紧牙关,扳开了死人的手指,可是,手里没有棋子……

佐藤用尽力气扳开第二只手,怎么回事?手掌中还是空空如也,他又找到第一只手,还是没有。佐藤只觉得脑海里一片空白,他慌忙用泥土覆盖住尸体,将一切恢复原状,脚步踉跄地回到卧室。这一夜,似乎费尽了他一生的精力。

佐藤醒来时已是第二天中午了,他觉得全身像棉花般松软无力,还有点发烧,但一想到棋子的事,他还是勉强爬了起来。起床后他立刻来到客厅,拿出那副将棋,再次在棋盘上摆起了棋子。不可思议的是,棋子竟然齐全!这究竟是怎么回事?

现在,佐藤最担心的就是昨天来访的那位朋友,自己的怪异举动全落在他眼里了,不知他会不会四处宣扬,如果传到刑警耳里,那就糟了。想到这里,佐藤坐立不安,心想:一定要让朋友见到自己轻松愉快的样子。于是,佐藤给那朋友打了个电话,说自己昨天很抱歉,不过今天已经痊愈,请朋友下班后务必到家里来。

傍晚,朋友如约来了,佐藤立刻到门口迎接,还装出愉快的样子陪他闲聊。佐藤笑着对朋友说:"我最近大概将棋下得太多,脑筋都下出毛病来了。"朋友听了不由哈哈大笑,两人很快摆上棋盘。

摆放棋子的时候,佐藤忽然有一种可怕的预感。果然,摆着摆着,他就发现棋子不够,缺少的正是那颗"角和步"!

佐藤觉得浑身冰冷,过了好久,他好像听到朋友在叫自己"喂、喂"。他回过神来,立刻低头在膝前、棋盘下,前后左右地搜寻,但是,到处都找过了,哪里都找不到那颗棋子。佐藤崩溃了,他趴倒在棋盘上,神经质地大笑起来,笑了好久才停下来,接着,他一口气对朋友坦白了自己的罪行。

听完佐藤的话,朋友的脸色变得苍白,他结结巴巴地说:"对、对不起,请你原谅,我没想到你会有这样可怕的秘密。老实说,昨天你摇摇晃晃地站起来时,我就看到棋盘下掉着'角和步'的棋子,可是你并没有找棋盘下面,只像梦游症患者一样,嘴里念叨着'棋子少了',然后就走进卧室,倒下了。今天你约我时,态度还是很古怪,仿佛魂不守舍,所以我出于恶作剧的心理,在摆棋子时迅速藏起了'角和步',想看看你有什么反应,没想到会对你造成如此严重的打击!"说着,朋友将紧握在左手掌中的棋子丢在棋盘上。

佐藤目瞪口呆,但他一点也不恨朋友,只感到整个人顿时轻松了。这时,他听到另一个房间里传来妻子的抽泣声,想必妻子也听到了两人的谈话吧,自己服刑后,妻子该怎么办?佐藤陷入了沉思……

(原作:甲贺三郎 改编:顾 诗)

(题图:佐 夫)

梦境追踪

梦中奇事

汉密尔顿小姐最近总是做同一个噩梦,她梦到自己走在一条小巷里,巷边一扇阴暗的门里突然传来一阵痛苦的呻吟声。她心惊胆战地推开那门,只见一个地下室的入口,她壮起胆子摸索着走下去,突然眼前一亮:地下室里灯火通明,一个脸上有刀疤的男人举着一把斧子正砍向一个蜷缩在角落里的男子,随着血光飞溅,那男子的人头飞了出来……

梦到这里,汉密尔顿小姐就会"啊"地尖叫一声,惊醒过来。已经一个月了,每天晚上她都做着同样的噩梦,这可怕的梦境使她头痛欲裂。

这天中午,汉密尔顿来到公园散步,长椅上散落着几张报纸,她随手捡起报纸,社会版上的一则消息引起了她的注意:"本市牙医林克夫妇失踪一月有余，警方悬赏征集有关信息。"林克？这个名字好像在哪里听过……想着想着，汉密尔顿小姐的头又疼了起来，脑子里一片糊涂，她不由合上眼，靠在长椅上进入了梦乡。

这次是在一个小树林里，汉密尔顿急切地往前奔，前方似乎正有可怕的事发生。是的，又是那个刀疤男人，这次他正举着斧子砍向一位女士，女士绝望地叫着："约翰，我的丈夫约翰·林克在哪？"斧子落下，又是血光飞溅……

汉密尔顿一下惊醒了，又是一个梦。突然她想起了什么，马上拿起报纸仔细一看，对，没错，那个失踪的牙医正是名叫约翰·林克。难道在自己梦里被杀死的那一男一女就是失踪的林克夫妇？难道自己通灵？汉密尔顿无法解释这一切，她决定向警方告发。

第二天一早，汉密尔顿打电话找到了负责此案的警官多尔："我有失踪的林克夫妇的线索。"多尔很感兴趣，忙问下落。

汉密尔顿没有把握地说："他们很可能被一个脸上有刀疤的男人杀死了。"

多尔一下紧张起来，问："你怎么知道？"

汉密尔顿支支吾吾地说："我……我做梦梦见的。"

多尔恼怒地说："小姐，请不要浪费警方的资源！"说着就挂了电话。

虽然汉密尔顿早料到会是这种结果，但还是有点失落。下午，她搭上一辆巴士出门购物，巴士驶过一个教堂时，汉密尔顿感到一阵眩晕，不知不觉，她又睡着了：梦中她下了车，来到教堂前，这是个天主教堂，前面矗立着圣母像，汉密尔顿向教堂走去。突然，一个女人冲了过来，对着教堂大叫："约翰，告诉我约翰·林克在哪？"汉密尔顿吃惊不小，这不是林克夫人吗？

一个人影冲到林克夫人背后，一棍子砸在她后脑勺上，林克夫人晕倒在地。又是那个刀疤男人！他扛起林克夫人走远了。接着，一阵天旋地转，在汉密尔顿醒来的一瞬间，她看清了小街的名字：道尔顿街。

摸着疼痛的脑袋，汉密尔顿发现自己坐过了站。回想自己的梦，汉密尔顿觉得这就像一出连续剧。也许自己真的通灵，必须要把梦里的新情况告诉警察。

汉密尔顿亲自来到警察局，找到了多尔警官。多尔警官颇不以为然："您别这样，这年头谁会以通灵来作为破案的证据？"可汉密尔顿依然坚持，一定是林克夫妇托梦给自己，并要求多尔警官调查有关道尔顿街的情况。可多尔警官笑了笑，说："本市有道尔顿街吗？"汉密尔顿思索了一下，是啊，本市的确没有这个街名。

本市没有，不代表其他地方也没有啊！回到家，汉密尔顿在互联网上找起来。

全国有这个街名的城市一共有十二个，汉密尔顿仔细回忆梦里的细节。对，教堂！街口有一个圣母教堂。汉密尔顿马上致电本市天主教会，终于知道了那个有圣母像天主教堂的道尔顿街在几百公里外的圣安东尼市。

寻梦追凶

一天后，汉密尔顿赶到了圣安东尼市，站在天主教堂前，虽然她一点线索也没有，可她还不是很担心。汉密尔顿知道，自己只要在这睡一觉就可以了。

晚上，汉密尔顿果然在旅馆里做梦了：她在穿越一片丛林时，看见了那个刀疤男人正在林子深处埋着两具尸体。汉密尔顿屏息观察着，丛林边是公路，有个标志牌，看清了是什么路口后，她继续观察着凶手。对！跟踪他，看他住哪。汉密尔顿正要跟上去，突然一阵晕眩。糟糕，自己要醒了，不能啊！幸好，汉密尔顿没有醒，她继续做着梦。她发现自己突然站在了一条街道上，沿街的一个房间亮着灯，客厅里刀疤男人正在喝酒，汉密尔顿看清了街名和门牌号。好，知道他住哪了，一定要告诉警察。突然，刀疤男人看见了自己，他一下子站了起来，眼中充满了杀气……

汉密尔顿惊醒了，浑身已经被冷汗湿透：还好是个梦。

天亮了，汉密尔顿叫了辆出租车，报了梦里丛林边公路的名字，竟然真的有这条路! 司机把她带到了那个路口，汉密尔顿再次穿越那在梦里走过的丛林，在刀疤男人埋尸体的地方，汉密尔顿动手挖了起来，直到挖出了一个已经腐烂的人头，汉密尔顿大声尖叫起来。

警察来了，他们仔细询问汉密尔顿，她的托梦之说搞得他们不知所措，但尸体是真实存在的，是否是林克夫妇，还要做进一步的确认。汉密尔顿说，她还知道凶手住在哪里，警察很矛盾，不能因为一个梦境就去搜查公民的住宅啊!

"好吧，既然警察不能去，那我自己进去找线索。"汉密尔顿不知道哪来的勇气，她觉得自己既然有这样的特异功能，就要好好利用，为林克夫妇报仇!

汉密尔顿根据梦里记下的地址，来到了那所住宅的门口，按响了门铃。然后，她飞快地跑到拐角处悄悄地看着，门开了，天啊，果然就是那个刀疤男人!

当天夜晚，汉密尔顿看见刀疤男人开车出去了。她悄悄来到住宅的后门边，用发卡撬开门，进了屋。屋里很暗，她摸索着来到客厅。因为在梦里见过这客厅，汉密尔顿觉得熟门熟路。

壁炉上摆着很多照片，汉密尔顿想走过去看看，突然，屋里的灯全亮了，刀疤男人杀了个回马枪。他看见汉密尔顿也感觉很意外，两个人都傻站在那儿。汉密尔顿先回神过来：要赶快逃，不然没命了。她一下从刀疤男人面前冲过，从正门逃了出来。街上正好有辆出租车，汉密尔顿跳进车里直奔机场。

汉密尔顿一口气赶回了家才觉得安全。刀疤男人虽然看见了自己，但他毕竟不知道自己是谁，总不会他也有特异功能吧? 汉密尔顿泡在浴缸里舒展着自己紧张的神经，不知不觉又睡着了。

突然，刀疤男人那狰狞的脸出现在汉密尔顿面前。"宝贝，你到哪去?"他说着抡起一根木棍就砸了下来，一边还喊着，"只有死人才不会告发我!"

汉密尔顿吓得一下从浴缸里跳了出来。天啊，又是梦! 可这一次，汉密尔顿的头不疼了，她摸着脑袋，感觉这梦境是如此真切。

汉密尔顿穿好衣服，拿了一杯饮料来到窗前，想看看夜色。她一拉窗帘，窗外站着一个男人，一个脸上有刀疤的男人! 他冲着汉密尔顿一笑："宝贝，你到哪去?"

"啊——"汉密尔顿惨叫一声,这个家伙也有特异功能!刀疤男人一下砸碎玻璃闯了进来。汉密尔顿把杯子朝他砸去,转身就逃,却被刀疤男人一把抓住头发。

刀疤男人狂叫:"你这婊子竟敢告发我!"汉密尔顿用尽浑身力气,回身猛踹一脚,刀疤男人一松手,汉密尔顿起身就逃,刀疤男人在她身后紧追不舍。

汉密尔顿冲出卧室,穿过客厅,一下子冲出大门。突然,眼前灯光骤亮,随着警笛长鸣,一个声音在喊:"举起手来,我们是警察。"汉密尔顿一下子感觉上帝到了,这时身后的刀疤男人猛扑过来,汉密尔顿机智地往地上一趴,警察开枪了,刀疤男人中枪倒在地上。

警察冲上来,刀疤男人没死,警察马上呼叫救护车。汉密尔顿看见刀疤男人躺在地上恨恨地看着自己,直到被抬走。她长出一口气,自己终于帮林克夫妇报仇了。

噩梦成真

多尔警官走上前来,扶起了汉密尔顿。汉密尔顿忙说:"我的梦是真的,就是他杀死了林克夫妇。"

多尔警官点着头说:"是的,我们知道了。圣安东尼市的警方通知我们,已经证实你找到的尸体就是林克夫妇。我们有理由相信,山姆,也就是那个刀疤男人,利用林克先生对宗教建筑的爱好把他骗到圣母天主教堂,然后绑架了林克先生,敲诈林克夫人。可惜林克夫人没有报警,而是选择和绑匪做交易,反而和林克先生一起被害了。"

汉密尔顿笑了,她欣慰自己帮警察找到了真凶。可多尔警官又说:"凶手山姆还有一个帮凶。"汉密尔顿很奇怪,帮凶?自己怎么没梦到?正想着,一双手铐戴上了汉密尔顿的手。

多尔警官说道:"这个帮凶就是你。"

汉密尔顿惊呆了:怎么可能!多尔警官拿出一张照片,说:"这是我们在山姆家的壁炉上找到的。"汉密尔顿一看,这是一张合影,照片上一个女人亲密地搂着山姆,而这个女人,竟然就是自己!

汉密尔顿的头又开始疼了,突然,一幕幕往事像放电影般在她脑海里出现:男友山姆胁迫自己参加他的犯罪计划;林克先生如约来到教堂,山姆砸昏了他;在山姆家的地下室,山姆当着汉密尔顿的面杀了林克先生;拿到了赎金,山姆又杀了林克夫人;最后,山姆为了独吞赎金,也为了杀人灭口,举起木棍砸向了汉密尔顿,他说的最后一句话就是:"只有死人才不会告发我!"

可是,汉密尔顿并没有被砸死,她被山姆抛在荒凉的郊外,两天后醒了过来,但她失去了这段可怕的记忆。她迷迷糊糊地回到家里,继续过着她不是罪犯的生活。

是的,汉密尔顿的梦境其实不是梦,而是往日记忆的恢复!

(陈　舰)

(题图:佐　夫)

午夜枪声

这天下午,荒凉的草原上,天气骤起变化,又阴又冷,一会儿竟飘起了鹅毛大雪。爱莎正在给壁炉添柴,丈夫突然回到了家,她显得又惊又喜。爱莎的丈夫是一个边区税务官,由于工作忙,出门在外,一走就是好几天,平时难得回家一次,爱莎经常一个人呆在家里。今天突然下雪了,她正担心丈夫的身体呢,看起来丈夫心情不太好,只见他一屁股坐下,把鼓囊囊的包往桌上一搁,就低着头,唉声叹气起来。

爱莎见状,就轻轻地走到丈夫身边,问道:"你怎么啦?"

丈夫连眼皮也没抬,答道:"爱莎,告诉你一个坏消息。我接到一个朋友的通知,说商业银行要倒闭,过会儿我要赶到巴比镇,把存款取出来。"

"现在就走吗?"

"是的!"说着话,丈夫站了起来,"不过,我得把这笔钱先藏起来。"

爱莎吃惊地问:"什么钱?"丈夫指着桌上的包裹,说:"这一大包钞票,是我刚收上来的税款,还来不及上交。我怕路上不安全,就带回了家,咱们得先找个地方藏好。"

他们家房子不算宽敞,前后三大间,前面是客厅,后面是主、客卧室,外带一个厨房。藏在什么地方才保险呢?夫妻俩商量了一下,把钱放到一个饼干盒子里,然后藏到厨房的地板底下。

丈夫临走前,千叮咛,万嘱咐:"答应我,我不在家时,你一步不能离开,也不要让任何人进屋,不管他有什么借口。我办好事,马上就回家。"

几个小时后,夜幕降临了,黑暗和白雪,笼罩着这座孤零零的房屋。爱莎没心思吃晚饭,想一个人早点休息,就重新把门窗火烛检查了一遍。就在这时候,她听到了屋外有响声,好像是风声,她竖起耳朵听了听,听出来了,这不是风声,是外面有人用手在摩挲着窗和门,她心里一阵恐慌。接着,她又听到敲门声,低沉而又急促。她把脸紧贴在窗户边,借着灯光,向外面看去,只见外面的那个人紧挨着前门,他似乎有点不耐烦了。怎么办?她沉思了一会儿,就迅速离开窗口,来到壁炉台旁,取出一支猎枪,拉开枪栓,手微微抖了起来。真倒霉,猎枪里没装火药!家里本来有两支猎枪,今天丈夫带走了一支,而放在家里的这支,却偏偏没装火药。她硬着头皮,拿着空枪,匆匆赶到前门。

爱莎壮着胆,朝那人喊道:"喂,谁在敲门?"

"是我,夫人。我是一个伤兵,迷了路,走不动了,请让我进屋吧。"没等她再问下去,那人就一遍又一遍地哀求道。她听到是一个伤兵,不禁松了口气,客客气气地说:"我丈夫出门了,他叫我不要让陌生人进来。"

"那,那我会在你家门前冻死的。"过了一会儿,他又恳求道,"你把门打开,看一看就知道了,我不会伤害你的。"

听到这里,爱莎的心肠软了,哽咽着说:"那你进屋吧,只是我丈夫知道了,是不会饶恕我的。"她迟疑地打开门,让那人进来了。

爱莎看到眼前这个士兵,个子长得挺高的,但步履蹒跚,苍白、粗糙的脸上挂满了雪片,手臂上还打着绷带。她上前几步,把伤兵扶到靠近壁炉的座椅上,然后给他洗伤口,换绷带,把自己准备的晚饭端过来给他吃。等伤兵吃好,她已在后面一间屋里用毛毯给他铺好了床。伤兵千恩万谢地躺了下来,很快就打起了呼噜。这人是真的睡了呢,还是在骗她?是不是骗自己先睡,然后动手劫财呢?爱莎没敢睡下去,她心里紧张得很,在卧室里踱着步,七想八想。夜,静悄悄的,只听到柴火发出轻微的劈啪声……突然,她听到一阵低低的、细微的摩擦声,不像是老鼠在啃木头。这声音哪里来的呢?是隔壁那个伤兵在搞鬼吗?她举起灯,沿着狭窄的过道蹑手蹑脚走过去,然后站住不动,耳朵紧贴着门缝,仔细听着动静。不错,这家伙呼吸声很响,是假装出来的。她"腾"地推开门,箭步走进去,俯身去看那伤兵,没见异常:他似乎真的睡着了。她离开了后屋,立即又听见了那奇怪的声音。这一次她听明白了:有人在撬前门的锁。她从工具箱里拿出丈夫的大折刀,跑到那伤兵床边,使劲地摇着他的肩膀。伤兵醒了,看到她手中的大刀,"啊——"地惊叫起来。

"嘘——"爱莎伸出手,示意伤兵不要发出声音,"你听!有人在撬门,你要帮我一把!"

"谁?是小偷吗?"伤兵茫然说道,"这里没东西好偷哇。"

"有啊,有——厨房下面藏着一大笔钱。"爱莎情急之下,说溜了嘴,不过,她马上意识到这一点,恨不得把自己的舌头咬掉。

那伤兵似乎没注意到这细节,只是解释道:"好吧,你拿好我的枪,我习惯用右手开枪,现在受伤了,枪等于没用。你还是把刀给我吧。"

爱莎迟疑了一下。这时候,她又听到外面那人在开门闩,便当机立断,把伤兵的枪拿过来,又把刀塞到他的左手上。

伤兵告诉她:"你站在门边,要留神第一个进屋的人,门一开,你就开火。现在枪膛里有6颗子弹,你要连续开枪,直到他倒下,不再动弹。我拿着刀站在你身后，对付第二个人。我们各就各位，你先把灯吹灭。"爱莎吹灭了灯，屋里一下子全黑了，撬门声也戛然而止，可没过几分钟，门外就传来了扭门闩的声音，门被扭开了。门一开，就有个人蹿了进来。在白雪的映衬下，爱莎清楚地看见了那个人的身影，她来不及想得更多，就扣动扳机，只听"砰"的一声，那人倒了下去，但很快的，他又用手支撑着，站起身来，爱莎接着开了第二枪，那人又倒下了。可没等爱莎回过神来，那人膝盖点地，一寸一寸地移过来了，爱莎实在有些害怕，又补了一枪。那人慢慢地倒下去，脸贴着墙，一动也不动。

伤兵俯身向前，嘴里骂了一句粗话："妈的，原来只有一个强盗！"骂完，他回过头来，竖起大拇指，称赞爱莎道："好枪法，夫人！"他把尸体翻转过来，发现那人脸上还戴着面具。他把面具揭掉，爱莎凑了过来。

"你认识这人吗？"伤兵问她。

"不认识！"爱莎摇摇头，答道。不过，她似乎又不死心，壮起胆，走了几小步，朝那人的面孔细细地望去，"啊——"她尖声叫了起来：这个抢劫犯，居然是自己的丈夫！

原来，爱莎的丈夫虽然身为税务官，却早已被一帮赌徒拉下了水，嗜赌成瘾，债台高筑。他三天两头不回家，名义上是工作忙，可事实上是和赌徒们混在一起，他几小时前说的那笔存款，其实早就被他输得一干二净。这天，他收到一大笔税款，就动起了歪脑筋：先把款藏在家里，骗过妻子，晚上偷到手后，再叫妻子上保险公司，索要财产保险。不过，要不到也没关系，钱是妻子弄丢的，蹲大牢也是妻子的事，一人做事一人当嘛。没想到，算来算去，反倒算掉了自己的一条命！

(原作：爱伦·坡 改编：秋 雨)
(题图：箭 中)

梦游疑云

在新奥尔良有一个家庭,丈夫是公司职员,妻子是名医生。这天一大早,妻子露丝突然在卫生间里大声叫起来:"我的天啊!"

丈夫福克曼闻声奔进卫生间,看到露丝的嘴唇和牙刷上全是带着血的泡沫!

露丝惊慌地说:"我……我好像牙龈出血了,可是,怎么会有这么多血呢?"

福克曼说:"露丝,你快去找牙科医生看看,可不能掉以轻心!"露丝惊慌地点点头,答应了。

但接下来几天里,露丝每天早晨刷牙时总是刷出很多血来,她更加惊慌了,对福克曼说:"医生说我的牙齿很健康,牙龈也正常,为什么会有这么多血啊……"

福克曼异常关切地提醒她说:"露丝,再换家医院看看。"

露丝眼睛湿湿地看着福克曼,说:"好的,亲爱的,为了你,我也得健康。"

这情况一直持续了好几天，又有了新情况。这天黄昏，福克曼亲昵地带着一个名叫克斯汀的姑娘在海滩边散步，惬意地享受着夕阳余晖。他一想到此刻家里的情形，就忍不住偷偷地笑了。

原来今天一大早，福克曼给露丝留了张纸条："亲爱的，我今天加班，不回来吃晚饭了。"

纸条下面是他特意留下的一张报纸。他想，露丝看到纸条后，一定会顺着看纸条下边的报纸。那张报纸上有这样一个新闻：一位患有梦游症的女医生每天晚上会梦游到医院的太平间吃尸体，等到第二天早上刷牙就发现嘴里有很多血沫。后来她终于知道了真相，心理受不了这种打击，就跳楼自杀。而福克曼的妻子露丝正好是一位医生，有强烈的洁癖和极强的自尊心，正好也患有梦游症……

福克曼直到第二天上午才回家，这时露丝自杀的消息已经在周围传开了。有人说，那天露丝神情恍惚地从家里走出来，走到住宅区不远的河边，突然就跳了下去；还有人说，那天上午好像听到福克曼家传出惊恐的叫喊声，很像是露丝的声音……事发后，有人跳下河去救过她，但显然太迟了，连她的影子也没见着。警察一直忙到现在，也没把露丝的尸体打捞出来……

福克曼听着警察说妻子的事，捂着脸慢慢地低下头，泪水从指缝间流了出来……

过了没多久，福克曼就喜气洋洋地把小情人克斯汀接到了家里，公开住在一起，他们已经商量好了，年底就举行婚礼。

没过多久的一天晚上，已经深更半夜了，克斯汀把福克曼推醒，紧张地说："福克曼，有个女人在叫你！"福克曼从睡梦中突然惊醒，一听果真如此，露丝发出的"福克曼！福克曼！"的叫声不知从家里哪个角落传出来，声音充满了惊恐，又非常清晰，就好像露丝正躺在他旁边一样。

第二天一早，福克曼掘地三尺般检查了家里的每个角落，却没有发现任何问题，而每天半夜时分，露丝呼喊自己的声音仍会如期响起。

这天半夜，福克曼又听到露丝喊自己，他实在受不了，突然发疯似的捶打着身旁的克斯汀,边打边叫道:"你不是死了吗?你怎么又活过来了?"

克斯汀哭叫着回打福克曼,福克曼这才清醒过来,眼前的女人是他心爱的克斯汀,而不是那个冷酷的露丝,他抱着头呜呜地哭了……

从此,福克曼开始喜怒无常,经常像个疯子般折磨克斯汀,清醒后又懊悔不已,克斯汀再也忍受不了这样的日子,一声不吭悄悄地跑了。福克曼满世界找她,却再也找不到。

没有了克斯汀,福克曼倍感孤独,特别是夜深人静听到露丝惊恐地喊他时,他又感到非常恐惧,良心和神经都经受着折磨,这样的日子他看不到尽头……

没过多久,福克曼就被人送进了精神病院,他每天不停地痴笑,惊叫:"你不是死了吗?你怎么又活过来了?"

与此同时,离精神病院不远的一幢海边别墅里,一男一女正亲密地相偎在一起,女的有些伤感地说:"我一直爱着他,如果不是他对我下毒手,我宁愿和他把日子过下去。"

"那我呢?我爱你这么多年,你从来不给我机会,是福克曼亲自送给我这个机会的。露丝,忘了福克曼吧,让我来爱你,爱到地老天荒……"

露丝流着泪,深情地叫道:"乔治……"

"对了,亲爱的,我想知道福克曼每天晚上把什么放到你嘴里?他用什么来冒充血液?"

"他用的是自己的血,他割破自己的手,把血滴到我嘴里,他以为我睡得很死,其实我至今都能感觉到他血的热度……如果不是这个破绽,他的计划也许就得逞了……"

露丝说到这里,还是忍不住感伤起来,虽然她恨福克曼,却不想伤他太深,是乔治告诉她,如果福克曼缓过劲来,一定能想明白这一切,如果这样他们就不会有太平日子。于是,乔治每天晚上都带着露丝悄悄回家,用惊恐的喊声恐吓福克曼,直至福克曼的精神彻底崩溃……

露丝叹了一口气,说:"坏人得到了报应,我们可以平静地生活了。"

但露丝没有看到,她旁边的乔治正在偷偷地发笑。乔治很早就打探到露丝并不是孤儿,而是一个亿万富豪的私生女,过不了几年就要继承巨额遗产,他利用自己和福克曼是好朋友的机会,在福克曼和露丝结婚时就对福克曼说:"如果你的老婆是个医生,你千万不要得罪她,因为她要谋杀你是很容易的。"

后来,露丝孤僻的性格、过分的洁癖和严重的梦游症让福克曼受不了,不止一次向乔治诉苦,这时乔治便趁机鼓励福克曼找机会"放松"自己,福克曼果然找到了阳光般灿烂的克斯汀,乔治又不失时机地提醒福克曼,要是露丝知道他有情人,说不定哪天会在他杯子里悄悄放点东西……

福克曼被吓得患上了厌食症,不敢在家吃饭,甚至不敢用家里的杯子喝水,最后,福克曼一咬牙,决定铤而走险,终于走进了乔治设定的圈套中……

(云小靴)

(题图:佐　夫)

绿茵女士

病房里的叫声

一九五○年仲秋的一个暴风雨之夜,坐落在东江市西郊剑山南麓的剑山精神病疗养院的123病室里,突然传来一声凄厉的怪叫声,紧接着,又是一个年轻女子挣扎的惊叫声。人们听了这叫声,立刻冲进病房一看,只见护士小诸昏倒在地板上,一支蜡烛甩在一边;一个四十多岁的精神病患者,像木桩子一样,呆坐在那儿,两眼直勾勾地望着前面,脸上毫无表情,就像屋子里根本没有发生什么一样。人们顿时又惊又疑,这到底是怎么一回事呀?

原来这天傍晚,天气异常闷热。黄海之滨有名的雷击区:东江市上空乌云翻涌,雷电交加,正下着一场可怕的大雷雨。剑山精神病疗养院门口的那块大木牌,被狂风暴雨吹打得"哐当哐当"直响。也许是精神病人对异常天气的条件反射吧,整幢大楼里又是哭声又是笑声,又是唱歌,又是干嚎,闹得开了锅。这时墙上的大挂钟,快要指向七点了,一群年轻的小护士正聚集在值班室里,只等大挂钟"当当"敲响七下,便要开始查病房。说起来也真巧,恰好就在大钟敲到第七下时,黑沉沉的夜空里突然劈下一道闪电,紧接着,"哗啦啦"落下一串天崩地裂般巨响,霎时,电灯灭了,整个城市陷入无边的黑暗里。几个胆小的护士吓得尖声怪叫起来,像群小麻雀似的拥作一团,连眼睛也不敢睁开。巨雷过后,小护士们才陆续点起蜡烛,分头向各自分管的病区走去。

底层西半区的值班护士叫诸丽云,今年才十八岁,刚从本市医士学校护士班毕业,分配来这儿工作。小诸长着中等偏高的个子,身材苗条,婷婷玉立,特别是那双秋水一般明净的大眼睛,不时闪烁出聪明伶俐的光芒。

今晚小诸是第一次单独查房。她穿了件洁白的工作服,一只大口罩遮住了大半个脸,一绺刘海遮在额上,只露出那双忽闪忽闪的大眼睛,显得分外秀丽。她手里拿着支蜡烛,一个人穿过黑森森的长廊,大雷雨之夜的风声、雨声、雷声,加上病人们的喜怒无常的笑骂声,使她心中不免阵阵发怵。她硬着头皮,来到了123号病房。

小诸一分配到这里,就听护士长介绍说:住在123号里的病人叫夏省吾,原是位德高望重的社会名医,后来因为受到刺激,才得了这种丧失理智的精神病。从四七年秋天入院算起,他进院治疗已三年多了。院方考虑到他的资历和过去服务于医学界的种种德行,对他特别优待,特地为他辟了间单人病室,又千方百计请专家名医治疗。只是病生到医生身上好像特别难治似的,三年来,夏省吾的病始终未见好转。

小诸轻轻推开123病房门,只见病人活像一具僵尸,木然地端坐在屋子中央。她硬撑着胆子,走到夏省吾跟前,把蜡烛竖在一张小方桌上,取出几片白色的药片,准备给病人服下。这时,窗外突然划过一道强烈的闪电,把小诸那张吓得失去血色的脸照得清清楚楚。此时,病人似乎猛地一惊,抬起头,一下盯住了小诸那双露在口罩外的眼睛,面部肌肉痉挛地抽搐起来。突然,他惊恐万状地发出一声凄厉的怪叫,紧接着,又是一串令人毛骨悚然的傻笑，嘴里含糊不清地说："绿茵，你没有死……哈……我知道！"说罢，伸出瘦骨嶙峋的大手，扑上来要拥抱小诸。小诸做梦也没料到夏省吾会来这一手，只挣扎着喊了一声，顿时觉得眼前一片黑暗，瘫倒在地板上，失去了知觉。

这件事使全疗养院的医护人员大为震惊，也引起了院领导的重视，立即决定由值班的主治医生娄建中负责调查这件事的原委。

娄建中原是解放军部队的一名模范军医，在解放东江市时，他受了伤，后来留下来转入了地方医院。夏省吾的病现在由他负责治疗。今天，他接受了医院院长给他的一项特别使命后，一直在琢磨着这件咄咄怪事。他来到医院的时间虽然不长，但早就听到这里的医护人员反映，夏省吾自入院以来，平时不吵不闹，从没发生过反常举动。而小诸虽然新来不久，但她和夏省吾已接触过几次，而夏对她也没什么异常表示，那么在那个大雷雨之夜，夏省吾为什么会去拥抱小诸，而且嘴里还喊着"绿茵，你没有死"呢？这绿茵又是谁？

娄建中问过许多人，都说夏省吾自住院以来，几乎没有人来探望他，只有他的私人司机，一个名叫黄大发的人，逢年过节送点礼物来。解放后，黄大发不来了，据说由朋友推荐，去越州市谋生去了，然而夏省吾的生活费和医疗费，还是由他按月汇来，由此可见他们主仆之间感情很深，他很可能了解夏省吾的情况。于是，娄建中决定去越州市找黄大发。

三天之后，娄建中驾驶一辆摩托车，风驰电掣般地直朝越州市驰去。到了越州以后，找了好几个汽车行，才在一家私人开办的东亚车行的车棚里找到了黄大发。

当黄大发听了娄建中说明来意后，脸上立刻露出了沉重的神情，没有开口，就长长地叹了口气，说："唉！先生发病那是中了坏人圈套，活活给逼疯的啊！哎，现在人已疯傻了，过去这笔烂污账，谁理得清啊！"接着，他滔滔不绝地说起一段惊心动魄的往事来。

夏省吾早年毕业于东江大学医学院，是个品学兼优的高才生。毕业后，除了在省城大医院里当过一段实习医生外，从一九三四年开始，便在东江市民生路挂牌行医。因为他人品端正，医术高明，博得了病家的尊敬和爱戴。有位病家还特地送给他一块"华陀再世"的金匾，于是，"小华陀"雅号便传遍了东江市。

夏省吾虽然成了社会名医，但不管刮风下雨，炎夏寒冬，白天黑夜，凡急症需要出诊的，他说走就走，从不含糊误事。为了这，他还特地在挂在诊所门口的那块医牌上，亲笔写上："日夜出诊，风雨无阻"八个大字。

夏省吾为人虽说随和，平易近人，可也有个令人难以理解的怪癖。三十多岁了，竟多次谢绝热心的说嘴媒人，还坚持守身一人。但是，每逢清明节，他却总要带上黄大发去西郊剑山公墓扫墓，在一个带十字架的坟上，先献上一束白色的康乃馨，然后极其虔诚地鞠上三躬。可是竖在坟前的那块洁白的大理石墓碑上，却并无一字。黄大发只知道墓里埋着一位名叫"绿茵"的女子，至于她和夏省吾是什么关系，夏省吾为什么对她如此深情，他就一概不知了。夏省吾房里有一帧少女的八时照片，那女子非常漂亮。对这帧照片的来历，夏省吾一直守口如瓶。黄大发猜想她也许就是坟里的那个叫绿茵的女子。

俗话说："树大招风"。夏省吾自在本市医学界成名以后，也不断遇到许多不顺心甚至很痛苦的事：同行的妒忌倾轧，地痞流氓的无理纠缠。对此，夏省吾为了成就事业，替家乡百姓解除病痛，总是委曲求全，卖金求安。

一九四五年，日本鬼子刚投降不久的一天，突然有一辆涂着国民党党徽的吉普车，驶到诊所门口停住了，接着车门打开，从车上走下一个副官模样的人来。那位副官一见夏省吾就"啪"行了个举手礼。夏省吾不由打了个愣怔，接着，那副官递过一张名片，夏省吾接过一看，只见名片上印着：

东江市警察局长 郝耀宗

副官说："局座偶染小恙，特请夏医生出诊。"

夏省吾拿着名片，对"郝耀宗"这个极熟悉的名字发了半天呆，去不去呢？他一时感到犹豫不决了。那副官在一旁满脸堆笑卑谦地说了一大串好话，终于把个面慈心软的夏省吾说活了。他收拾了一下出诊皮包，跟随副官上了吉普车。小吉普"嘀嘀"几声，一溜烟地向市警察局方向驶去。

谁知过了不多时候，夏省吾却自己雇了辆黄包车回家来了。黄大发抬头一看，吓了一大跳，只见他脸色白里泛青，一进门就往沙发上一靠，抓起一边的白兰地酒，倒了满满一杯，一仰脖子"咕咚"一口喝干。又狠狠地把杯子往地板上一掷，"叭"摔了个粉碎。

黄大发给他开了好几年车子，还从来没见过夏省吾发过这么大的火，不禁感到惊愕和不安，忍不住问道："先生，怎么啦？发生了什么事呀？"

夏省吾气愤地说："一条披着人皮的狼！"说完，拿了杯子，又要倒酒。

黄大发急了，抢过酒杯，恳求说："先生，别喝了！你何苦自己折磨自己呢？你有什么为难事，就说出来嘛，一个人憋在肚子里多不好受，我虽是个粗人，可也许能为你分担一点忧愁呢！"

夏省吾苦笑着摇了摇头，说："大发兄弟，这不关你的事，没什么……"边说边扶着桌子边缘，晃晃悠悠地站了起来，一声不吭地走进了卧室。

第二天，夏省吾仍旧按时起床，照常为病人看病。可是一夜下来，他面容憔悴，仿佛生了一场大病。他把黄大发喊过来，关照说："今后凡是警察局来电话约我出诊，你一概回答我不在家，来了人，你也设法替我挡驾。"

就这样平平安安地过了几个月，一天晚上十点钟，黄大发关上诊所大门休息。夏省吾在书房里捧了一本祖上遗下的《千金妙方》在苦心研读。突然大门"嘭嘭嘭"急促地响了起来，紧接着传来一个男人焦急的叫门声："夏先生，开门！夏先生，开门！"

黄大发已经睡下了，听到敲门声，禁不住一边嘴里嘟囔着："谁呀？催命鬼似的敲门，没日没夜的，顾人死活吗？"一边很快披衣下了床。他刚把门打开一条缝，只见从光线黯淡的台阶上，挤进一个浑身上下一团黑的人来，把他吓了一大跳。

黄大发细细一瞧，来人四十上下，五短身材，一张脸长得特别黑，仿佛生漆涂过一般，又穿了一身黑湘云纱衣裤，猛一看，简直是全身一团漆黑。

凭经验，黄大发一看来人这身打扮，就断定他是个什么大公馆里的听差。那黑汉朝黄大发抱拳打了个招呼，然后"嘿嘿!"从喉咙里逼出两声干笑，说："实在对不起，扰了你们清梦。我家太太得了急病，上吐下泻，有人说是'瘪罗痧'（霍乱），非常危险，老爷派我来请夏先生无论如何出趟夜诊，开包钱（诊金）好商量，请先生务必答应。"

这时，夏省吾已经从书房里踱了出来，对黑汉子说："你家主人府上在哪儿？"

黑汉说："先生，住在海潮路。"

站在一旁的黄大发听了，心里不禁又是个"咯噔"：这海潮路在市郊，不光汽车开个单程就得半个多小时，更主要的是那儿冷落荒凉，虽说也有几家"社会名流"的私人别墅，但也是强盗、海匪经常出没之处，一到晚上，更不太平。万一出个什么意外，连叫救命的地方也没! 夏省吾倒是二话不说，立即吩咐黄大发从车库里开出汽车。几分钟以后，三人就上了路。

一汽车在路上疾驰了半小时，才来到海潮路。这时已是深夜，马路上黑乎乎的，只有几盏灰黄的路灯在空中摇摇摆摆；不远处，传来阵阵海浪冲刷在礁石上发出的"轰隆轰隆"的响声，使人听来不寒而栗。汽车开呀，开呀，终于在一座花园别墅的大铁门前停了下来。黄大发透过大铁门朝里望去，看见这是幢很有气派的花园别墅，院子里有座用花岗岩围砌而成的大花圃，花圃后面是一幢小巧玲珑的法国式两层楼房。整幢楼黑魆魆的，只有楼上左边一间露出一点惨淡的灯光，加上花园里浓密的树荫环抱，更使这幢洋楼笼罩上一种阴暗而神秘的色彩。

夏省吾似乎并没注意到这些，下车后，跟随黑汉进了大铁门。黄大发急忙熄了火，就想跟上去，谁知那个黑汉子，却动作敏捷地把大门"哐"关上了，并随手拉上了大铁门。黄大发只得在门外盯着院子里的动静。

大概过了五分钟，楼上那盏唯一的电灯光也灭了，只露出一点暗得发红的蜡烛火光，一跳一跳，摇摇晃晃，窗口不时晃动着一个人影，除此之外，整座院子仿佛人全死绝了，听不到一丁点儿声音。黄大发的心弦绷得紧紧的，头上沁出了汗水，正在这时，突然听到二楼窗口传来"啊!"一声惊叫，接着那一点火光也熄灭了，整幢楼房堕入了黑暗而恐怖的深渊。

黄大发的那颗心"嘣嘣嘣嘣"跳到了喉咙口，暗叫一声：坏了，先生一定遭坏人暗算了！他焦急地举起拳头，拼命地擂起大铁门。

大约又过了五分钟光景，突然，从花圃的树荫丛中蹿出一个黑影来，"噔噔噔噔"飞快地奔到大门边，用力拉开铁闩，开开门直朝黄大发猛扑过来。黄大发也豁出去了，忙拔出拳头，准备和来人拼个你死我活！他那捏紧的拳头正准备往下砸时，再仔细一瞧，那黑影不是别人，正是夏省吾。黄大发立刻一把扶住夏省吾，焦急地问："先生，怎么啦？"

夏省吾好像是刚从地狱里爬出来的一般，惊魂未定，用极微弱的声音说："快……快开车！"

黄大发连忙把他扶上车，打开顶灯一瞧，只见夏省吾脸色苍白，虚汗直淌。

黄大发也顾不得细问，赶忙发动车子，就往回开，谁知汽车开出约五十公尺时，夏省吾突然连连喊道："大发，把车倒回去，我还想上楼，看看仔细！"

黄大发一听，顿时呆住了。

绿茵的幽灵

黄大发以为他吓昏了，在说胡话，就没听他的，一口气把汽车开到诊所。一到家中，夏省吾立刻命令黄大发摘去门口的医牌，用还在微微颤抖的手擦去了"日夜出诊、风雨无阻"八个字，然后又颤抖着在牌上写了："夜不出诊，敬希鉴谅"。

过了几天，夏省吾的情绪稍稍平静以后，才告诉黄大发那次夜诊遇到的可怕事情。

那晚，夏省吾跟着黑汉子进了大门，沿着花圃旁边滑溜溜的小道进了楼。这幢楼的底层高大空旷，像座阴森森的教堂；屋内陈设考究，但都蒙上了一层灰尘，霉气扑鼻，却不见一个人影，只听到屋角里老鼠追逐嬉闹发出的"吱吱吱"叫声，和蝙蝠飞舞发出的"呼呼"声。那个黑汉子，这时突然变得像哑巴一样，一声不吭，他用一只黯淡的手电照着，把夏省吾引上了二楼。

上了二楼，走到左边卧室门口，黑汉子推开房门，用手指了指屋子中央那张雕刻精细的红木床，说："先生，太太就睡在这床上，我去叫老爷上来。"说完，返身下楼去了。

夏省吾书读得不少，社会经验却不多，他傻乎乎地坐在房门口的椅子上等候"老爷"上楼。谁知等了好一会，却始终没听到楼梯上有脚步声，而房里那盏本来就昏暗的电灯突然灭了。可奇怪的是，未见房里来人，却亮起了烛光。循着暗红的烛光，夏省吾往那张红木床上的罗纱蚊帐边一看，只见有个雪白的东西伸在外面，细细一看，竟是只女人纤细的手臂，平摊在床头边的太师椅上，一动不动。

夏省吾断定这就是病人了。此时，他虽然有点紧张，但救命要紧，决定不再等待主人，便走了过去。夏省吾看病历来讲究望、闻、问、切。这察颜观色的"望"字是第一位的。因此，他轻轻揭开罗帐一看，顿时大吃一惊，一颗心差点从喉咙口里蹦了出来。原来床上哪是什么病人，分明躺着具披头散发的女尸！女尸脸色青白，像张枯萎的菜叶；一双本来很美丽的大眼睛，直勾勾向上翻着，露出吓人的眼白，嘴角有一缕发紫的血丝挂下来。在她那僵死的脸上，好像在发出一种可怕的狞笑。这是一个典型的中毒暴死病人。夏省吾行医多年，从未见到如此可怕的尸体。这时他才猛省到自己已面临险境，再呆下去，还不知会遇到什么！他神经紧张起来，上下牙齿直打架，两条腿哆嗦着像被钉子钉住了一般，连一步也迈不开。

正在此时，房间里唯一亮着的蜡烛也突然熄灭了，一缕惨白的月光透过窗户照了进来，正好照到那女尸可怕的脸上。那女尸忽然轻轻地发出了"唉"一声。夏省吾惊得"啊"叫了一声，转身就往楼下冲去，他连滚带爬，滚到楼下，爬起来挣扎着拼命地往大门口奔去……

听了夏省吾的叙述，黄大发惊得几次吐出了舌头。他疑惑不解地问："先生，那你为什么还让我把车倒回去呢？"

夏省吾说:"当时我确实吓破了胆,但我的脑子还是清醒的。我只看了那具女尸一眼,就强烈地感觉到她很像一个人,哎,实在太像了,真令人不敢相信……"

黄大发忍不住脱口而出:"莫非像那个绿茵?"夏省吾没有回答。

打那以后,夏省吾一过晚上八点,就闭门谢客,一个人潜心自修医术。可是,让黄大发暗暗担忧的是,他工作时不声不响,有了闲空,不是木呆呆地愣着,就是絮絮叨叨地对大发说:"那床上女尸像她,一样的脸型,一样的眼睛,一样的身材,唉,只怪我那晚走得太急了,没顾上多看几眼……"

黄大发见他神态反常,便打断他的话头:"先生,你还没被吓够啊,说不定那女尸是个白面僵尸,会坐起来掏你的心呢!"

夏省吾听了,笑笑说:"无稽之谈。"

黄大发嘴里不说,肚子里的疑团一直不解,过了几天,他决定瞒过夏省吾,一个人悄悄到海潮路去了解了解那幢神秘的别墅。一天白天,他到了那儿,也不觉得什么可怕。他细细打量着这幢房子,只见窗户全部关闭,院子里没有人迹,大铁门上挂着把拳头大的铁锁,锁面锈迹斑斑,显然已是很久无人开过了。再一瞧,大铁门旁边的水泥柱子上镶着一块暗红色的古檀木,上面镌着"郜寓"两个涂成绿色的阴文隶字。黄大发十分纳闷:在和先生往来的人中间,没听说过有姓这么个怪姓氏的啊,他为什么要蓄意谋害先生呢?

为查个究竟,黄大发就向路边一位老皮匠打听。据老皮匠讲,这别墅主人确是姓郜,早先在日本人开的洋行里办事。日本鬼子投降后,姓郜的怕被当成汉奸,连转让房子都没顾得办,就带着家小逃至南洋去了。从此这儿就成了无主空房。

黄大发听了仍不死心,又问:"老人家,这里有没有住过一个又黑又矮的小个子?"

老皮匠摇摇头说:"没有。"

"那有没有一个女人呢?白白净净的年轻女人!"

老皮匠微微一笑说:"不瞒你说,这家大宅子里连只母猫儿也没有,哪有什么白白净净的年轻女人?除非出了狐狸精。"

黄大发顿时呆在那里,想想这就太奇怪了!黑矮子是自己亲眼所见,先生夜诊时遇到那个女尸也绝不会假,可是怎样来解释这一切呢?莫非这座大宅子年久空旷,无人居住,真成了狐狸精的天下?他颠来倒去,半天也理不出个头绪来。回去以后,也不敢把私访之事告诉夏省吾。

转眼之间,到了一九四七年初秋。

一天黄昏,屋子里闷得像蒸笼。夏省吾吩咐黄大发提早关上诊所大门,陪伴他去皇后大戏院,看梅兰芳先生来东江演出的《宇宙锋》。

看完戏,在回家的路上,外面正下着瓢泼大雨,汽车在淹了水的街道上慢慢开着,刚开到一半路程,只见车窗前突然滚过一个火球,接着便是"轰隆"一声巨响,顿时,街道上一片黑暗。

黄大发打开车灯,开足马力,飞快地向家里驰去。

汽车开到了家门口,两人顿时惊呆了。只见诊所两扇门大开,在车灯的照射下,外间的候诊室里停着一副担架,担架上躺着一位病人,病人身上蒙着一块雪白的床单,担架前面点着支蜡烛,烛光幽幽,忽亮忽暗,把个候诊室弄得像灵堂一样。担架周围还有几个人影在晃来晃去。

夏省吾见这帮人破门而入,十分生气,一进门就劈头盖脑地大发雷霆:"真不像话,谁让你们私自打开我的诊所大门?"

听了夏省吾的怒吼,从黑暗中走出一个人,打招呼说:"夏先生,实在对不起,这是位重危病人。本来我们是歇在廊下等您回来的,可您瞧,下了这么大一场雷阵雨,病人可淋不得啊,没办法,我们才设法打开了锁……"

夏省吾听了这话,气便消了一大半。他一边吩咐黄大发去拿听诊器,一边穿上白大褂,俯下身子仔细观察起担架上的病人来。

病人全身用洁白的床单蒙着,只露出长长的乌黑头发,看样子是个年轻女人。夏省吾轻轻揭开被单一看,啊!多么熟悉的脸啊!夏省吾的心禁不住强烈地颤抖起来。正在这时,窗外突然亮起一道强烈的闪电,那女人一下睁开双眼,露出一双漂亮的大眼睛,在雪白床单的映衬下,显得分外明亮。夏省吾顿时失去了理智,浑身痉挛着大叫一声:"绿茵!"说时迟,那时快,那女人突然伸出两条雪白胳膊,一下子紧紧勾住了夏省吾的脖子,同时,歇斯底里地大笑起来。

黄大发听到叫声和笑声,急忙拿了听诊器奔出来,看了这个场面,大惊失色,再看那女人,竟和夏省吾书房里照片上的一模一样,啊?!死了多年,埋在西郊剑山公墓的绿茵难道真的复活了?正在这时,黑暗处又突然闪了一下亮光,有人已用照相机摄下了这不堪入目的镜头。

没等黄大发回过神来,人群里挤出个彪形大汉,像老鹰抓小鸡似的拎住夏省吾的衣领,"通"一拳把他打出老远。接着这一伙歹徒抢起担架,一阵风似的朝门外奔去。

夏省吾从半昏迷中清醒过来,挣扎着爬起来,踉跄着追到大门外,拉开嘶哑的嗓门喊着:"绿茵,回来!绿茵,回来!"喊完了就哭,哭了一阵又笑,就这样在雷雨中折腾着。

黄大发费了好大的劲,才连拖带架地把他拉回了屋里。从此夏省吾就疯了。

三天后,东江市一家小报《东江新闻》在头版头条登出一条特号新闻:《社会名医的桃色梦》,旁边还配了一张夏省吾和一个面目不清的半裸女人拥抱在一起的照片。这件事一时成了轰动东江朝野的爆炸性新闻,满城风雨,众说纷纭。就这样,一个富有才华的一代名医,便成为一个江湖骗子和色情狂。夏省吾发疯后,已失去了替自己辩解洗雪的能力,这一历史沉冤似乎用黄河水也洗不清了。可是制造这一卑劣诬害案的祸首是谁?连黄大发一时也说不清楚!

黄大发说到这儿,已声泪俱下。娄建中听了,一种强烈的责任感在他的心头升起,他告别了黄大发,决定立刻回东江市。

一路上,娄建中脑子里一直在盘旋着几个问题:绿茵这个神秘莫测的女人,究竟死了还是活着?如果活着,夏省吾和她既然是生死不渝的恋人,她为什么要一而再、再而三地陷害他？如果死了，那么这个"绿茵"又是谁呢？绿茵幽灵的出现和夏省吾去市警察局出诊有没有直接联系呢？那个大雷雨之夜，夏省吾见了小诸护士，为什么会误认是绿茵而做出那种荒唐的举动呢？从天气来看，似乎条件相似，此外还有什么呢？娄建中越想，越觉得自己的脑袋仿佛要炸开似的，他极力想从纷繁的头绪里理出一条线索来。

晚上，华灯初上的时候，娄建中风尘仆仆回到了医院，他简要地向院长汇报了走访黄大发的经过。院长鼓励他把这次调查继续深入下去，并说是为了新中国，要抢救每一个蒙冤的知识分子。

娄建中回到办公室，解放后新创办的《东江日报》社有位新闻记者正等着他采访。娄建中在解释夏省吾发疯之谜时说："希望借贵报一角，为这位社会名医洗雪一下，他的致病绝不是什么'桃色梦'，而是一件有目的有预谋的政治陷害。我们已经掌握了部分事实，相信在不久的将来，它的真相将可大白于天下。"

次日一早，娄建中在民生路派出所的协助下，走访了一直空关着的夏省吾的开业诊所。娄大夫径直走进夏省吾的书房，只见那帧少女的照片还挂在墙上，心中非常高兴，便小心翼翼地取下，把照片从镜框里拿出来。由于时间长了，照片虽已受潮变黄，但那位少女的翩翩风采，仍可看得一清二楚。他翻过照片，见背面写着一行娟秀的钢笔字：献给心中的吾！下面便是一行流利潇洒的英文签名。

娄建中一看，照片的主人果然是绿茵！他又把照片翻到正面细细观看，不禁脱口叫了起来："哎哟，那不是像她吗？！"他非常兴奋，马上把照片取下，放进自己的拎包里，匆匆离开了。

娄建中来到大街上，买了一盒"稻香村"奶油蛋糕和一袋精美糖果，要了辆出租汽车，直奔郊外桃溪镇，去探望病休在家的小护士诸丽云。

桃溪镇位于桃溪河畔，距市区五十多华里，这里山明水秀，风景秀丽。小镇一角，有一幢大尖顶古老建筑，这是本世纪初，有个名叫利玛的传教士向东江市巨商们募捐了一笔巨款，建造的一所以他的名字命名的修道院。解放前夕，修道院院长老利玛回国去了，修道院也关了门，但它仍引人瞩目地耸立在那儿。

小护士诸丽云的家就住在桃溪镇上的一条小巷里,娄建中知道小诸从小就失去了父亲,家中只有个相依为命的母亲。娄建中赶到她家时,小诸正在安闲地看一本小说,看样子精神已经恢复正常。小诸见娄建中来看她,显得特别高兴,连忙张罗着沏茶、削苹果,忙得团团转。娄建中呷了口热气腾腾的"龙井"后,便跟小诸唠起了家常。

娄建中问道:"听说你妈是个中学教员,还没请教名字呢,叫什么来着?"

小诸说:"我妈叫诸月芬,在镇上中学里教历史,嗬,娄大夫,我还没有告诉你,我妈还是个老'东江'呢!"娄建中一听到"老东江"几个字,心中不禁一动。

正在这时,门外传来"咯咯咯"的皮鞋声。小诸忙对娄建中说:"娄大夫,听,我妈回来了!"

话刚说完,门被推开,走进来一位四十开外的女人。只见她身材修长,皮肤白晰,脸上架一副玳瑁边近视眼镜,浑身上下透出一股知识妇女的风度。

娄建中和诸月芬寒暄了几句以后,便从拎包里取出从夏省吾诊所里取下的那张照片,试探地说:"诸老师,我今天一来探望小诸身体;二来向你顺便打听一个人。"

诸月芬诧异地接过牛皮纸包,打开,只看了一眼,立即把照片放到桌上,十分冷漠地:"人,我是认识的,她叫绿茵。可惜,已经死了多年了!"

娄建中一听,愣住了。

滴滴辛酸泪

娄建中心中好不失望。他正要告辞回城,猛抬头见诸月芬脸色苍白,上牙紧咬下唇,眼角上含着泪花,似乎隐藏着巨大的痛苦,在装作看挂在墙上的一幅山水画。娄建中看在眼里,心头不禁暗暗叫道:诸月芬啊,原来你刚才那副冷冰冰的样子,是硬装出来的。照片明明像你,却不肯承认,你到底是不是那个绿茵,我需要用话激你一激。于是,他假装自言自语地说:

"如此说来,几次设计陷害夏省吾,最后逼他发疯的绿茵,真是个来无踪去无影的幽灵了?只可惜夏省吾这段冤案石沉大海,无法昭雪了。"

诸月芬一听,连忙转过身来申辩说:"什么?绿茵……逼疯夏省吾……不!这绝对不可能!"

诸丽云听着他们的对话,好似坠入五里云雾中,这时她听到说起夏省吾,才十分惊诧地问:"啊!妈妈也认识这个老疯子?!"

诸月芬横了女儿一眼,说:"小丽,以后可不许这么称呼病人,你是护士,要懂得文明!你去厨房里准备菜肴,要招待娄大夫吃饭呢。"诸丽云只得进厨房去了。

目送女儿走后,诸月芬这才重新拿起照片,轻轻地擦拭了几下,伤心地说:"这张照片本是绿茵当年送给夏省吾的,现在也该物归原主了!娄大夫,我知道你是为省吾的事而来的,我也不想再和你打哑谜了,你要找的绿茵就是我!"

诸月芬讲出了真情,娄建中非常高兴,可他疑惑不解地问:"诸老师,这么多年了,你为什么一次也不去看望夏先生呢?"

诸月芬听了,惨然地笑了一下,摇摇头,斩钉截铁地说:"娄大夫,我可以对天起誓,我没有做过半点对不起他的事,你刚才讲的一切我都不知道;可他却背着我干出了不知羞耻的事,辜负了我的一片深情。我不能原谅他,也决不再去看他。他在我心中早已死了!"说完,掩面哭泣起来。

娄建中感到惊奇:诸月芬为什么这样恨夏省吾?这时,诸月芬用手帕擦去泪痕,走到衣橱前,从里面取出了一张已经变质发黄的《东江新闻》,递给娄建中。娄建中接过一看,这才恍然大悟,噢!"鬼"原来在这里!

娄建中心里有底了,他轻松地哈哈一笑,说:"诸老师,你是受过高等教育的,难道也会轻信这种不值一文的谣言?"

"但愿都是假的,可这张照片……"

"诸老师,最后的事实将会证明夏先生是无罪的,你能给我讲一讲你们的过去吗?"

"不说也罢,提起来真像一场梦,徒然添几分伤心!"

娄建中告诉她,有人制造一连串阴谋陷害事件,逼疯了夏省吾,而这些阴谋事件的前台主角也是一个名叫绿茵的女子。

诸月芬听了这话,吃惊地"啊"叫出声来,张大了嘴,一时竟什么也说不出来。

娄建中说:"诸老师,说吧,即使不是为了替自己昭雪,也要替受尽磨难的心上人想想……"

诸月芬擦去眼角的泪水,说出了几十年前的往事。

事请要追溯到一九二八年。原来诸月芬出身于东江名门,她的真名叫朱绿茵,在东江大学文学院读书时,结识了同校的医学院学生夏省吾,两人产生了纯洁的爱情。夏省吾的父亲是个默默无闻的老郎中,早已去世。他是完全凭着个人奋斗和亲友资助才读上大学的。而朱绿茵的父亲朱云凯却是东江市第一号大实业家。贫富如此悬殊的一对青年产生了恋情,在当时实在少有。他们都瞒过了自己的家庭。

有一年,东江大学举办选"校花"活动,朱绿茵以优异的学习成绩和秀丽娴雅的姿容成了"东大"的"平民女皇"。

这天,学校大礼堂举行"校花"命名大典,朱绿茵当着上千师生的眼睛,在一阵接一阵的热烈掌声中,羞涩得满脸绯红地上台领取"荣誉证"。夏省吾见了,心头也像灌了蜜。可是在台左侧角落上,却有一双醉醺醺的小眼睛盯住了她。那是谁?此人姓郝名耀宗,是文学院的新生。他生就一张蛤蟆阔嘴,满脸生着酒刺,人称"癞团精"。他是凭着当市长的爸爸的权势进入文学院的。他名为大学生,实际上是个为非作歹,吃、喝、嫖、赌、斗殴五毒俱全的流氓。此刻,他见朱绿茵如此美丽,不禁动了邪念,当晚回家就要自己的市长爸爸向朱家提亲。朱云凯虽然对市长那位宝贝儿子的所作所为也略知一给定下来了。

等朱绿茵知道这件事时,郝家的聘礼已经送过来了。她明知事情不可逆转,但也不甘心俯首帖耳地当封建买办婚姻的殉葬品,于是,就在毕业前的几个月里,和夏省吾秘密同居,并且不久后便怀了身孕。

朱云凯知道了这件事,气得大发雷霆,但又不敢声张,怕传扬开去,得罪了权贵郝家,辱没了名声,还会影响自己在东江工商界的地位。他冥思苦想了好几天,终于想出了一条万全之计:

在一个风雨交加的夜晚,朱云凯亲自开着汽车,把双手被反绑、披头散发的女儿送到桃溪镇亲戚家中。不久,绿茵就在父亲的威逼下,把不懂人事的小生命寄养在亲戚家,自己改名诸月芬,含泪进了利玛修道院"赎罪"。朱云凯还亲口交代利玛院长,没有他的特许,绝不允许他女儿跨出院门一步。就这样,平空落下无情棒,恩爱鸳鸯两分开,从此,朱绿茵开始了漫长而孤凄的修道院生活,十年生死两茫茫,仿佛她已从地球上消逝了一般。

就在朱绿茵去桃溪镇不久,朱云凯在外放风说女儿得了严重的、在当时视为不治之症的肺结核病。郝耀宗听说未婚妻生了这种危险的病症,心早冷了,连探望也没来过。倒是夏省吾去朱府多次,但都被拒之门外。

事情说起来也真巧,过了不多久,朱府死了一个年纪和绿茵差不多的女仆。朱云凯灵机一动,竟在报纸上登了大幅讣告,说爱女绿茵"沉疴不起,不幸夭亡",并且煞有介事地在家中大办丧事。后来,他就把那女仆葬在西山公墓,并树了块无字墓碑。这一李代桃僵的假戏果真顶了点事,终于瞒过了郝家。郝家除了索回聘礼以外,没有再来找什么麻烦。

朱云凯见事情已经化险为夷,不禁暗暗松了口气,而把那个关在"上帝的天堂"里的亲生女儿渐渐抛之脑后,不闻不问了。

后来,夏省吾从朱家一位仆人口里打听到绿茵的墓地,便扑在"爱人"坟头大哭了一场,并发誓笃志终身不娶。

朱绿茵在隔绝尘世的环境里整整生活了一十六载,饱尝了人间辛酸泪。她虽然时时想念心上人夏省吾,但咫尺天涯,音讯阻隔,只得把爱和怨深深埋在心头。

修道院关闭那年,朱绿茵终于脱下了黑色洋道袍,脱离樊笼,先找回了女儿,接着,又准备去找夏省吾。

谁知就在她准备行装,想去寻找心上人时,偶然中从一只木箱角落翻到一张旧报纸,上面赫然刊登着夏省吾发疯的新闻,旁边还有那张夏和一个女人拥抱的照片。顿时她像掉进了冰窖里,一直从头凉到脚后跟。她想自己含辛茹苦一十六载,一片忠贞盼望和心爱的人破镜重圆,谁料他竟如此忘情无义,做出这等下流可耻之事。一气之下,打消了去找夏省吾团聚的念头。解放那年,她在本镇中学里当上了一名历史教员,把一腔热血倾注在人民教育事业上。女儿受惊一事,更使她认定夏省吾已堕落为一个无耻之徒。

诸月芬讲完了个人悲惨的身世,娄建中听了也感到十分心酸。还没等他开口,突然有个人大声哭泣着从门外冲进来,扑倒在诸月芬的怀里。娄建中一看,是诸丽云。原来她根本没去厨房,而一直站在门外偷听,当听到自己生父原来就是这个"老疯子",而自己竟受到了日思夜梦却从未见过面的爸爸的侮辱,不禁悲从中来。诸月芬抚摸着爱女的头发,倔强地说:"娄大夫,你的心意我十分明白,但在没看到铁的事实证明夏省吾是受诬陷之前,我是绝不和他见面的,熬过漫漫长夜的人,不堪设想醒来又是一场噩梦……"

娄建中信心百倍地点点头,说:"放心吧,诸月芬同志,我相信这件事一定会搞得清楚的。"说完就准备告辞。

这时,大门突然"笃笃"响了几下,诸丽云擦擦眼泪就去开门。谁知大门一开,诸丽云抬头一看来人,竟惊叫了一声:"啊,妈呀!"娄建中和诸月芬不知外面发生了什么事,都吃惊地站了起来,往门外走去。

娄建中和诸月芬走到大门口,抬头一看,只见台阶上站着个陌生女人。那女人一见娄建中,立即笑着开口说:"如果我没有搞错的话,您就是娄建中大夫了。"

娄建中先是一愣,再一看,这个女人长相、年龄、身段,甚至风度和诸月芬几乎一模一样。诸月芬见突然来了这么一个几乎和自己长得一模一样的女人,也感到莫名其妙。

陌生女人跟他们进了屋里,从容地坐定以后,用手绢擦了擦鼻尖上沁出的细密汗珠,又呷了口茶,便开口说:"我叫李安娜,也就是报上所说的那位神秘的'绿茵'女士!"说完,从随身带来的小包里,拿出了一张刚出版的《东江日报》。

娄建中万万没有料到这个变幻莫测的神秘女人会出现得这样突然,不禁感到惊喜万分。

诸月芬听了,立刻明白了这就是和夏省吾发疯直接有关,而且玷污了自己名誉的假绿茵,心里充满了愤怒,只能极力地控制住自己的感情。

诸丽云到底是个单纯的姑娘,肚里有火,脸上藏不住,早就对李安娜怒目而视,只差没下逐客令了。

李安娜是何等聪明乖觉之人,她早已窥探出母女俩的感情变化,便十分内疚地对诸月芬说:"我知道,在你的家里我是个不受欢迎的人,但我读了《东江日报》上关于123号病室那段报道以后,良心受到了极大的谴责。夏先生遭遇之惨是远远超出我始料的。解放了,政府给了我自新的机会。最好的自新,莫过于洗涤自己肮脏的灵魂。我有你们无法知道的秘密。俗话说,心病还须心药医,如果这个秘密也可成为一剂心药的话,我愿毫无保留地把它奉献出来。"

于是,李安娜就开始讲了起来。

这事还得从那年国民党东江市警察局局长郝耀宗,派人请夏省吾去治疗局长大人的病体说起。

那天,郝耀宗请夏省吾哪里是治病?而是一个政治阴谋!原来八年抗战期间,当时已经"投笔从戎"的郝耀宗,跟随国民党"曲线救国",败退到大后方重庆。在这个一度畸形繁荣的战时"陪都",他恶性不改,走私、贩毒、玩女人,干尽了见不得人的勾当,腰包里又缠了一大笔国难财。抗战胜利后,蒋介石下峨眉山摘桃子。郝耀宗用重金贿赂了一位政府要员,摇身一变,成为国民党驻东江市的"劫收"大员,并且担任了颇有权势的警察局长之职。

当年,驻东江市的日本宪兵司令部曾关押着一批抗日志士,鬼子投降时,没能全部杀害。按照当时国共代表谈判的条约规定,政治犯理应无条件地全部释放,可郝耀宗为了捞取反共反人民的政治资本,秘密地把这批"犯人"转押到国民党陆军监狱里,并且准备亲自审问。

就在此时,他从一家美商洋行里买到几盒代号"jk—412"的强烈刺激中枢神经药剂。这种针剂据说是西方某国一位战术心理学家的权威发明,注射进人体以后,能使人处于极度兴奋焦躁的情绪中,像酒后失言一样,会讲出藏在自己心中的一切秘密。郝耀宗觉得这正是用来对付共党分子最理想的药物,顿时欣喜若狂。为了证实这种药物的实际效果,他必须寻找一位医术高明的医生作指导。找谁呢?他苦苦思索了几天,终于想到了夏省吾。

郝耀宗为什么会想到夏省吾呢?这里有个原因:一则这批政治犯是些很厉害的危险分子,狱中早已传开抗战胜利的消息,要求无条件释放的呼声很高,看来在这种时刻,谁也不会愿意接受一位平庸医生的不明不白的"治疗";而夏省吾是东江人人皆知的小华佗,又是个自命清高的书呆子,由他出面,不会引起犯人们怀疑;二则,犯人服用这种针剂以后,最终会导致狂躁而死,这样势必会引起社会舆论的追究,他可以轻易地把责任推到姓夏的误诊上,轻者砸了他的饭碗,重者让他锒铛下狱。到时,夏省吾即使浑身长嘴也说不清,这就是他的一箭双雕连环杀人计。

夏省吾哪会知道郝耀宗这一毒计,他怀着治病救人的心愿,跟随那个副官,到了郝公馆,下了小吉普,来到豪华的大厅。一进门,大厅里空空荡荡,连个人影儿也没有。

夏省吾正暗自纳闷,忽听背后传来"咯咯咯"硬底皮鞋的声音。不一会,只见一个柴油桶一般短粗的官儿,咧着蛤蟆嘴,笑嘻嘻地走了进来。夏省吾一看来人,先是一怔,再仔细一看,这郝耀宗,果然就是当年夺去他心爱的绿茵生命的仇人!他好似吞下一只绿头苍蝇,返身就要走。郝耀宗赶紧上前一步,把他拉住。

沏过茶后,郝耀宗说:"省吾兄,年轻时咱俩为了一个女人……"

夏省吾立刻冷冷地打断他:"郝局长,如果你找我来仅仅为了叙旧,那我医务繁忙,叨扰不起,告辞了!"说完,站起来又要走。

郝耀宗连忙伸开肉鼓鼓的双手,拦住夏省吾的去路,说:"嗯,不谈女人,不谈女人!这次请省吾兄光临,主要商量一件政府要事……"夏省吾长长地"唔"了一声,他想:什么政府要事?找我这个一向不问政治的医生来商量什么?想着心头顿时起了疑云。

郝耀宗说:"省吾兄,咱们是老同学了,我就把话直说了吧,这回让兄弟我当这个劳什子局长,实在是力不从心,这不,一上任就遇到了桩棘手的事。在咱们监狱里还留着一批日本人留下的重要犯人,这些人本应立刻释放,但因为他们熬了多年的监狱生活,一个个都已瘦成皮包骨头,一下放出去,恐怕会引起社会不良分子的伺机闹事。因此,市党部决定派兄弟从海外重金购买一批高级滋补针剂,据说营养主要从人参中提炼,经临床使用,证明确有起死回生之神效。这些人都有妻室儿女,让他们一个个养得壮壮实实的回家与亲人团聚,也算兄弟为梓里父老做了一件积德事……"说罢,从壁橱里取出一支粉红色的针剂来。

夏省吾接过一看,觉得没见过这种滋补针剂,转而一想:国民党多年来干尽了坑害人民的事,你郝耀宗是个啥角色,自己早已领教,难道真会干这种积德的事?再说既是为了梓里父老办好事,理应光明正大;为什么谎称生病骗医生上门呢?越想,疑团越多,他决心不卷入这件"政府要事"里去,便把针剂往郝耀宗跟前一推,说:"不必了吧,仅仅打打针,连个普通护士都会干,何必赏我这份美差呢!"

郝耀宗见夏省吾不肯接受,肚子里恶狠狠地骂道:"敬酒不吃吃罚酒,不识抬举的东西!"可还是笑眯眯地重新把针剂推到夏省吾跟前,夏省吾板着脸不理不睬,郝耀宗只得尴尬地僵着。

正在这时,楼上突然传来"砰""嘭"两声巨响,接着传来了两个女人激烈的吵骂声。这是郝耀宗妻妾之间的"火拼",他已习以为常了,所以仍一动不动,坐在那里等着夏省吾表态。

谁知,楼上两个女人这场闹剧越演越烈,终于一个女人哭哭啼啼地冲下来，后面追过来的那位还耀武扬威地双手叉在腰间，唾沫横飞地骂道："死吧！大河上没有盖子，死了你这婊子货、狐狸精，家里才清静！"这时，郝耀宗脸上到底挂不住了，他一拍桌子，破口骂道："妈的！这些娘们也太放肆了！"边骂边怒气冲冲地走出客厅。

等他平息了妻妾风波后回到客厅，夏省吾早已不辞而别了。气得他脸上红一阵、白一阵，真像胀足了气的"癞团精"。于是，他把一腔怒火全部迁移在肇事的三姨太李安娜身上，冲上去，一把抓住她的头发，准备狠揍一顿解解气。谁知，他刚扳起三姨太的脸蛋时，又松开了手，一个鬼主意立刻上了心头。

郝耀宗的三姨太李安娜，原是重庆一家咖啡馆的职业歌女，长相极像朱绿茵。一次，被郝耀宗看见后，大概又引起了旧时占有绿茵小姐的那种欲念，便花了七条小"黄鱼"把她赎来，做了他的第三房姨太太。抗战胜利后，他把李安娜带回了东江。时过境迁，这时，在郝耀宗眼里，李安娜已属人老色衰之列，而且郝耀宗又有了新欢，于是，便软硬兼施，逼使她扮成朱绿茵的僵尸，买通黑社会里一个叫"黑无常"的恶棍，吓疯了夏省吾，泄了他的心头之恨。

东江解放时，郝耀宗南逃了。而李安娜，却被他像块破抹布一样甩在了马路上。后来，人民政府收容了她，并安排了工作……

最后，李安娜沉痛地说："我的罪孽应当得到报应，我将请求政府给我应得的惩罚。"

朱绿茵却难过地握住了她的手，说："不，你也是个女人！女人总是命苦的，因为她是听任摆布的弱者……"

娄建中却纠正她说："朱老师，从历史学科的角度来说，应该说旧社会里，女人有着共同悲惨的命运……"这句话，说得朱绿茵默默点头。

通过几天的努力，娄建中终于把123号病室的夏省吾致病原因调查得清清楚楚，并有的放矢地加强了对夏的精神治疗因素，又巧妙妥帖地安排了他们夫妻、父女见面，黄大发也专程来东江看望他。这一剂剂"心药"对促使夏省吾"心病"的痊愈发挥了很大的作用,经过一段时间后,夏省吾的病情果然有了很大起色。

这天,朱绿茵来接夏省吾出院,去风景秀丽的桃溪镇疗养。老院长和娄建中大夫把这对患难夫妻送到医院大门口。

看着他俩远去的背影,娄建中感慨地说:"你们看,世间又多了一个和睦家庭。"

老院长接上口说:"嗯,依我看,不仅如此,你还为社会救活了一个人才,对新中国来说,这一点显得更为重要!"

(搜集整理:孙庆章)
(题图:雨 立)

探秘·险事

tanmi xianshi

黑暗中,有邪恶的力量,也有正义的火种。

狼王皮传奇

阿五是个皮匠,专做兽皮加工。他把收购来的生兽皮,用手工制作成熟皮,然后卖给人家做皮衣、皮帽或床垫。这行业虽然辛苦,但技术性很强,早年在北方是很吃香的。

这天,黑风岭上的黄三捎信让阿五去收兽皮。阿五起了个大早,翻山越岭跑了四十多里路,才在后半晌赶到黄三家。因为这一带山高林密,人烟稀少,常有土匪出没,所以阿五谢绝了喝酒吃饭,只是收下了黄三送的一葫芦自制的烈性酒和几大块煮熟的野猪肉,扛起黄三事先捆好了的二十多张兽皮,就匆匆上路了。

哪知阿五上路不久,天就变了脸,先是狂风四起,接着又下起了鹅毛大雪,阿五睁不开眼,直不起腰,只得在一棵背风的大树旁蹲了下来,等风雪小了再走。

可是,风一个劲地刮,雪一个劲地下,阿五站起来试着走了几次,都让风雪给堵了回来。他想喝点酒暖暖身子,但又怕喝醉了,被野兽当成了酒菜。在这万般无奈的情况下,他想到了那一捆兽皮,这不正好用来遮风挡寒么!

他解开一看,大多是野兔、狗獾等小动物的皮毛,但其中有一张,不但很大,而且只是在肚子上开了一条缝,正好是个不折不扣的"睡袋"。

见了这东西,阿五乐了,也不管里面腥味有多重,便一头钻了进去,而且很快就进入了梦乡。也不知过了多少时候,阿五突然惊醒,觉得身子在向前移动,再细细一听,外面还有"呼哧呼哧"的喘气声,他这才知道情况不妙,自己被野兽看中,正在搬回去准备饱餐一顿呢。情急之下,他悄悄地掀开睡袋肚皮上的缝,看看究竟是什么东西在捣鬼。这一看不得了,顿时惊出一身冷汗。外面的野兽不是一只两只,只见密密麻麻全是毛茸茸的野兽腿,至于是什么野兽,他却看不清。

现在的阿五已走投无路,逃逃不走,打也打不过。等死吗?他又不甘心,决定冒一次险,把这些野兽吓跑。于是他使劲一脚踢向野兽,同时学着狼的声音嚎叫了一声。他以为狼是很凶恶的,一般野兽都怕它,这一蹬脚一吼叫,定能把它们吓跑。哪想这些野兽不但不跑,反而一齐扑向睡袋,又是抱又是叫,闹了好一阵后,才又拽起睡袋继续往前移动。阿五心想:这下完蛋,死定了。唉,摆弄了一辈子兽皮,最后死在兽皮里,也算是死得其所吧!

就这样,阿五被野兽拽呀拽,最后拽进了一个黑乎乎的洞里,放在一个高出一截的平台上。阿五知道,用不了多久,自己就成碎片了。可他等了很长时候,却听不见一点声响,于是便掀开睡袋的缝口,探出头来一看,哈哈,真是老天有眼,这群野兽一只只都东倒西歪地趴在洞里睡着了。现在不走,还等何时?可仔细一看,不行,洞口趴着好几只野兽,还有两只没睡的守着门,怎么出得去呢?

阿五明白了,这些野兽太累了,要先睡一觉再来吃我。想到吃,他觉得肚子饿得难受,便从怀里掏出酒和野猪肉,准备吃个饱喝个醉,死也好受些，做鬼也做个饱鬼。他端起酒葫芦正要喝，却又改变了主意：我为什么不把守门的野兽先灌醉呢？于是灵机一动，便撕下一小块肉，再倒上些酒，然后扔向洞口。那两只守洞口的野兽先是一惊，见了那块肉又乐了，可是肉只一块，野兽有两只，于是便开始了争夺。这一争夺，把所有的野兽都惊醒了，阿五便把所有的野猪肉都撕成小块，倒上酒扔过去，满足了野兽们的需要。野兽从来没有喝过酒，这自制的烈性酒酒劲又特别大，不一会儿就把它们醉得东倒西歪，没过多少时候，一只只都横七竖八地倒在地上，"呼呼"大睡起来。

这时，天已开始放亮，阿五才看清，原来这是一群狼。他再细看自己做睡袋的那张兽皮，只见额头上有几道白毛，构成了一个"王"字。闹了半天，原来这是一张狼王皮呀！他喜出望外，但又不敢多耽搁，急忙抱起狼王皮，出了洞，匆匆下了黑风岭。

一路上，他又想起了许多关于狼的传说。他知道狼是群居动物，狼王在狼群中具有绝对权威，它不仅活着时对狼群发号施令，而且死后依然受狼群顶礼膜拜，一旦发现狼王皮，狼群便奋起保护，因此狼王皮就成了宝贝，据说穿上它走兽不敢近身，猛禽不敢低飞，连鬼也躲得远远的。

阿五怎么也没想到，这样的宝贝居然会落到自己的手里，真是运气来了推不开，天助我发大财呀！于是他回到家后，就急不可待地向邻居炫耀自己的宝贝，并且还天花乱坠地大吹了一通。不用说，这狼王皮的故事很快就一传十、十传百地传开了。

一天晚上，阿五躺下不久，突然从窗户外跳进两个彪形大汉，不由分说捆起他的双手，又堵住他的嘴，用刀逼他交出狼王皮。阿五知道自己遇上了强盗，为了活命，只得乖乖地交出了宝贝。可强盗得到了狼王皮，还是不肯放过阿五，又用黑布蒙上他的眼睛，将他拖走了。

阿五被抓进深山一座破旧的大庙里，强盗给他解开绳子，除去面罩，他这才看清，四周火把通明，正中摆着一张太师椅，上面坐着个黑脸大汉，眉头上有一条长长的刀疤，一看就知道这就是那个常拿人心当下酒菜的家伙，人称"黑塔"，他手下跟随了几十个小喽啰，占山为王，专干打家劫舍的勾当。阿五心想：天哪，落在他手里还活得了吗？吓得一声惨叫，昏死了过去。

醒来时，他发现自己躺在一个小间里，身旁亮着支蜡烛，还坐着个人，细细一看，原来是黄三，忙问："你怎么在这里？"

黄三拍拍他的肩膀说："不瞒你说，我跟他们是一伙的，名为狩猎，实为黑塔大哥踩点。你别怕，黑塔大哥不会杀你的。"

"既然你们是同伙，那你为什么把狼王皮卖给我后，又让人来抢？"

"唉，也怪我有眼无珠，不识货。我自从猎得那张狼皮，家里就没有安生过，天天晚上有狼群闹宅，我这才将它卖给你。谁想那是一张狼王皮，黑塔大哥求之若渴，所以只能抢。"

"我把狼皮都给他们了，为什么还抓我？"

"这你放心，请你来只是想借用你的手艺把狼王皮制成熟皮，事成之后就送你下山。"

阿五这才明白被抓的原因，看来躲是躲不了，逃也逃不走，便爽快地答应了下来。

第二天，阿五被关进后院一个小房间里，这房间只有一扇窗、一道门，窗上装有铁的窗栅，门是闩着的，房间里还有黄三陪同，形影不离，阿五被关在这样的地方，哪怕插翅也休想逃走。可阿五也不是省油的灯，他眼睛一眨，计上心来，便将狼王皮挂到窗户上，然后开始工作。其实，他工作是假，等狼群是真。他等啊等，直等到第三天晚上，终于等来了一群狼，那群狼在窗外死盯着狼王皮，有的跳，有的嗥。从窗口往外看，还不断有狼群拥来。阿五看时机已经成熟，当即摘下挂在窗上的那张狼王皮，并且用手使劲在桌子上敲打起来。

外面的狼群见狼王皮没了，又传来"乓乓乓乓"的声音，以为是在斩狼王皮，这还了得！它们就撞开大门，拥进了大厅。大厅里正在举行宴会，黑塔为得到了狼王皮而高兴，特地宴请众喽啰，几个大大小小的土匪都在场，正划拳行令,喝得热闹,冷不防闯进这么一大群不速之客,整个大厅顿时像炸开了锅,哭声、喊声、叫声,还有锅碗瓢盆的碎裂声,汇成一片,传出好远……

这时候,阿五却手拿狼王皮爬在梁上看热闹,亲眼看见黑塔被掀掉天灵盖,其余土匪也都一个个倒地不会动弹了,他这才说了句:"多谢众位狼兄弟!"接着把皮子向狼群中扔去。

狼群见了狼王皮,喜出望外,拖起它扬长而去,大庙又恢复了平静。

从此,阿五依然做他的皮匠。

(刘春山)

(题图:黄全昌)

匪窟脱险

黄元御是清乾隆时很有名望的医生。有一天夜里,他正在灯下著书,忽然听到一阵狗叫声,接着有人"砰砰砰"敲响了大门。

他急忙撂下毛笔,拉开大门一看,不禁吃了一惊。只见门外站着两个彪形大汉:一个满脸络腮胡子,阔鼻豹眼,貌似凶神;一个鹰眼猴腮,满脸浅白麻子,两眼透着狡黠的凶光。

黄元御打了一个冷颤,问:"二位从何而来?敲门是为何事?"

浅白麻子双手抱拳施了一礼,道:"兄弟乃海北'草上飞'帐下的三掌柜,久闻黄先生医道高深,大哥公子久病不愈,今天奉大哥之命,来请先生去救公子。车辆银子俱在客栈,望先生不要推辞!"

黄元御一看两个满脸凶气的匪徒,浑身立刻起了一层鸡皮疙瘩,知道这趟险诊是非出不可了。只见他稍作沉思后,对浅白麻子说:"二位远道而来,翻山过海,非常辛苦,请暂去店中歇息一夜,明天启程可好?"

浅白麻子和络腮胡子交换了一个眼色,说:"大哥再三嘱咐,救命如救火,令我二人速去速回！还望先生吃点辛苦，今夜及早动身！"

黄元御一想：这些杀人成性的土匪，倘若不去，不但自己性命难保，说不定全家老幼都要遭受株连！不如及早前往，把病人治好即回。于是便对浅白麻子说："既然二位不怕辛苦，容我稍作拾掇，今夜咱就动身。"

浅白麻子非常高兴，立即和络腮胡子回到客栈，不消一个时辰，车辆来到，黄元御也拾掇停当。三人借着星光，就上车赶路了。

两个土匪一路上马不停蹄，夜不投宿，替换督车，走了十天，终于赶到了"草上飞"的山寨大营。

黄元御下车一看，这里山势凶险，林密草深，依山傍隘，易守难攻。一色的木头房子，搭在山间窝风向阳之处。山前一块平整的草坪，是匪徒们的演武操场。草坪北面，一片陡立的石壁，凿有一个自然山窟。这是草上飞的军机大帐，也是迎客大厅。

巡山岗哨见三掌柜带着一个"单目先生"来到，急忙禀报草上飞，草上飞急忙带着几个头目亲自出帐迎接。

接进大厅，分宾主坐下，草上飞就吩咐厨房上酒摆宴，要为黄元御接风洗尘。

黄元御起身说："医家以治病救人为本，救命如救火，向来都是先看病，后吃饭。还是先去给公子看病吧。"

"也好。"草上飞一看黄元御情真意切，就亲自把他领到公子卧房。

这是三间木头作墙、里外抹泥的房子，西间搭有土炕，炕上躺着病人。一进屋，黄元御就差点被一股臭气顶了一个趔趄！细瞧病人，约有十七八岁，面色青黄，枯瘦如柴，咳嗽痰喘，呼吸困难，呼出来的臭气直顶鼻子！

黄元御伸手摸了摸脉，眉头皱成个疙瘩，最后把心一横，对草上飞说："不知大掌柜的是要听实话，还是听假话？"

"这是什么意思？"

"实话情直逆耳，大王不要见怪；假话，当时听着顺心，最终却是害人！"

"我是粗人，爱听实话，你就照实说吧。"

"照实说，公子得的这病，是一个须根毒瘤长在肺上，实属不治之症，吃多少药也无济于事。如果早期发现，用些去火消毒之药，抑制它的生长，或许还有一线指望，现在毒气扩散，疮已化脓，肺叶溃烂，公子顶多还有十天阳寿了！如相信我的话，也不必再让他去喝苦水，想吃什么，就弄点什么给他吃吧。"

"啊？"草上飞闻言，眼里透出一股颓丧的凶光，一拳砸在炕沿上，"好！我佩服黄先生心直口快，敢说实情！这样，也就不必再治了！请先生大帐喝酒去吧！"

草上飞把黄元御领回大厅，吩咐手下摆酒上菜，他却满脸怒气地走了。黄元御的心"怦怦"直跳，在这杀人不眨眼的土匪面前，一句话不慎，就要把命送上！自己刚才对草上飞说了实话，还不知要惹出什么祸来。

不消一刻，酒菜上齐，几个头目也都相继入座，却不见草上飞回来。黄元御的心紧紧吊着，手里捏着一把汗！

约有半个时辰，只见草上飞手里托着一个盘子，里面盛着一堆心肝五脏，一把血淋淋的牛耳尖刀斜扎在已经化脓的烂肺上。他把盘子往桌上一推，说："黄先生手艺真高！看得一点不差！"说着吩咐手下，"把那五个冒牌家伙押上帐来，我要看看他们的心是红的还是黑的？"

原来草上飞听黄元御说他儿子还有十天阳寿，感到求生已经无望，与其再让他受十天罪，还不如早点死了净心！一时性起，一刀刺死儿子，把心肺扒了出来。幸亏黄元御诊病准确，不然，真的就没命了！此刻，草上飞把一腔怒火全撒在了以前给他儿子治病的五个先生身上。

不大一会儿，两个土匪押着五个抖抖瑟瑟的行医先生走进帐来。草上飞一挥手，五个手持尖刀、拿着托盘的匪徒一齐闯上帐来，一个抓着一个先生，就要剖腹挖心！

黄元御见此情景，心一下子跳到喉咙口：糟糕！草上飞把失子绝后的怨恨加在了这些无辜的同行头上了！怎么办？舍命也要救人！主意打定，黄元御拿眼看了一下草上飞，只见他脸色铁青，眼睛通红，气恨恨地用手一指那五个吓得筛糠般发抖的先生,说:"你们这帮草包!没有本事,假充行家!不是说我儿子的病能治好吗?怎么治来治去,反把人给治死了?我儿子的性命就是让你们给耽误了!今天我要扒出你们的心来看看,为什么要用假话来唬人!"说着把脚一跺,"动手!"

一声令下,刀光闪闪!

"且慢动手!"黄元御猛地从席上走下来,对草上飞一拱手道,"大王息怒!医家向来都以治病救人为本,只要患者尚有一线指望,没有一个不尽力抢救的!因为令郎所患确系一种绝症,即使华佗再世也救不了他的性命,大王因此责怪众家医生是于理不公的!如果大王真把众家弟兄杀了,恐怕以后山上兄弟们再有人患疾,医家兄弟宁可死在家中,也不敢上山来给你们治病了!"

一席慷慨激昂的话语,说得草上飞哑口无言,一干人都听得目瞪口呆,大厅里一时鸦雀无声。

黄元御的心情缓和了一些,抓住时机继续劝道:"常言说:人过留名,雁过留声。大王想要成名立业,就得虚怀若谷,宽厚待人。当年曹孟德错杀华佗,落得千古唾骂,实该引为镜鉴!还望大王三思!"

草上飞明白黄元御说得很有道理,但他一时拿不定主意,看了一下身边的三掌柜,意思是问他怎么办好。

浅白麻子是个被迫为匪的读书人,不仅通晓理义,而且诡计多端,是大掌柜的心腹和军师,许多大事,草上飞都是对他言听计从。只见他向草上飞使了一个眼色,劝道:"大哥,黄先生说得极是!看在黄先生的面上,放他们下山去吧!只要有黄先生在,弟兄们有病就不怕了。"

草上飞点了一下头,沉思片刻,对黄元御说:"如果先生留在山上给兄弟们治病,我就看在你的面上,把他们放了。"

黄元御一想:一人换得五命,也算值得;不管怎样,先把人救下再说!于是他对草上飞说:"既然来到山上,总得把兄弟们的病治好再走!遵从大王心愿就是!"

"好!"草上飞一拍桌子,对拿刀的匪徒挥了挥手,"看在黄先生面上,放他们滚回去吧!"

五个先生逃离匪窟,走了,黄元御却被禁锢在山上,每天除了给匪徒看病之外,也在苦苦思索逃离匪窟的办法。

这一天,他给一个名叫庆山的年轻后生做"痔瘘"手术,他那种不怕脏臭、细致认真的医德,使庆山非常感动,要拜他作"干佬",即寄父。拜干佬,是东北民间一种攀亲的方式。黄元御不知他的用意,当时没敢答应,不过却更加认真地给庆山治疗。

庆山的病很快就治好了,接着,庆山又提出要求,让黄元御也去给他父亲治治"痔瘘",黄元御这才弄明白他要拜自己为干佬的目的,因此就慷慨答应了。可是草上飞怕黄元御逃走,不准他离开山寨给平民治病。他就在三掌柜面前极力替庆山说情,最后得到了草上飞的允许,把庆山父亲接到山上来,让黄元御治疗。

经过一段时间,庆山父亲的"痔瘘"也治好了,庆山的心完全与黄元御贴在了一起,于是,黄元御便把自己脱身的希望寄托在庆山身上。在送庆山父亲下山的路上,他把苦苦想好的一个脱身办法跟庆山父亲说了,让他千万照计行事。

过了四天,黄元御正在给一个匪徒看病,突然见岗哨从山下抓来一个年轻的后生,就急忙撂下病人走过去。

年轻后生一见黄元御,跪在地上,口称"叔叔",就放声哭诉道:"奶奶自叔叔走后,整日叨念着叔叔的名字,我走的时候,她已经两天没吃东西了,我爹和我婶子才让我冒着性命危险来找叔叔回去。你若是再不回去,就见不着奶奶的面了!"

黄元御一听,急忙把侄儿搂在怀里,眼里落下了泪水。随后他带着侄儿去见草上飞,含着热泪说:"家母思儿成疾,眼看不久于人世了。望大王开恩,让元御回家看看,一来探望老母,给老母治病,二来抚慰家人,以免家人惦念。如日后弟兄们患疾,只要去信,元御召之即来。"

草上飞一面让人去叫浅白麻子，一面对黄元御说："我马上打发几个兄弟下山，再去山东把先生的全家都搬到山上来吧！"

黄元御一听急了："不可！家母秉性，元御素知，不见我的面，她是宁死也不肯来的！再说家母病情这样严重，怎经得起这远路风尘的折腾！大王这样办，就把元御一家坑了！那还不如当场先把元御杀死！"

草上飞一看黄元御真的动了肝火，一时倒没了主意。

这时，浅白麻子已经奉命来到，草上飞看了一下浅白麻子，说："黄先生要回家看看，他母亲病了，你看咋办？"

浅白麻子沉思了一下，说："黄先生家母有病，大哥不可强人所难，还是打发两个兄弟把黄先生叔侄送回家去，住些日子，随后再打发兄弟们帮黄先生把家眷一同搬到山上来，如何？"他看了一下草上飞，接着说，"说实话，大哥和我们众家兄弟，对黄先生的医道和人品都是爱慕和敬重的，实在是舍不得与先生分手啊！"

草上飞用商量的口气对黄元御说："怎么样，黄先生？那就打发人带上点银子，把你们爷俩送回去？"

黄元御说："大王和三掌柜对元御的盛情，元御已经领下，只要给我们叔侄二人弄两匹好马，把我们送出山去就行了。如今天下太平，路上不会有什么意外，大王就不必再费心了！"

浅白麻子说："不去送送还行？万一路上出事，就对不起朋友了！"他与大掌柜交换了一下眼色，"就让二青带一个兄弟去吧。"

二青，就是和浅白麻子一块儿去请黄元御的那个络腮胡子，他精细、勇猛，又有一身好武艺，是浅白麻子的心腹保镖；另一个人，由于庆山自告奋勇，就让庆山担任了。

临走，浅白麻子再三嘱咐二青："一定要把黄先生送到家……"然后每人给了一匹好马和一些银子。

走出约有二三百里，来到一个山谷僻静之处，庆山给黄元御使了个眼色，黄元御会意，要下马歇歇，吃点东西。

络腮胡子把马拴了就去小解，庆山假装也去解手，紧紧跟在他的身后，当络腮胡子正解手时，庆山猛地拔出刀来，照着他的后心，"扑哧"就是一刀，把他宰了。

黄元御见此情形，吓得一腚蹲在地上，半天才反应过来，起来就给庆山和"侄子"行礼："多谢二位贤侄救命大恩。"

庆山说："说哪里话！您治好了我的病，又救了俺爹的命，您才是俺的救命恩人！咱们赶快上马走吧。"

两人又送了一程，临分手时，庆山含着泪说："您这次回去，最好另搬个地方，免得他们再去纠缠，我兄弟两人也得远走高飞，另外去寻出路了。"

原来那个上山送信的"侄子"，是庆山的叔伯兄弟假扮的，这是那天黄元御送庆山父亲下山时定好的脱身之计。幸亏靠了他们的真心帮助，黄元御才脱离了匪窟。

为了避免匪徒们再来纠缠，黄元御举家搬迁，到昌邑城里开药铺去了。

(搜集整理：王云峰)

夜闯老鹰山

那年,黑宝和小芳成婚不久,就开着一辆小车拉山货赚钞票。原本他是想让小芳早点过上好日子,可没想到一天晚上快到家时,却意外地把两个乡邻撞到了崖下。黑宝怕惹出命案,吓破了胆,顾不得崖下人的死活,弃车逃走,一个人躲进了几百里外的老鹰山,住茅棚,啃野果,帮着山里栽药的农民做点零工,他这一呆竟是三个年头。

这天,快到年关了,山里飘起了漫天雪花,黑宝把药农废弃的一辆小车修好,准备下山采购一点年货,不然大雪封山后,非饿个半死不可。

趁着夜色,黑宝把那辆破车开上了一条简易公路。他不敢使劲发动,几乎是借着冰雪的滑力,一路小心翼翼地向山下开去。谁知在这人迹罕至的公路转弯处,突然蹿出一个黑影,黑宝躲避不及,急忙刹车,哪知路面太滑，破车不听使唤，"哧溜"一声，直直冲向了深沟。黑宝脑子"嗡"一声，心里哀叹一声"完了"，然后就什么都不知道了。

等黑宝醒来，下意识摸摸脑壳，还长在脖子上，只是两条腿被破车的车屁股垫着，动弹不得。黑宝向四周看看，这像是深涧上方的一个平台，破车的保险杠被几根藤条缠住了，才没跌下深涧，这样也减轻了车身的重量，双腿才没被折为两节，真是万幸啊。可是，这鬼见愁的深沟，雪花在飘，冷风在刮，别说挨到天亮，就是挨上三四个小时，不冻死才怪呢。

黑宝思量着自救的办法，借着雪光不经意间向上一瞥，蓦然发现一只嘴尖尾长的黑色动物在头顶上方一块岩石上朝下张望。这家伙像狗，但并不叫唤，分明是一只饿狼。黑宝在老鹰山虽没见过狼，但这里山高林密，药农常常提到有狼，保准是这只饿狼嗅到血腥味，趁机觅食来了，黑宝不禁打个寒战。果然，那家伙张望稍许，"腾"地一昂头，挟着一股冷风向下一个俯冲。

黑宝心里又是一声哀叹，也许这就是天意，他在绝望中闭上了眼睛。然而那家伙只是远远地落在两米开外的地方，在黑宝周围兜起了圈子，黑宝更加惊恐，莫非这饿狼想先戏弄他一番，吓酥他的骨头再扑过来？不能坐以待毙，黑宝摸索着想取出腰间的防身匕首，正在这时，那家伙却像变戏法似的"刷"地向上一跃，爬在那藤条架上，"嚓嚓"啃起来。

不一会儿，只听"啪啦"一声响，破车滚下了山涧，黑宝双腿却安然无恙。眼前的一切简直跟做梦一样，他试着慢慢爬起来，竟然活动自如。这到底是怎么回事？这家伙为什么要这样做？黑宝抬起头，发现那家伙正瞅着他，他来不及多想，便攥紧了匕首，往山沟上爬，那黑家伙也不紧不慢地尾随着他。这样的场景忽然又让黑宝不寒而栗，山里的狼常常就这样胁迫其他体重较大的动物"走"到它们的巢穴，看来不摆脱掉这只狡猾的恶狼，自己真的要成为狼崽们的"年夜饭"了。

好在这家伙像是饿得够呛，经过刚才一番折腾，现在爬山好像有些吃力起来。黑宝窃喜：自己在老鹰山东躲西藏了三年，练就了一双"飞毛腿"，何况还有匕首护身，黑狼休想把自己像赶四条腿的猪驴那样赶。

上了公路，黑宝把兜里的火腿取出来，放在路边，想趁饿狼吃食的时候多赶些路。没有了驮运车辆，黑宝一时不能再下山了，他要返回公路尽头的茅棚，尽快把火把点起来，把该死的黑狼吓跑。眼下，为防备黑狼偷袭过来，黑宝把匕首横握在胸前，半退着脚步向后挪动，真叫瞻前难顾后。不知什么时候，那狡猾的家伙从路边"噌"地蹿到黑宝的身后，"哧"地一口衔住了他持刀手臂的衣袖，竟拽着他向山下走。

猝不及防，黑宝差点一个趔趄，被这么个东西咬着，他浑身哆嗦起来：难道这家伙的巢窝在山脚？黑宝屏住气息，定睛瞧了眼近在咫尺的黑家伙，呀，哪里是什么饿狼，原来是一只极似狼形的狗。一个念头在黑宝心里闪过，吓得他全身筛起糠来：莫非这是公安局训练有素的既通人性又忠于职守的狼狗？黑宝一时不由自主向山下走了一段，心里寻思着，也许不远处就是恭候他的警察，他不想束手就擒，更不甘心栽在这只狼狗爪下。

翻过山梁，黑宝知道下面是陡峭的悬崖，他看时机到了，立刻以迅雷不及掩耳之势"嘶"地剥掉外衣，趁狼狗反应不及的空当，对准它的胸腔狠狠踹出一脚，想把它踢下悬崖。然而，狼狗像是有所准备，一个跳跃侧身闪过，黑宝扑了个空，一个跟跄眼看就要跌下去。突然，意料不到的事情发生了，狼狗一个前扑，狠狠叼住了黑宝的裤脚，黑宝身体受到缓冲，扑倒在伸出路沿的里程碑上，那狼狗用力过猛，竟生生叼破了黑宝裤管，身子"嗖"的一下从黑宝刀尖划过，跌下悬崖，发出沉闷的一声响……

黑宝惊魂未定，趴在石碑上大口喘气，就在他缩回身时，突然发现石尖上挂着用绳子系起来的两个小布团，这一定是原本带在狼狗身上，被刀尖划破绳条后遗落下来的。黑宝心里纳闷，借着雪光，他打开一看，布团里是蜡丸，里面裹着两张皱巴巴的小纸条。黑宝打亮随身携带的打火机，凑着微弱的火光看起来，只见第一张纸条上写道：

好心人：

这是一只受过伤的哑巴狗，不会乱叫让您讨厌，它只是想找回它的男主人，如果您逮着它，看到这张纸条，请您不要伤害它，放它一条生路，并给它一点吃食，指指老鹰山的方向好吗？

它瘫痪在床的女主人

　　黑宝心里"怦怦"乱跳，他急不可待地展开另一张纸条：

黑宝：
　　不管你现在叫啥名字，你还是家中的黑宝。要是你能看到这张纸条，这就是天意！这只狗是黑豹，三年了，你恐怕认不出它了。这三年，我只做了一件事情，就是带着它去找你，你会去的十几个地方，现在只剩下老鹰山没找。我前段日子从坡上摔下来，腿摔坏了，心里却想赌一赌，让黑豹完成最后一站。它虽说是哑巴，可长健壮了，灵得很，还记着你呢。回家吧。

小芳

　　看到这里，黑宝泪流满面，他站起来，往山下走去。

（吴相阳）
（题图：安玉民）

密林中的较量

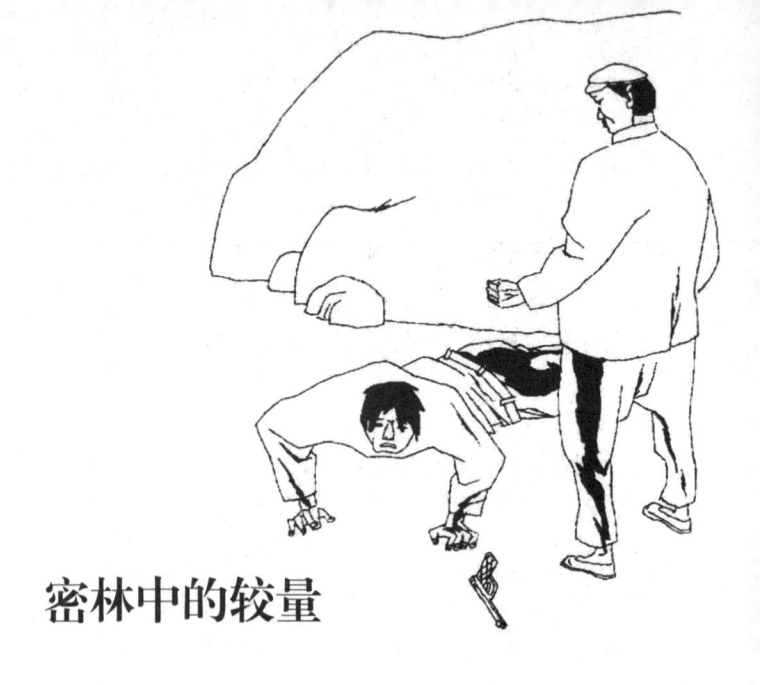

靠山村有个出纳员,名叫李长伟。虽说他已年近花甲,但身强力壮,而且为人正直,办事认真,很受村民们的信任和爱戴。

这一天,他到城里去收款,清早出门,跑了整整一天,总算没有白跑,收来了3000元,他急忙跳上末班汽车往回赶。谁知汽车在途中抛锚,耽误了个把小时,等到终点站,天已经黑了,可他到家还得步行十里山路。

李长伟下了汽车,到对面小店里打了二两白干,三口两口灌到肚里,抹抹嘴巴就上了路。他低着头,猫着腰,上山下坡,跨涧涉水,不到半小时就走出去五六里路。当他来到密林深处的沟筒子时,突然听到前面有人喝道:"不许动!老老实实把钱拿出来,不然,叫你脑袋开花!"

李长伟一惊,站住了,定睛一看,好家伙!前面站着个蒙面大汉,双手握着杆枪,乌黑的枪筒子正对着自己的脑门。他知道,这是杆自制的火药枪,一枪响过就得重新装药。可这一枪也不好受,要是他枪筒子里装有铁弹的话,崩着一下就是一个窟窿,不死也无反抗之力了。再说,这地方前不着村、后不着店,白天行人就不多,何况是夜晚……

李长伟想到这里,立时浑身哆嗦,结结巴巴地说:"你、你别开枪,千、千万别开枪,你要钱,我如数给、给你就是。"他说着从拎包里取出一叠人民币,双手捧着,边往前走边说,"这里是3000元,你拿去花吧。"

蒙面人大声喝道:"你站住!把钱放地上,再向后转,往前走三步,不然,我开枪啦!"

"唷,这家伙还是个内行呀!我得小心才是。"李长伟这么想着,连连点头说:"是,是,是!"他老老实实地将钞票放到地上,然后转过身来,往前走了三步,一动不动地站着。

蒙面人这才走上前来,一手举着枪,一手捡起钞票,"突儿突儿"捋了两下,见没假,就装进衣袋里,又一步一步往后退去。

李长伟见蒙面人要溜,急忙转过身来,说:"好汉,你不能就这样走啊!"

蒙面人说:"你还想干什么?"

"我不想干什么,只是想说,这3000元钱是村里的,我全给了你,可我回去怎么交代呢?"

"这不简单得很,你就说在路上被人抢了。"

"我自己说说人家能信吗?到时候说我贪污不糟啦,赔钱不说,出纳也当不成了,下次还能老老实实送钱给你花吗?"

"那你说怎么办?"

"你帮帮忙,给我打个证明行不?"

"打证明?你是想让我留下笔迹,叫公安局来抓我呀!看不出,你这老头还很会耍花招呀!"

李长伟赶紧解释:"不不不,我不要你写字,我只要你朝我身上打一枪,这是最好的证明。"

蒙面人一听这话乐了,笑笑说:"亏你这老头想得出!我这个强盗与众不同,人家是谋财害命,我却只谋财而不害命。告诉你,我这枪里装有铁弹,

'砰'一下，不送你的命吗？"

"不碍事，不碍事，你不要打我脑袋，也不要打我的心胸，就往我胳膊上打一枪，那样既死不了，还可享受公费治疗，说不定还能到大医院去休养休养，你就行行好，帮我这一次忙吧。"

经不住李长伟苦苦哀求，蒙面人似乎动心了。他想：在这深山岙里，打一枪也不会有人听见。再说，把他打伤后也解除了后顾之忧，可以安全地脱身。他想到这里，说："既然这样，我就成全你吧，不过这味道可不是好受的，你可不能怨我。"

"绝不怨你！"李长伟伸出左胳膊说，"往这里打！"蒙面人走近后，对准那只胳膊"砰"地放了一枪，李长伟"啊"的一声哀叫，立时倒在地上打起滚来了。

蒙面人见老头受伤倒地，就说："快去医治吧，血流多了也会死的，我可顾不得你啦，对不起，走了！"他把枪往肩上一扛，转身要走。

就在这节骨眼上，李长伟一个鲤鱼打挺，站了起来，大声喝道："站住！你跑不了啦！老老实实，缴枪不杀，宽待俘虏！"

蒙面人不知怎么回事，连忙举起枪来，对准老头说："你敢来！"

李长伟笑笑说："你那枪现在成了吹火筒，没用啦，告诉你，我当年抗美援朝，在上甘岭，面对五个美国兵，照样面不改色心不跳，让我捅死三个，活捉两个，对你这么个家伙，不是吹牛，我一只手稳拿！"他说着，伸出右臂一个"黑虎掏心"，顺势左脚一勾，当即把个蒙面人打倒在地。蒙面人还想爬起来，李长伟眼疾手快，一个箭步冲上去，骑到他身上，一顿拳头，打得蒙面人动弹不得，直喊"饶命"。接着他又抓住蒙面人的胳膊两下一拧，只听"格格"两声响，关节错了位。现在叫他逃也逃不掉了，蒙面人只得拼命磕头，还苦苦哀求说："你放了我吧，以后我再不敢了。"

李长伟说："抢不抢是你的事，抓不抓是我的事，放不放是公安局的事，快起来，到派出所去！"

蒙面人爬起来，两眼盯着李长伟的左胳膊，他觉得奇怪，怎么挨了一枪不出血呢？他禁不住问道："大爷，你有啥法道，怎么中枪不淌血呀？"

李长伟听了哈哈一笑，说："怎么，你想见识见识？"说着把袖子一捋，露出了一只假胳膊。

蒙面人一见，不觉"唉——"的一声长叹，低下了脑袋，乖乖地朝派出所走去。

(洪青林)

(题图：许华君)

会动的棺材盖

一天清晨,从福建一座县城里,风驰电掣般地开出一辆大卡车,开车的是一个四十岁左右的中年人,名叫马乐乐。他这个人一副乐观脾气,凡事都喜欢乐,加之乐于助人,别人求他搭个车,或捎带点什么,只要能办到,他从来是有求必应。

马乐乐昨天给县里送了一车货,今天回来是空车,正好,他又帮一位73岁的老太太捎带了一口寿材。

此时,天空灰蒙蒙的,好像要下雨了,当汽车开到枫树坳时,天已微亮,这时,前面有一位老大爷在招手。

马乐乐停了车一看:这位大爷六十左右年纪,白发银须,身穿蓝布褂子,腰扎布巾,脚蹬一双轻便布鞋,肩上背着一个小挎包。他请求说:"司机同志,我老伴儿病了,赶了一天夜路,想搭你的车子,请行个方便吧!"

马乐乐二话没说,打开车门,说:"请上来吧!"

"谢谢,谢谢!我……我就在后面站站行啦!"老大爷攀住车杠,双脚只一跺,"噌"就上了车。

老大爷上车不一会,就下起了毛毛细雨。他没带雨具,经风一吹,不由打了个寒噤。怎么办呢?一看,哟!车上有一口棺材,高大厚实,漆得乌黑锃亮。行!就到里面躲躲雨吧。于是老大爷揭开棺材盖就钻了进去。因赶了夜路,身子有些疲乏,随着汽车的颠簸,老大爷就像躺在摇篮里一样舒服,很快便呼呼睡着了。

马乐乐见下起了小雨,担心那老大爷被雨淋着,有心叫他到驾驶室来避一避,哪知连喊几声,也没见人应。他停下车,探起身子一望,咦?老大爷怎不见啦?他什么时候下的车?马乐乐也没细想,开了汽车继续往前奔。

汽车上了一个陡坡,不料却有一棵大树横在公路上。马乐乐煞住车,正准备下车把树搬开,忽听"噌"的一声,从山坡上蹿出一个人来,一下跳上了驾驶室的脚板。马乐乐吓了一跳,扭头一看,只见此人三十上下年纪,高个子,身穿解放军服装,背着一只黄布挎包;在他身后,还跟着一个女的,拎着一个沉甸甸的大皮箱。那男的笑眯眯地说:"司机同志,帮帮忙吧,我们要赶火车回部队,要不就迟到了。"

马乐乐见此人冒冒失失,本想发火,可一看是两位解放军,便打开车门,说:"行!驾驶室坐一个,后面再上一个吧。"

按一般常规,总是女的坐驾驶室,男的上车厢,可这两人恰恰相反,男的倒先挤进了驾驶室,那女的爬上了车厢。

马乐乐移开了大树,便开动了车子。约摸行驶了三十多公里,前面到了一个岔路口。向左,到地区;往右,是海滨。马乐乐正要把方向盘转向左,突然,"笃"一个尖尖的硬家伙顶在了腰上,只听那个男的恶狠狠地说:"往右开,要不,我就捅了你!"

马乐乐这一惊非同小可,糟了!碰上劫车的了!他只怪自己太麻痹了,坏蛋冒充解放军,我怎么没看出来呢?唉!事到如今,雪亮的尖刀顶在腰上,有什么办法呢?他只好把方向盘往右打了。他一边开着车,一边想:这两人准是想从海上逃跑,他们是特务,还是走私犯呢?反正不是好人,得想办法对付他们。

再说那位老大爷,在棺材里美美睡了一觉,此时醒了过来,不知到了什么地方了,雨还下不?他感到有点气闷,就把棺材盖顶了起来,伸出一只手试试雨停没停。这一伸手不打紧,却把车上那个女的吓了个一佛出世、二佛升天。她刚才靠在汽车栏杆上,见车上有口棺材,心里就有些发毛,如今忽听"吱嘎"一声响,棺材盖顶了起来,从里面伸出一只像鸡爪子般瘦黑的手,一个女人,能不害怕吗?可是,车子在开着呀,跑也没地方跑呀!咋办呢?她想起了一句俗话:棺材里伸手死要钱。莫非这个"鬼"知道我这钱来路不正,就伸出手要跟我分赃吗?想着,赶紧打开皮箱,拿了两块银元,往那只干瘦的手上放。这一放,把那位老大爷也吓了一跳。他用手捏捏,咦!怪呀!怎么下起银洋"雨"来啦?天底下有这样的好事?想着,他又伸出手来,叉开五个指头,这么捞了几下。那女的一看,哟!这"鬼"嫌少,瞧他那五个指头叉开,大概是要五块吧?便又拿出五块银元,往那手上一放。老大爷更奇怪呀:这是怎么回事呀?对!出去看看。他把棺材盖一掀,"腾"跳了出来。这下可不得了啦!那女的以为是诈了尸哩,两腿一软,"扑"一头撞在铁栏杆上,立刻昏了过去。

老大爷见一位女解放军倒在车厢里,不由得后悔自己的鲁莽行动,闯下大祸啦。他正要去把女的扶起来,一看,呀!那裂开的皮箱里滚出了许多银元和金银首饰。这……这是怎么回事?莫非她是个走私犯?想着,便走到车厢头,准备叫司机停车。不料,此时汽车却突然左歪右拐,像扭秧歌似的乱摇乱晃起来。怎么回事呢?原来马乐乐正在跟犯罪分子搏斗哩!

刚才,马乐乐遇上劫车的歹徒,心里再也乐不起来了,紧张得很哪!因为刀子顶在腰上,又动弹不得。可他脑子里一直在翻腾着:怎么办?怎么办?大概是急中生智吧,他还真的想到了办法。想到啥办法呢?他决定把车撞翻,来个鱼死网破。马乐乐决心已下,见前面有一方陡立的大山石,一咬牙,开足马力,转动方向盘就要往山石上撞去。那歹徒看出不妙来,就急忙来抢方向盘,两人便在驾驶室里搏斗起来。

老大爷探头一看，心里明白了几分，他抓了一把银元，对准歹徒的脑壳，"哐当"一声砸个正着。歹徒一愣神，马乐乐趁机煞了车，猛力一推，两人便滚到地上，扭打起来。

两人正打得难解难分，老大爷喊了一声："司机同志，你闪开，让我来收拾他！"说着，纵身一跳，犹如大鹏展翅，轻轻落在那歹徒的身后，劈手就是一掌，只听"呼"的一阵风响，歹徒知道不好，赶紧一个"鲤鱼打挺"躲了过去。那老大爷对司机说："你去把车上那个女的捆起来，这小子交给我了。"马乐乐见老大爷身手矫健，知道他有些本事，便放心地去绑那女的去了。

那歹徒一拱手说："老哥！都是江湖上的人，有话好说，如果你需要什么，我可以双手奉送，不要伤了和气。"

老大爷说："我啥也不要，就要你们这一对狗男女。识趣的话，老实跟我走，免得你大爷动手！"

歹徒一听，鼻子一哼："嘿嘿！那就看鹿死谁手吧！"说着，"刷"亮出匕首，恶狠狠地朝老大爷当胸刺了过来。

那老大爷不慌不忙，伸出一双鹰钩一样的手，这可是练铁沙掌练就的，非同一般。原来，老大爷是这一带颇有名气的民间武术家！只见他手一张，眼一瞪，这是武当山的内功，挺着胸迎上去，只听"咔嚓"一声，那把匕首犹如砸在石头上。歹徒转身想逃，老大爷岂能放过他？三个指头在他手腕上一锉，比刀劈斧砍还厉害，那歹徒"哎哟"一声，便瘫倒在地。

马乐乐赶紧过来，拿了根粗绳，把他捆了个结实，乐呵呵地对老大爷说："大爷，您真有本事！谢谢您呀！"

于是，老大爷在车后看管着一对狗男女，马乐乐开动车子，直朝地区公安局驶去。后来经审讯，这对男女原来是公安局正在追捕的走私犯。

（刘廷高）
（题图：管齐俊）

不可撤销

埃特总裁颇费了一番周折,才找到了鲁克。鲁克是信誉最好的杀手,并不是谁都能够请得动鲁克的,只要鲁克接受了委托,就从来不会失手。

埃特从包里掏出资料,对鲁克说:"这就是你下手的对象。"

鲁克看了一眼资料上的照片,抬起头来盯着埃特:"这是你的双胞胎兄弟?"

埃特苦笑了一下,说:"不,这就是我自己!"

埃特本以为鲁克会大吃一惊,谁知鲁克眉毛都没皱一下,好像这事没什么稀奇,他冷冷地说道:"我的规矩,事先付一半酬金,事后付另一半酬金。不过,这次事后的另一半酬金怎样支付?"

很明显,鲁克是担心等他杀死了埃特,另一半的酬金找谁要去。埃特说:"我要你在我的办公室里实行枪杀,那时,我面前的桌上会有一个档案袋,袋子里面有另一半酬金。"

鲁克收下五万美元,说道:"在没有完成任务前,我不会动用你预付的酬金,我会把酬金锁进保险柜里。"

出了两人见面的咖啡馆,埃特忽然略带好奇地问:"鲁克,你怎么不问问我为什么要杀死自己?"鲁克不吭声,动机问题从来都不是鲁克需要考虑的,他只管完成任务。埃特碰了一鼻子灰,不禁感叹:真是虎落平阳被犬欺啊!要知道,埃特是一家跨国集团的总裁,可这两年由于市场急剧变动,埃特的产品没有了销路,公司负债累累。埃特不忍妻儿以后穷困潦倒地生活,于是他为自己买了一份巨额保险,再请杀手杀死自己,这样妻儿就可以获得一笔丰厚的保险金了……

埃特的计划是,在星期三下午三点半左右,在自己的总裁办公室内,让鲁克实施枪杀。之所以选在办公室动手,是因为埃特想让同事们作证,自己确实死于谋杀,而不是自杀。

星期三下午很快就到了,鲁克经过一番乔装打扮,顺利地进入了埃特公司所在的大楼,轻易找到了总裁办公室。他一手推开办公室的门,另一只手伸进衣兜里,抓住了那把微型消声手枪。埃特正对着办公室的门口坐着,办公室里还有四名公司职员,在桌子上果然有一个档案袋。长年的杀手生涯,使得鲁克做事万分谨慎,他抓起档案袋,先朝袋里看了一眼,却没有看到那让人心动的美金,鲁克感到不妙,将档案袋里的东西朝桌上一倒——里面竟是一沓图文资料!

埃特,你竟然要我!一向深沉的鲁克愤怒了,握枪的手紧了一紧,此时只要他扣动扳机,埃特就完蛋了!但是,鲁克强压怒火,将枪放回了自己的衣兜,转身冲出埃特的办公室。

埃特正视死如归地等着挨枪子儿呢,没想到鲁克掏出枪又放了回去,正不明所以,几个职员已经大叫起来。

鲁克冲出大楼,刚回到家,就接到埃特打来的电话:"伙计,为什么临阵退缩了?"

鲁克怒气冲冲地说:"档案袋里没有钱!怎么回事?"

"唉!"埃特叹了口气,说,"你太冒失了,我早把装有五万美金的档案袋放在了桌上,说来巧了,有个职员拿了个装着策划书的档案袋来找我,他将档案袋也放在了桌上,而你,拿到的是装有策划书的档案袋!"

鲁克仔细想了想,情形似乎真的同埃特所说的一样。

"好啦,两个小时后,你在第五大街的第二个垃圾箱里取钱吧。凭你刚才的行动,我相信你不会拿了钱不做事的。"埃特在电话那边说。

两小时后,鲁克在垃圾箱里取到了装有五万美金的档案袋,鲁克把这次的五万美金和上次的五万美金,全部锁进了保险柜里。鲁克的老规矩,在没有将目标干掉前,这笔钱不能动用,只是暂存在自己这里。

现在,鲁克要策划如何按照埃特的要求,在众目睽睽下将他杀死。对鲁克来说,这并不困难,他策划了两天,一个完美的谋杀计划成形了。

然而,就在鲁克要动手时,埃特打来电话,兴奋地说:"太好了,鲁克,你不用杀我了。我公司有个新员工真是怪才,他研究出了改良产品的方案,产品经过改良后,卖得非常好,我不但不会破产,反而要发财了!我要取消你杀我的任务,哈哈……"

"抱歉。"鲁克在电话那边淡淡地说,"任务我已经接下,酬金也全部收到,按我的规矩,收到全部酬金后,任务不可撤销。"

埃特很理解地说:"你不要以为在你的杀手生涯中,有一个半途而废的任务会影响你的声誉,毕竟,这个任务是客户主动要求放弃的呀!"

可是,鲁克口气坚决地说:"不,对于我来讲,任务接下,酬金收到,不管出现任何状况,都不能放弃任务!"

"十万美金我送给你了,就……就当咱们交个朋友嘛!"埃特带着商人特有的口吻说,"你平白得到十万美金,还什么都不用干,何乐而不为呢?"

"这不是钱的问题!"鲁克有点不耐烦了,说道,"我已经接下这个活儿,就要把活儿漂漂亮亮地做完!收到的钱,我也不会再退还给客户,因为至今还没有我鲁克完成不了的任务!"

"你真把我搞糊涂了!"埃特也发脾气了,"你这个死脑筋,难道你觉得要杀我就那么容易吗?只要我不想死,没人可以杀死我……"埃特冲着电话吼了半天,才发觉不知何时,鲁克已经挂断了电话。

一周后,由于产品大卖,埃特的公司举行了一个庆功宴。宴会上一派喜气洋洋,埃特正在主席台上演讲,一眼瞥到一个端着香槟酒的侍者朝自己走来,突然,埃特觉得这侍者似曾相识……

埃特心里猛地一震,往台下一跳,就要逃跑。而扮作侍者的鲁克,他手中托盘上的几瓶香槟酒中间,已经伸出了一个黑洞洞的枪口……

"砰"的一声,只听得一声惨叫,却是女声。原来埃特反应过来后一个急转身,在千钧一发之际躲过了子弹,子弹射进了他后面一个中年贵妇的胳膊。

人群发出一片尖叫声,埃特立刻蹲下身子,混在人群中。鲁克紧盯着埃特,又开了一枪,可这时埃特的身影已经被人群挡住,这一枪仍没打中。场面越来越乱,鲁克再也找不到埃特了。

这个狡猾的家伙!鲁克骂了一句,只好急忙离去了。

鲁克没能在宴会上杀掉埃特,很是扫兴。而埃特也气得半死,他躲在家里,把门窗都关得严严实实,再次拨通了鲁克的电话:"鲁克,我给你五十万美金,你不要杀我,怎样?"

"我只杀人,不保护人,也不会因为钱放弃自己的任务!"鲁克说完,就挂断了电话。

埃特无奈极了,好在现在埃特有了钱,一不做二不休,他决定以牙还牙,出高价请杀手干掉鲁克。然而,令人恼火的是,埃特把价钱抬高到了六十万美金,也没有一个杀手愿意接下这活儿。据知情者讲,有人对本国的杀手做了个排行榜,不管从技能还是从信誉上讲,鲁克这几年一直稳居杀手排行榜的榜首——谁吃饱了撑的,敢去杀杀手排行榜的老大啊!

埃特想破了脑袋,也想不出什么办法,无奈之下,只好逃跑:我满世界地乱跑,看你上哪儿找我!埃特随身带了四名保镖,坐上了飞机,到了一个机场后,再转机到另一个机场,一连跑了好几个国家。

半个月来,埃特和四个保镖的飞机票就花掉了好几万美金。埃特心想:鲁克你来找我吧,就我付给你的那十万美金,还不够你追踪我的路费呢,看你还杀不杀我了!

这天,埃特辗转到一个偏僻的岛国,他稍稍松了口气,心想这下可以轻松几天了。埃特打听到岛国最大的宾馆,叫了出租车,和四名保镖一起进了宾馆。宾馆的大堂服务台前,一名服务员正低头写着什么东西。

埃特上前大声说道:"给我开最好的房间!"说着就要登记。

那名服务员却说道:"埃特先生,我们又见面了。"

埃特一愣,抬头朝服务员看去,那名服务员也抬起头,微笑着迎向埃特的目光,同时,一个枪口也伸到了埃特的胸前。

是鲁克!这个阴魂不散的鲁克,他竟然算准了埃特会来这个岛国、来这个宾馆,事先打晕了服务员,然后自己穿上服务员的衣服伪装起来等候埃特的到来!

等埃特想通了这一切,已经晚了,鲁克开枪了!鲁克冲埃特的胸口,一共连开了三枪!四名保镖反应再快,也来不及了。

三发子弹结结实实打在埃特的胸口,埃特被打得一屁股坐在了地上。鲁克知道埃特肯定完蛋了,双手一按身前的柜台,跳了出来,朝外面跑去。

可是,鲁克算准了一切,却没算到,狐狸般狡猾的埃特,这段时间一直穿着防弹衣!埃特又一次逃脱了。

这几枪虽然没有要了埃特的命,却打散了埃特的魂魄。埃特真的害怕了,恐惧了,他不想死,一点都不想……

几天后,埃特回国了,在一个阳光明媚的日子,他敲响了鲁克的家门。鲁克虽然处事冷静,但看到自己正在追杀的埃特送上门来,也不由怔了一怔。鲁克随即就掏出枪对准了埃特,不管埃特有什么诡计,今天他一定得死!

"别急别急!"埃特摆了摆手说,"请先别急着开枪,听我说,鲁克,你或许还没发现呢,其实我放进垃圾箱的五万酬金里,有一张假钞。"

鲁克没想到埃特会说出这样一句话，他一边用枪指着埃特的脑袋，一边疑惑地打开保险柜。鲁克的老规矩，在没有完成任务前，顾客的钱仍然不属于自己，仍然好好地锁在保险柜里。

"从上面数第十三张，你看一看。"埃特说。鲁克拿出埃特说的那张钞票，仔细辨别，果然是一张假钞。

鲁克顿时愤怒了，他气得满面通红："混蛋，你竟敢拿假钞骗我！太可恶了！"

埃特笑着说："假钞不算钱是吧？我少付了你一百美金，也就是说，你其实并没有收到全部酬金。"

"我是个很严谨的人！"鲁克叫道，"就算顾客少付我一美金，也是酬金没有付完，就休想让我帮他做事。对你来说，如果你不补齐那剩下的一百美金，我就会放弃你的任务，而你已经付给我的九万九千九百美金，也不会退还给你——你听清楚了没有？"

"真是太有意思了。"埃特笑得很开心。

"请你马上离开！"鲁克收起了枪，指着门外说，"还不走，难道想留在我家里吃晚饭吗？"

埃特走了，他觉得浑身轻松，甚至不由自主地吹起了口哨，埃特想，有一句话说得真好：天才和呆子往往只有一线之隔。

原来，有一位高人给埃特出了个主意，埃特花重金请侦探找到了鲁克的家，又花重金请了一位开锁专家。当鲁克在外面追杀埃特时，开锁专家进入鲁克的家，打开鲁克的保险柜，然后，神不知鬼不觉地，将档案袋里的一张钞票换成了假钞。

（芦宏伟）

（题图：佐　夫）

魔影707

两具尸体

入夏以来,在我国南疆一个城市的东大街上,突然闹起鬼来,设在这条街两旁的市人民医院和市杂技团,竟有人说亲耳听到鬼嚎,亲眼见到鬼影。一时闹得沸沸扬扬,人心惶惶。

这天,在这条街的五金商店东侧,又出了件怪事。这里有个自行车存车处,看车的是个六十多岁的老头。这一天中午,有个青年人推了一辆轻便摩托车来寄存。当存车人伸过手来接存车牌时,老头见他那手指被烟熏得焦黄,手指甲还染得红红的,心里不由嘀咕起来:这些浪荡公子,男不男,女不女的……可是到了下午,那青年人没来领车,却来了个工人打扮的中年人来取车子。老人看看存车牌上的号码,一点不错,但人变了。

老人暗想,什么情况,又来怪事啦,得问问:"同志,你是代别人取的吧?"

那人翻了翻眼珠子,反问:"怎么的?"

老头和气地说:"我记得清清楚楚,这辆车不是你来存的。"

那人马上换了一副温和的面孔说:"我朋友多喝了两盅,醉了,我替他来取。"

老人仍然笑呵呵地说:"同志,请把工作证给我看看,我得把你的单位记下来。"

那人立刻又拉下脸说:"我有开车的钥匙,又有存车牌,你为啥不给取车?"

就这样,一个要取车,一个坚持要看工作证,三言两语便争吵起来。这一吵,立刻引来一些过路人,不一会,就团团围拢来问长问短。

那人见看热闹的人越来越多,就说:"你不讲理,我找本人来,看你敢不给!"说完,拨开人群走了。

看车老头一直等到天黑,也没见人来领车,这时天又下起雷雨,老头只得冒雨吃力地推着摩托往派出所送,当他拐进一条小巷,突然"嗖"的一声,从路旁电柱后闪出个黑影来。这黑影"噌、噌、噌"窜到老头背后,只听"咔嚓"、"咕咚"两声,老头晃了一下身体便倒在泥水里了。那黑影跨上摩托,加大油门,飞驰而去。

可是,几乎就在黑影抢车驰去的同时,从小巷内又飞出一辆摩托车,尾随前面的车子追去。前面那抢车人听到有车追来,就来个急转弯,企图甩掉"尾巴"。后面那车也来个急转弯,紧紧咬住不放。两辆摩托车一前一后,相距不过五十米,它们穿州林,越盘藤,躲巨石,跃内溪。风驰电掣似的向前奔驰着。猛然,只听"轰隆"一声巨响,前面那车慌不择路,一下翻到山岩下去了。

后面追的那车连忙一个急刹车,接着从车上跳下来一个公安人员。他叫郑学智,是市公安局侦察科科长。

原来,在看自行车老头遇劫的那小巷东边有幢小楼。楼里住户叫张柯成,是七○七科研所的教授。他的老伴叫李倩,是市人民医院妇科主任医生。老两口无儿无女,身边只有李倩已去世的哥嫂留下的女儿晓玲,同他们一起生活。

这天傍晚,李倩在医院里碰到一件怪事:在乌云密布的雷雨中,李倩凝视窗外雨景,突然看到一个黑影走来,那黑影蓬头垢面,浑身血迹,胸前还挂着一块大木牌。李倩再定神一看,啊!这不是死去十多年的哥哥李坚吗?她吓得惊叫一声,便昏倒在地。护士闻声赶来,马上抢救,并打了电话给张教授,请他立即去医院。

这天晚上,张教授家只有晓玲一个人,她坐在电视机前,专心地学法语。一直到法语课结束,姑父姑妈还没有回来。为了消磨时间,晓玲就抹桌子擦地板。当她擦到张教授临时休息的单人床前,为了不把耷拉下来的毛毯弄脏,就猫腰撩起,就在她撩起毛毯时,突然"啊"地惊叫一声,便昏倒在床边。

张教授探望妻子回来,连喊几声,不见晓玲应声,他走进书房里一看,见晓玲睡倒在地板上,也惊得大喊起来,马上给市公安局和医院分别打了电话。

市公安局接到电话,立即由侦察科长郑学智带了助手来到张教授家。这时晓玲已被抢救醒来,她说,当她撩起毛毯时,见床下面躲了一个人,恶狠狠地瞪着她。可是,张教授说,他看见侄女昏倒在地,来抢救时,发现床下那人已死了。郑学智听着,做好现场勘察记录后,就俯下身去看了看床下的那具尸体,然后指示工作人员对现场进行拍照。拍完照,把尸体拖出来由法医验尸。法医经过检查,说:死者无外伤及中毒病状,很可能死于心肌梗塞。郑学智立即命令法医把尸体拉回局里进行解剖。其余同志留下继续检查现场外围情况。

郑学智向几名侦察员交代完任务以后,就来到张教授家的后院。这是个大花圃,对着张教授书房窗户下的一片蝴蝶梅花已被人踩倒,除此以外,周围再没发现异样的痕迹。当他走到门口时,正巧看见了那个黑影蹿出来抢劫老人的摩托车,于是他毫不犹豫地跳上摩托,跟踪追去。

这时，两个助手也驾车赶到。郑学智来到岩下，见摩托车起火撞毁，距车一米处躺着一具血肉模糊的尸体。他吩咐助手们立即把火扑灭，自己对这具尸体进行检查。死者头颅骨破碎，脑髓外溢。身上除了一块电子手表和一个小螺丝帽外，根本没有说明死者身份的证件。但是，从尸体上散发出一种特殊的气味引起了他的注意，他仔细地辨别了一下，认定这是一种化妆品的气味。他伏下身子，用手电筒照着死者的脸，发现死者的眼框边和眉毛上，留着长期用眉笔化妆的痕迹。这时，助手小王从摩托车的工具箱里搜出一张纸。郑学智接过来用手电筒照着一看，是一首非常古怪的诗。他把这首怪诗收起来，便离开了现场。

回到局里之后，郑学智拿出那首古怪的诗反复地推敲着。这首怪诗写在一张三十二开的红格纸上，怪就怪在它的写法上。十四个字写成了环状长方形：

<pre>
    花 荷 束 送 人 情
    赏   会
    荷 妹 在 池 边 碑
</pre>

为了揭开怪诗的秘密，郑学智几乎一夜没合眼。第二天一早，门"吱嘎"一声开了，公安局长方正走进来。他见郑学智埋头在烟雾里沉思着，就走到窗前打开窗户。一阵晨风吹进室内，郑学智顿时觉得清新爽快。他回头见方局长站在窗前，忙站起来说："局长，您来得正好！"

方局长说："嗯，看你那满眼血丝，又熬了个通宵？"

郑学智笑笑，把手里的怪诗递给了方局长。

方局长掏出老花镜，问："不是密写吗？"

郑学智答："已经送技术室检查了。"

"嗯。"方局长戴上老花镜，读了一遍怪诗，笑了。他顺手扯下一页稿纸，很快就把这首怪诗译了出来。

郑学智接过译文念道:"赏荷妹在池边碑,在池边碑会情人。会情人送束荷花,送束荷花赏荷妹。"郑学智非常佩服方局长的博学多才。

方局长笑着说:"这种写诗的形式,已不是什么新鲜玩艺儿,在《今古奇观》中有一段苏小妹三难新郎的故事,苏东坡同苏小妹赏莲时,和秦少游互相传诗,就是这种形式的诗。"方局长拿起纸解释说,"你看,从'赏'字开头往右念——"

"哦——"不等方局长说完,郑学智恍然大悟地说,"对,从赏字开头成七字一句话,再从头往回数三个字就是第二句的开头,以此类推就全明白了。"

方局长说:"对!哈哈!你真是'心有灵犀一点通'呵!好吧,谈谈你对案子的看法吧!"

郑学智稍加思索,便回答:"显然,这不是一件普通的抢劫案。"他看了一眼不动声色的局长,接着说,"我到医院去过了,看车老人已经脱险清醒过来,他从死者的照片上一眼就认出他就是取车人。我认为取车人的冒险行动是为了得到这首怪诗。这是一封约会信。局长,如果赴约人不按时去接头,就会引起约会者的怀疑,而采取其他行动把线掐断。"

郑学智见方局长那张平静的脸上,毫无表示,又接着说:"张教授家床下尸体之谜和拦路强抢摩托车,还有最近在这条街上沸沸扬扬的闹鬼事件,它们会不会有某种内在联系?这两具尸体又都戴着同一家工厂生产的'黑熊'牌电子手表。当然,我并不否定偶然性,但我认为不管这些事件和我们掌握的那个'鬼魂行动计划'是否有关,单凭这首怪诗就可以断定这是一起政治案件。"

方局长站起来,走到窗前,眺望着早晨刚露出地平线的阳光,问:"如果取车人存车牌是拾的或偷的,这首诗不就成了纯属是车主无意放进工具箱内的呢?"

郑学智说:"其一,车主直到现在没有挂失报案;其二,只有在指定时间去会见'情人',才能揭开这个谜。"接着,他分析说,"从看车老人讲的情况,很可能存车人就是约会人,他这样做是有意不让取车人见到自己。否则绝不会把摩托车存放在存车处,让他的同党去冒险。"

方局长沉思了片刻，而后说："从这首诗来判断，邀请者是个女人，而存车人是个男人呀？"

郑学智很有把握地说："正因为邀请者是个女人，我才断定她就是存车人。和看车老人的谈话中使我了解到，存车人可能是女扮男装去的。"

"嗯。"方局长又问，"那么，诗中并没有约会的时间哪？"

郑学智拿过那首诗对局长说："你看，这张红格纸上共有十五个格，下面印有年、月、日。在'月'字上用铅笔划过七个格，而在'日'字上用铅笔划过两格半，我想：他们是不会无缘无故地在纸上乱划的。会不会是在'月'上划七格是指七月；在'日'上划两格半，是指三日的中午。今天正好是七月三日。"

方局长点燃了一支烟，狠狠地吸了两口，又在烟灰缸里揿灭了，说："必须马上揭开谜底，否则，我们就要误入歧途而影响'鬼魂行动计划'的侦破工作。"他看了看手表，说，"学智，撒开网，按时去公园会见那位'情人'吧！"

这天中午，化装后的郑学智坐在公园荷花池边的石栏上。他手中拿了一束荷花，看上去好像是在观赏景色，而他却在敏锐地搜寻着那位"多情的女郎"。工夫不大，身后传来脚步声，接着听到一个孩子的童音："叔叔，你这荷花真好看！"

郑学智没有理睬。那孩子见郑学智的手腕上戴着电子手表，就把一本《今古奇观》往他怀里一塞，说："这是阿姨给你借的。"

郑学智猛然回过头来，和那孩子的目光碰在一起时，两个人都愣住了。那孩子惊慌地转身钻进人群之中。郑学智站起身来，见助手小王已尾随那孩子的身影消失了。

夜探魔窟

郑学智回到公安局，和外勤通了一次电话，就往写字台前一坐，一页一页地翻看起那本《今古奇观》来。一连翻了三四遍，也没发现啥秘密，便抓起电话把技术员苏静叫来,把《今古奇观》交给她说:"请拿去检验一下,发现了问题马上告诉我。"

苏静走后,电话铃响了,郑学智拿起电话:"是我,把他送到一〇八号房间,我就去。"

在一〇八号房间里,那个送书的孩子坐在沙发上,用恐惧、羞愧的目光朝走进来的郑学智扫了一眼,马上又低下了头。

这孩子叫张小龙,父母在外地工作。小龙从小跟外祖母过,平时家长管教不严,结果被坏人勾引拉下水,做了小扒手。上个月郑学智也在这个房间里教育过他,当时他曾一再表示:保证听警察叔叔的话,不再干坏事了。

郑学智坐在张小龙的对面,问:"又干上老行当了?"

张小龙的头低垂得几乎碰到脚尖,咬着手指甲,两眼盯着地板,一声不吭。过了一会,郑学智又故意刺激他一下:"看来我们那次谈话,你当成耳边风了。你保证啥了,哼!谁还能相信你!"

张小龙打了个寒战,用手背擦了一下眼睛,"吧哒、吧哒"掉起眼泪来,郑学智耐心地等待着。张小龙流了一阵眼泪后,终于交代了事情的全部经过。

张小龙上个月经郑学智耐心教育释放后,确实是下决心洗手不干了。但是,他曾花过惯偷头子"钻天猴"五十元钱,这家伙逼着小龙在三天内还钱,到期不还,就白刀子进,红刀子出来。张小龙正处在胆战心惊、六神无主的当儿,这天他在电车上看见一个女人掏出钱包买票。那钱包里十元一张的人民币票子有一叠。张小龙为了还债,就狠狠心再干这最后一次。他瞧准机会,就伸手去"抠皮子",谁知钱包没掏出来,手却被攥住了。张小龙想:这下完了。不但一顿狠揍躲不了,还得再进公安局。可那女人并没有像通常抓住小偷的人那样大叫大嚷,只是紧紧抓牢张小龙的手不放。车到站,那女人便把他拉下车,牵着他来到市内有名的迎宾饭店,点了饭菜后,那女人才开口批评张小龙不该干这种事,说她是个作家,正在写一本挽救失足青少年的书。她答应给张小龙五十元钱还账,条件是让张小龙替她送一件东西。

郑学智插话问："是在公园里给我的那本书吗？"

张小龙摇摇头说："不，是一块存车牌子和一把钥匙。"

"喔！"郑学智一听这话，兴奋得情不自禁地挪动了一下身子，忙问，"这些东西送给谁？"

张小龙回答说："一个四十多岁的人在市杂技团门口等我，手腕上戴一块蓝盘电子手表，是那女人告诉我的。她手腕上也有这样一块手表，她还说，她带的钱还要买东西，让我第二天再来饭店拿钱。第二天她给了我五十元钱，就让我去公园送书了。"

郑学智听了张小龙讲完了事情的经过，就叫工作人员安排张小龙去吃饭。他兴冲冲地来到局长室，向方局长作了汇报，并说了他准备利用张小龙放出一条线去找那个女人的打算。方局长思考了片刻说："我同意你的意见，不过要向孩子的家长说明情况，要保证孩子的安全。"

这时，苏静推门进来，向方局长和郑学智报告了张柯成教授书房床下的尸体和《今古奇观》的化验结果。那具尸体是三进监狱的惯盗犯，他的外号叫"鼻湿马"，死因是他杀。尽管现场未发现凶手的迹象，但是死者戴的胶质手套上发现涂了一层烈性毒药，只要接触嗅觉便当即死亡。经过对尸体的解剖，死者正是由于呼吸系统中毒致死的。同时，经走访"鼻湿马"改造时的管教人员，讯问了他的同监犯人，发现死者有个习惯动作，在突然受惊时，总是下意识地用手背抹一下鼻子。由此断定凶手是利用这一点，有预谋地杀死了他。

方局长和郑学智听到这里，仍感到疑团没有解开：凶手为什么要杀死"鼻湿马"？这个"鼻湿马"黑夜进入张教授的书房，难道就是为了死在床下吗？但是，当他俩看了从《今古奇观》上检验出的单子时，便恍然大悟了。只见那检验单上写着："买的'鼻湿马'已下汤锅，28日晚10时到仁兴街7号和独眼龙会面。谈取货交钱地址。货取出后，7月10日在车站留言板告知。鬼魂。"

方局长对郑学智说："现在这个谜终于揭底了。果然如上级掌握的情报中所说，敌人的'鬼魂行动计划'是对着张教授七〇七科研所来的。快叫人查一下,仁兴街七号的情况。"几分钟后,已查明:仁兴街七号是美光照相馆准备翻建的空楼房。

方局长和郑学智经过仔细研究分析,决定由郑学智扮接头人深入魔窟,会见独眼龙,摸摸敌人的底细。

二十八日晚上九点三十分,郑学智准时来到仁兴街七号。这是一座两层楼房,月光下,只见墙壁上用白灰写着:"注意!险墙!!"楼门已用砖砌死,窗子已全部被卸掉。离楼房三米处拦了一道铁丝网。郑学智从一条小巷绕到楼房后面,见围墙东侧有一个角门。伸手一推,门锁着。突然,一个硬梆梆的东西抵住了他的后背心,同时有一股热气喷到他的脖子上,空气中传来一股酒味,接着一个低沉而粗鲁的声音喝问:"什么人?"

郑学智不慌不忙地回答:"朋友。"他猛地一转身,见面前站着一个彪形大汉,手里握着一把明晃晃的匕首,便问,"是接我的吗?"

那大汉仍粗鲁地问:"几点了?"郑学智把戴着电子手表的左手腕伸给对方。

大汉见了跳动变换着的夜光字码,就擦过郑学智的身子去开门锁。但是他在门前一下愣住了,两只手不由得去摸自己的衣兜。

郑学智拿出一串钥匙问:"朋友,你是找这个吗?"

大汉吃惊地接过钥匙说:"干得干净,是个老手。"他打开锁,推开角门就走进去。郑学智随后跟进来,反手关上门,跟大汉一前一后从后门走进楼里。那大汉一屁股坐在楼梯上,掏出香烟,划了火柴正要点烟,郑学智眼疾手快地打亮了电子打火机,举到那人面前给他点烟。借着火光一看,这大汉是个络腮胡子,厚嘴唇,扫帚眉下一对胀鼓鼓的金鱼眼。他暗想:这家伙不是独眼龙呵!

"啪"的一声,打火机被打落在地,金鱼眼一下向郑学智猛扑过来。两个人就滚在地下扭打起来。郑学智故意让金鱼眼把自己压在下面,他迅速摸到了对方那根神经一捏,金鱼眼"哼"了一声,便滚到一边翻起白眼珠子来。

郑学智揪住他的衣领子问:"独眼龙呢?"话音刚落,"嗖"的一声,有个黑影蹿到郑学智的背后,刀光一闪,那尖刀带着风声向郑学智的软肋扎来,就在刀尖离皮肉只有二寸来远的当儿,郑学智来个鹞子翻身,飞起右脚,"当"一声,把尖刀踢落在地上。黑影一个旱地拔葱跳往空中,又玩个饿虎扑食,从头顶上砸下来。郑学智就势往下一蹲,随后往旁边一闪,那家伙扑了个空,"吧唧"闹了个癞狗抢屎。郑学智一个张飞骗马,就势将那家伙骑上,并把他胳膊拧到背后,严厉地喝问:"什么人?"

那家伙"呼呼"地喘着粗气说:"是刑警队的就戴手铐吧。"

郑学智松开手,站起身来,轻蔑地说:"胆小鬼,神经过敏!"

他又走到金鱼眼身边用手指点了一个穴位,那家伙才狼狈地爬起来,结结巴巴地说:"你,你不是小丑?!"

郑学智一听到"小丑"二字,脑子里马上闪过那具撞死的尸体那张留下长期化妆痕迹的脸。他很自然地点燃一支烟,说:"小丑出了点事儿,上边决定由我来接头。"他吹了一声口哨,把两支香烟丢给了他们,问,"独眼龙呢?他没接到接头的信息?那我就告辞了。"说完转身就走。

金鱼眼急忙拦住说:"等等,我带你去见他。"

郑学智跟着金鱼眼钻进地下室的一条暗道,左弯右拐地来到一间小暗室里。里边黑得伸手不见五指,空气中散发着使人作呕的腐烂味。金鱼眼在墙上敲了三下,过了一会,墙上透过一道亮光,墙壁上拆下来三块砖,亮光是从对面射来的。金鱼眼把郑学智拉到洞前说:"他在隔壁,你们谈吧。"

洞口里边出现了半截脸,从左额角连着右眼有一道伤疤,干瘪的眼球上布满了血丝。郑学智摁着打火机点烟,那半截脸马上从洞口躲开了。郑学智暗想:是只老狐狸,不能让他看出破绽来。

那半截脸再在洞口出现时,已戴上了黑眼罩。他沙哑着嗓子问:"什么时间交货?"

"随你的便。"

"够朋友,好吧,星期六晚上十点钟到这地方来取。"独眼龙伸出巴掌翻了一下,说,"一万元,少一分钱我他妈的也不干!只要肯出钱,你们要那老东西的头,咱也能给你们弄来。"

郑学智蔑视地暗骂:魔鬼!你等着吧。嘴里却说着:"一言为定,咱们一手交钱,一手交货。"

独眼龙立即向金鱼眼喊:"野猫,送朋友出去,要讲义气,多送一程。"

那个叫野猫的金鱼眼,"嗖"地从腰里拔出一支手枪,拉开机头向郑学智晃一下说:"前边走!"

他俩一前一后爬出魔窟,又从后角门走出来,在马路旁的大榕树的影子下默默地走着。刚刚走出这条小巷,前面传来脚步声,野猫抓住郑学智的肩头,把枪口顶住他的背心。郑学智停下脚步,但并未转身,而是压低声音斥道:"你这个胆小鬼,赶快退回去!"郑学智坦然而威严的口气,逼得野猫一步步地往后退,很快就钻进小巷中去了。

当郑学智绕过街心公园时,一辆吉普从他身后开来,尾灯一闪,戛然停下,苏静拉开车门说:"郑科长,上车吧,逮捕野猫的任务已由小王去执行了。"

郑学智刚回到公安局,小王就把野猫抓来了。郑学智从柜里拿出一本厚卷宗就来到了审讯室。他在审讯桌边坐下后,按了一下电铃,野猫就被押了进来。野猫习惯地往中间的一把木椅子上坐下来,两只手规规矩矩地放在膝盖上,低下头等待着受审。郑学智用威严的口气说:"野猫!你是个老行家了,当然知道该怎么回答我提出的讯问。"

野猫听到这声音觉得很耳熟,他抬起头来和郑学智的眼光一接触,不由倒抽了一口凉气,旋即就点头哈腰地说:"是,是是。"同时他瞪着双眼直朝郑学智放在桌上的卷宗看。停了一会,他咽了一口唾沫说:"我坦白,争取从宽。"接着他便开始交代了。他说有一天,独眼龙把他和鼻湿马叫去,让他俩去做伴活。由鼻湿马爬楼钻进了张柯成教授的书房,打算偷教授的皮包。他在楼下望风。临走时,独眼龙给鼻湿马一副胶皮手套,说是怕留下手印。那天晚上,鼻湿马从雨水管子爬进二楼书房,不大工夫,室内的灯亮了,传来一个姑娘的惊叫声。野猫知道出事了,就滑脚溜了。

郑学智递给野猫一杯水说:"兜了半天圈子,你还是没回答真正的问题。"

野猫用手背抹去嘴上的水珠说:"我真不知道独眼龙和那女人是怎么认

识的，不敢隐瞒实情。"

郑学智听到野猫提到那女人，立刻追问："独眼龙从来没跟你提起过那女人吗？"

野猫翻了翻眼珠子，想了一会儿说："提过，提过。是在鼻湿马出事以后，独眼龙喝了不少酒，对我说：'那娘儿们是不见兔子不撒鹰，是个扎手货。他妈的，想把我独眼龙抓在她手里。'看样子独眼龙是有啥把柄攥在那女人手里。"

郑学智问："我去七号楼之前，独眼龙和你怎么说的？"

野猫回答说："头一天，独眼龙对我说，有人要和他在七号楼见面，谈一笔买卖，说来人是上次来的那个杂技团的小丑。"

郑学智想：不出自己的预料，那个劫车撞死的家伙果然是个演员，得马上去杂技团一趟。

野猫被押出去后，郑学智就来到了局长室。方局长听完了汇报，狠狠地吸了两口烟，把烟头扔进痰盂里，愤愤地说："鬼魂的魔爪已伸向七〇七科研所。他们这次利用社会渣滓为他们卖命，倒是一个新花样。"

方局长说着用拳头在桌上击了一下，说："怎么样，收拢五指打拳头的条件成熟了吗？"

郑学智没有表态。方局长围着写字台转了一圈，在郑学智的面前停住了脚步，斩钉截铁地说："放了野猫，把张教授的皮包送给他们……"

郑学智立即站起来，异常兴奋地接过方局长的话头说："引蛇出洞。"

生死关头

张小龙根据郑学智的指点，一连几天几乎跑遍了全市的大街小巷，也没见到那女人的影子。这天中午，骄阳似火，张小龙又来到繁华的市中心。他从柏油马路上用脚轻轻一踢，把一块小石子踢到人行道上，接着他便在人行道上走一步，踢一脚，那小石子就飞出几米远。他脚下做着这样的游戏，可一双灵活的眼睛却机警地四下搜寻着。

突然,那飞出去的石子打在一个横过马路的女人脚上,那女人"哎呀"一声蹲下来,一边揉脚,一边四下寻找袭击者。就在她四下探望的当儿,张小龙一下认出了那女人正是他寻找的对象。几乎在此同时,那女人也发现了张小龙。她连忙背过脸,站起身来快步朝车站走去,迅速跳上了正好驶来的公共汽车。

张小龙看见那女人上了车,也顾不得发出预定信号,急忙跑过去,机警地躲在一个大个子的身后上了汽车,一眼就看见了那女人的高跟红皮鞋,于是他便不眨眼地盯住了她。

汽车一站又一站跑着,在杂技场附近的车站上,旅客下完后,汽车刚要关门,那穿红皮鞋的在车门口一闪下去了。张小龙急忙跑到车门口,不料车门"啪"关上了。张小龙只得挤到后车窗一看,只见那女人已迅速地进入杂技场大院里。汽车到了下一站,张小龙跳下车,撒腿就朝杂技场奔,奔到售票窗口一看,那窗口的小门已关得紧紧的,张小龙举起小拳头敲了一会窗门,没人理睬。他想给郑学智打个电话,又怕自己一离开这里,那女人出来溜了,只得在杂技场大门前的台阶上坐下来。心想:我守住门口,看你往哪跑,郑科长也一定会派人来的,他们发现我在这里,就可以进去抓了。可他再一转念:哎呀,不好!这么大个杂技场,哪会只有一道门?那女人要是从边门溜走,不就糟了。于是,他"啪"地跳起来,绕着杂技场兜起来,当他拐到一道边门时,突然有一只手搭在他的肩膀上。张小龙转身一看,站在他身后的不是别人,竟是那个女人。那女人笑嘻嘻地问张小龙:"小龙,你在等我吗?"

张小龙被怪女人的突然出现惊呆了,不知说啥好。那女人见小龙不回答,又亲切地问:"找我有事吗?"张小龙从衣袋里摸出那女人给他的五十元钱,说:"我对妈妈说了,妈妈让我把钱还给你。"

那女人盯着张小龙的眼睛注视了一会,然后显得很高兴的神色说:"走,我们到饭馆吃饭去,我要庆贺你的转变!"说着,不管小龙是否答应,拉起他的手就走。

在迎宾饭店里,那女人向服务员要了几只好菜,等服务员走后,她突然低声问张小龙:"公安局把你抓去了,你都交代了什么?"张小龙心里一震,但这个聪明的孩子马上显出一副很自然的神色说:"公安局总共抓过我两次,每次都教育我不要当小偷。阿姨,我听你的话,学好了。"说完,就无忧无虑地用筷子"叮叮当当"地敲起饭碗来。

服务员把饭菜端来放在桌上,张小龙就狼吞虎咽地吃起来。那女人没动一下筷子,坐着猛抽香烟,接着她把半截烟一扔,拿过一个空碗对张小龙说:"小龙,去给我倒碗开水来,我要吃片药。"

张小龙接过碗倒水去了。那女人敏捷地四下一望,就把一片药扔进了张小龙的汤碗里。张小龙端来水递给她,又继续吃起饭来,把那碗汤也喝了个干干净净。

吃完饭后,那女人说要到张小龙家去见见他妈妈,拉着小龙的手直朝铁道走去。那女人边走边看看表,不一会便上了铁路。那女人说要到前面扳道房打个电话,两人就踩着枕木向半里地外的扳道房走去。走着走着,张小龙趔趄几步,突然跌倒在铁轨上了。那女人迅速跳下路基,钻进路旁的树林去了。这时,一列货车风驰电掣地开过来……

张小龙面临着死亡的威胁,郑学智也正为他下落不明而担忧。当郑学智按照方局长的指示,向野猫交代了政策,把他放了后,又和外勤通了一次电话。但张小龙和监护他的侦察员小王都没有音讯,这使郑学智感到很焦急。不一会,小王来电话,汇报说,那女人已经找到了,她是市杂技团的演员,叫欧阳春。

郑学智连忙问:"张小龙呢?"

小王惊讶地说:"怎么? 张小龙还没回来?"

这时,苏静急匆匆地走进来说:"郑科长,铁路公安处刚才来电话,说在西站离扳道房五百米的铁轨旁,发现昏迷的张小龙。"

"什么?!"郑学智对小王说,"小王,你继续按计划执行任务吧!"又转向苏静说,"快把情况报告方局长,我这就去现场。"

郑学智赶到现场后,又与铁路公安处的同志分析了情况,这时,张小龙已被送进了市人民医院抢救。郑学智决定先到医院去找一下张教授的爱人李倩医生,顺便了解一下情况。

奇怪的病人

这天,李倩在妇产科的诊室里,刚检查好一位孕妇,随着护士的呼唤声,走进来一位面皮白嫩、两眼俊秀的小伙子。

李倩看了一眼问:"病人呢?"

"我就是。"

李倩笑了笑,说:"同志,你挂错号了,这里是妇产科。"

"我挂的就是妇产科。"

李倩听了,并没发火,而是以规劝的口气对那小伙子说:"别胡闹了,等着看病的人还很多呢,年轻人要走正路才对,去吧!"小伙子没有走,反而用恳求的口气说:"我不是胡闹!大夫!您一定误会了,我是一个姑娘。您能跟我单独地谈一谈吗?"

"姑娘?!"李倩拿起病卡一看,只见上面写着:

姓名:欧阳春,性别:女,工作单位:市杂技团……

李倩想:这姑娘为啥要女扮男装?于是她以温和的口气说:"有什么话,请说吧。"

欧阳春踌躇一下说:"李大夫,您是全市有名望的医生,又是我们这个区的妇女代表。妇女们都说,您是一位助人为乐的大姐姐。我知道,我的病用药是无法医治的……"欧阳春停了停,又说,"我是个杂技演员,表演的节目是空中飞摩托车,很受观众的欢迎。近来,经常有求婚信寄来,我没理睬。前几天,我突然接到一个邮包,邮包内有一套绦纶衣服,一块电子手表,还有一张第二天晚场的电影票,电影票背面写着:请准时赴约。"

李大夫问:"你去了吗?"

欧阳春双手痉挛地捂起脸,有啥不幸的事情会马上发生一样,哽咽着说:"我没有去。我怎么能去赴这样的约会呢!我把这件事向团支部汇报了。团支部书记说,是我的穿戴太招风惹事。第二天,晚场演出后,我回家时,一个戴着黑眼镜的人拦住了我,威胁说:如果我不答应他的求婚条件,他就去杂技团里败坏我的名誉。"欧阳春舔了舔干嘴唇,声音颤抖地接着说,"我好不容易逃开了这个流氓的纠缠。我把这事又向团支部汇报了,想不到又遭到了冷遇。"她抓住了李倩的手,痛苦地说,"大姐,我平静的生活被打乱了,夜里常常被恶梦惊醒。近来,整夜失眠,影响了演出。我怕再受到纠缠,气恼之下,才女扮男装来求您指导。"说完,她把脸埋进双手中,呜呜地哭泣起来。

李倩当了几十年医生,还是头一次遇到这样的病人呢。面对着这位被痛苦折磨着的姑娘,李倩的心被打动了。她用慈母般的口气安慰着,劝解着,开导着,欧阳春听着不住地点头。

这时一位护士推门进来,急切地说:"李大夫,来了一位大流血的病人,病情很危急!"

李倩歉意地向欧阳春笑笑说:"真不巧,以后有机会再谈吧。"说完,便急匆匆地朝急诊室走去。在急诊室里,李倩对病人进行了全面检查,然后果断地说:"立即接氧气,输血!"

这时,来了一位双目失明的老人,唏嘘着要看他的女儿。值班护士把他挡在急诊室门外,再三说明病人正在抢救中,不能探望。老人张开颤抖的双手,抓住护士的一只胳膊,扑簌簌地流着泪哭诉着:"祖国的亲人哪!我和我的女儿是被越南当局驱赶回国的华侨。一年前,越南当局说我散布反越言论,把我抓进监狱,整整关了一年。我的一双眼睛被折磨瞎了。从监狱出来我才知道,在我进监狱的第二天,我女儿杨阮柳也给抓去关了一阵子。在被驱赶的前几天,我的女婿因不肯向中国边民开枪,被当官的给枪杀了……"老人泣不成声,干瘪的眼窝里淌下了泪水。

李倩从急诊室走出来时,护士指着老人说:"李大夫,这位老人是病人的父亲。"

老华侨听说是医生,忙站起来问:"大夫,我女儿有救吗?快告诉我!"

李倩亲切地回答:"老阿爸,你放心吧!你的女儿已经脱险了。"她向护士吩咐说,"把病人送到十二号病房去。"

在病房里,杨阮柳不住地说着呓语:"庆杰,庆杰……"老华侨用颤抖的双手抚摸着女儿,解释说:"庆杰是我女婿的名字。可怜我那女婿连条后代根也没留下。"

李倩对这不幸的华侨父女深表同情,决心尽快恢复杨阮柳的健康,来宽慰眼前这位无依无靠的华侨老人。

这时,一位护士进来说:"李大夫,有人找你。"来找李倩的不是别人,正是郑学智。他请李倩转告张柯成教授,明天不要到科研所去上班,他要登门拜访教授。

第二天早饭后,郑学智来到张教授家,拉了一会家常话后,便转到了正题,郑学智问:"张老,你下班后,常在家里工作吗?"

"我习惯在夜里工作一段时间。"

"从你带回的一部分资料中,能分析出七〇七所科研项目的性质、用处和威力吗?"

教授肯定地回答:"如果是这方面的专家,当然能分析出来。"

郑学智一听,更加证实了自己的想法:敌人"鬼魂计划"的目的很明显是对着七〇七所和张柯成教授的。这时,张教授又问:"郑科长,尸体之谜还没揭开吗?"

"揭开了,这家伙是个被敌特机关利用的惯盗犯。他黑夜进入你的书房,真正的目的不是偷你的古玩,而是带回家的科研资料。"

教授脸上的肌肉剧烈地抽动一下,愤愤地说:"卑鄙!无耻!"他又不解地问:"这家伙既来偷资料,咋又死在床下了呢?"

"那是敌人耍的鬼把戏。据我们调查,那天李大夫在医院里见到的鬼魂,也是敌特化装的。他们主要目的是为了引开你家里的人,而给惯盗犯偷窃情报创造条件。结果晓玲发现了他,使敌人的阴谋未能得逞。"

张教授连声说:"卑鄙! 卑鄙!"

郑学智关切地说:"张老,为了你的安全,最近一个时期请你不要接触与你工作无关的人员。下班后,如果不能按时回家,务必打电话通知我们。"

张教授认真地点了点头。

郑学智又说:"最近,我们要采取一次行动,想请你配合一下。"他低声地把教授需要配合的细节叮嘱完了之后,便告辞走了。

刚走出大门,迎面走来一个女人,同他擦肩而过。郑学智朝走进教授家门的那女人看了一眼,不禁吃了一惊。

两个女人

郑学智为什么吃惊?原来那个走进张教授家大门的女人,正是杂技团的演员欧阳春。郑学智连忙走到对马路,向哨位上的助手交代了任务之后,就匆匆地赶回公安局,与方局长研究下一步的计划。

七月十日这天,郑学智接到野猫打来的电话,他马上带着经过抢救、脱离危险的张小龙来到火车站公安值班室。在录像机屏幕前监视着整个候车室的动静。十一点三十分,只见欧阳春出现在候车室的门口,她不慌不忙地来到旅客留言板前,把野猫贴在留言板上的纸条扯下来,揣进衣兜里转身走了。

郑学智转身问张小龙:"是这个女人吗?"

张小龙点点头说:"是她!"

郑学智听了,眉头皱了一皱,而后拿起报话机说:"我是红岩,请你们注意零号的行踪,控制取货地点!"

既然利用张小龙送秘密联络信、迎宾饭店投毒杀人灭口、女扮男装骗取张教授的爱人李倩的信任、去车站取情报都是欧阳春干的,为什么郑学智还不下决心逮捕欧阳春?原来,还有一件事引起了这位侦察科长的怀疑,那是在张小龙中毒后,郑学智严厉地批评了助手小王。小王当时解释说:

他看见那女人在杂技场车站下车甩掉了张小龙。小王当时认为，张小龙既然被敌人甩掉了，也就脱离了可能被敌人杀害的危险。而当时为了不让那女人逃走，小王只得丢下张小龙紧紧跟踪那女人来到杂技场。小王以电业局检查电线为名，到了后台，亲眼看见那女人正在化妆。从舞台监督嘴里，小王知道她叫欧阳春。小王是在表演厅里，看欧阳春表演完空中飞摩托车的。郑学智听了小王这一汇报后，曾亲自找舞台监督对证过欧阳春上班的时间，和小王那天跟踪进入杂技场的时间。舞台监督说，那天因欧阳春迟到了，他还看了一下自己的手表，而小王进入杂技场的时间和舞台监督看表的时间，整整相差了半个小时。这就引起了郑学智的注意。后来，张小龙被抢救过来后，郑学智又从他嘴里了解到就在小王看欧阳春表演的时间内，那女人却在剧场外面会见了张小龙，并带他到饭店吃了饭，又乘机下了毒。欧阳春一个人怎么会在同一时间内，在两个场合和两个人的面前出现呢？

这时，报话机里传来了呼叫声："红岩，红岩，零号把货取去后，在马路上被汽车撞倒，肇事汽车已逃走了。"

郑学智一听，要紧来到医院，外科主任告诉他，受伤人昏迷不醒，脑部损伤严重。郑学智找到护士长，出示了证件，说："我看一下受伤人的东西可以吗？"

护士长立即领郑学智来到病人更衣室，打开一个柜门说："她的全部衣物都在这里。"

郑学智翻查了一遍，问护士长："在收拾她的衣物时，没有发现一个红色人造革手提包吗？"

护士长回答："是我和值班医生一起去出事现场的，当时围观的人很多，根本没有见到有个手提包。"

郑学智离开医院后，路上，两个欧阳春的影子在他脑中搅扰着。郑学智反复地思考着：是偶然的车祸吗？显然不是。手提包的失踪就说明这是一起有计划的谋害。那么，欧阳春在"鬼魂行动计划"里是个什么角色呢？从车祸事件来看，可以断定欧阳春绝不是"鬼魂"。而且，就算欧阳春是"鬼魂"

的同伙,她既然已把货拿到手,她的同伙为啥还要冒险制造个撞车事件呢?郑学智反复推断着、思索着,不知不觉回到了局里。当他推开局长室的门时,不由愣住了。一只红色人造革手提包端端正正地放在方局长的写字台上。方局长让郑学智坐下后,说:"在郊区发现了肇事汽车,偷车犯正在追捕中,盗取手提包的人已经被拘留了。"

郑学智来到审讯室一看,押进来的是个十三四岁的孩子。这孩子一头鬈曲毛发,眉清目秀,可惜右太阳穴上那道伤疤把个漂亮的脸型给破坏了。这时,孩子不安地瞅了郑学智一眼。郑学智命他坐下之后,便单刀直入地问:"是谁让你去偷手提包的?"

那孩子垂着头低声回答:"我心想,手提包里一定有钱,就趁混乱时偷着捡起来了。"

郑学智严厉地说:"哼!'钻天猴'的徒弟都会扯谎!"

那孩子听到"钻天猴"三个字,惊得打了个寒战。

郑学智又语气和缓地说:"于小良,下星期五你爸爸的工作单位召开大会,给他平反昭雪,恢复名誉,可是他的儿子却在这里受审。"

这个被叫作于小良的孩子眼圈红了,薄薄的下嘴唇咬出了一排小牙印。过了好一会,他擦去脸上的泪水,从怀里掏出个信封递给郑学智说:"是'钻天猴'让我把手提包里的文件装进这个信封里寄走的。"

郑学智接过信封一看,是寄给市人民医院王和的,便问:"开车撞人的是谁?"

"汽车是'钻天猴'偷的,是不是他开车撞人,我不知道。"

郑学智请示局长后,就把这封信发了出去,并部署助手们立即逮捕"钻天猴"归案。

在市人民医院大门收发室窗外的信插里,那封给王和的信已放了三天了,还没有人来取。收发室新来的年轻收发员靠在椅子上,眯着眼睛在打瞌睡。这时,一辆卡车开进医院大门来,从车上下来几个男女老少,有的捂住脸抽泣,有的放声号哭。一群人围了上去,好奇地打听着。这时,站在医院主楼二楼窗口的郑学智看到这情景,就赶紧跑下楼,直奔收发室。当他一眼看见收发员正站在汽车旁张望时,不觉暗叫一声:"糟糕!"他紧走几步,来到收发室时,收发员果然苦起脸对他说:"郑科长,刚才一眨眼的工夫,信就不见了。"郑学智用严厉的目光看了一眼年轻的助手,吩咐他赶快把张小龙接来,自己走进收发室,挂电话到妇产科,问了几声,说了一句"继续监视",就沉思起来。

原来,从杂技团出现了两个欧阳春事件后,郑学智就对张教授和李倩大夫周围的人进行了周密的调查。他从中发现了一个非常可疑的人物,就是在妇产科住院的难侨杨阮柳。郑学智了解到这个女病人同李倩的侄女儿晓玲走得很近。据护士长反映:晓玲每天都给姑母送午饭,有一次正赶上李倩做难产手术,晓玲便在走廊里边等边小声地背诵法语单词。当背诵到"你好吗"的时候,忽听有人用法语回答:"很好!谢谢!"这个回答的发音非常标准,这个人就是杨阮柳。从此,好学的晓玲和杨阮柳便结成了亲密的师生关系。

眼下收发室里的信,被神不知鬼不觉地取走了。而刚才小王在电话中告诉他说,在此时间内,杨阮柳一直在病床上睡觉,一步也没离开过病房。

郑学智反复思忖:这信是被谁拿走的呢?

这时,那个年轻助手已用吉普车把张小龙接来了,郑学智上了吉普,吩咐开到二〇三医院,值班护士告诉他,欧阳春仍然处在昏迷状态中。

郑学智轻轻推开病房的门,和张小龙轻手轻脚地走到欧阳春的床前。张小龙对欧阳春从头到脚细细辨认了一会,然后与郑学智交换了一下眼色,又轻手轻脚地退出病房。

郑学智问:"小龙,你看清了没有,是那个女人吗?"

张小龙肯定地说:"不是。"

"那天在火车站候车室里,你不是说她就是那个女人吗?"

张小龙眨了眨眼睛,说:"远看很像,今天仔细看,那女人的指甲是红的。"

"就这一点儿不同吗?"

"不!"张小龙伸出自己的手,活动着中指和食指,说,"那女人的左手两个指头都被烟熏得焦黄焦黄的哩。"

"你还能找出别的根据吗?"

张小龙想了想,说:"她的小指缺了一小节,那个女人的手指可是好好的。"

郑学智满意地点了点头,心想:敌人化装时忽略了这些细节,却没有逃过这孩子的眼睛。但他觉得欧阳春身上的种种谜团仍未解开。她去火车站的留言板上取情报,又到指定的地点取货,这些敌特活动如何解释呢?郑学智思考了一会,决定派苏静扮成护士接近欧阳春,摸清底细。

苏静来到医院,在欧阳春清醒后,很快就和她相处得很好了。有一天,苏静削好一只苹果递给欧阳春,随便问道:"欧阳,你对这次车祸事件有什么想法?准备对司机追究责任吗?"

欧阳春气愤地说:"撞我的那个司机一定是纠缠我的那个流氓,他是故意撞我的。我要向公安局控告他!"

苏静两眼盯着欧阳春,直截了当地说:"不仅是故意,而且这是一起有预谋的杀人灭口的政治案件。"

听了苏静的话,欧阳春吓得手里的苹果"啪"掉在床上,瞪着吃惊的眼睛望着苏静。苏静拉起欧阳春的手,温和地问:"欧阳,告诉我,是谁让你到火车站留言板上去取信,到另外一个地方去取那个红色人造革手提包的?"

欧阳春回答:"是李倩大姐给我打的电话,她说外地有个朋友托列车员给她捎来了学习材料,因停车时间短,列车员没法亲自送来,就把取东西的地址写在便条上,贴在车站留言板上。李大姐求我替她办这件事。"

苏静又问:"电话是李大夫亲自给你打的吗?"

"不是,是她们的值班护士。她在电话中说,李大夫在处理一个难产病人,脱不开身。"

"什么时间?"

"十日早晨。"

苏静把这一情况立即向郑学智作了汇报。

郑学智拿出一份小王写的监视记录,说:"小王从医护人员那里了解到,杨阮柳七月九日病情明显好转,十日上午,医务人员全在大礼堂听报告,病房只留了一名护士值班。在有人冒充值班护士给欧阳春打电话的这段时间里,值班护士上厕所去了。当她从厕所回来时,看见杨阮柳从医护值班室走出来。因为病人到值班室找医生护士是常事,所以值班护士也没注意。由此看来,冒充值班护士给欧阳春打电话的人,无疑是杨阮柳了。而且我到医院总机查询过,这段时间确实有人从妇产科往外挂过电话。"

郑学智说完后,又思考起来:看来打电话的人有了着落,但那封信又是谁拿的呢?那鬼魂又是谁呢?难道是杨阮柳吗?

梦幻泡影

就在这天,晓玲又给她姑妈送午饭来了。这个天真的姑娘放下饭盒,就一阵风似的来到杨阮柳的病房。

杨阮柳拉着晓玲的手说:"晓玲,我就要出院了。来,我给你讲最后的一课。"

晓玲依恋地说:"咱俩以后还能见面吗?"

杨阮柳深情地说:"晓玲,我忘不了李大夫救命之恩,一定常去看望你们。"说着,摘下自己腕上的电子手表,递给晓玲说,"这块电子手表是最新产品,咱俩交换一下做个纪念吧!"晓玲立即高兴地和杨阮柳交换了。

第二天,一位典型香港装束的阔太太,租了辆轿车来到华侨旅社,把护照交给女服务员,只见上面写着:"李丽娜,女,37岁,香港红玫瑰歌舞团导演。"在事由一栏中写着:"探亲、观光。"女服务员等她填写好登记卡片后,就陪她到七楼七〇三号房间。

等女服务员一走,那阔太太就反锁上门,躺到沙发上,这个阔太太就是杨阮柳。她像一具死尸一动不动地躺着,可是,她的脑袋里这时却像汹涌的波涛在急剧地活动着。她在检查自己设下的圈套是否万无一失，自己的行踪是否有失检点。她现在急于要见她的上司"鬼魂"，尽管"鬼魂"像幽灵似的跟踪着她，指挥着她，但她至今还不知道"鬼魂"是谁。

这时，杨阮柳从沙发上跳起来，摘下墨镜，抓起电话，说："请接接待室。喂，接待室吗？我是七○三号房间的旅客。请代我买张明天飞往香港的飞机票，好！谢谢！"

放下电话后，她从口袋里拿出一张今晚十一点去广州的火车软卧票，用手指弹了弹，自信地笑了。她又坐到沙发上，悠然自得地吸着香烟，怀念起新婚的丈夫里扬斯基。

两年前，杨阮柳的爸爸因"反越亲华罪"被捕之后，她也被捕。第二天，杨阮柳在一位越军少将和一名苏联盟军顾问陪同下，坐飞机来到了盟国首都。在一座银灰色拱形圆顶大厅里，"克格勃"对外谍报局局长哈罗夫少将接见了杨阮柳，还亲手给她倒了一杯冰镇柠檬汁，说："姑娘，我们不远万里把你接来，是想向你揭露一件十分不幸的事，它有关你的切身遭遇。"接着，哈巴罗夫转身从保险柜中拿出一个文件夹，对杨阮柳说，"姑娘，请你耐心地看一看这份材料。但是，请不要激动！"

杨阮柳茫然地接过文件夹，只见上面这样记载着："阮庆良，越南劳动党党员，国防军工研究所中校工程师，于一九五五年五月一日被他的华侨朋友杨思国暗杀。杨思国系中共潜伏特务，因窃取军事情报被阮庆良发现，就暗杀了阮和他的妻子。把阮的独生女儿阮柳收做养女，改名杨阮柳，继续搜集越南国防军事情报……"文件夹从杨阮柳的手中"啪"一声掉在地上，她喃喃地说："这，这怎么可能？"

哈巴罗夫微笑着，从地上捡起文件夹，用慈父般的口吻说："姑娘！我想，你对你现在的养父可能还抱有幻想。可是，姑娘！我不能不告诉你，杨思国是你的祖国最危险的敌人。他在帮助他的国家实现一个大阴谋。"哈巴罗夫歪了一下头，说，"跟我来，不幸的姑娘！"他按了一下写字台上那只银熊的前爪，墙壁上的暗门开了，哈巴罗夫领着杨阮柳走进室内。

"请坐！"哈巴罗夫打开电视，这时在屏幕上出现的影像使杨阮柳大吃一惊。她的养父杨思国坐在被审席上，低垂着头，一个戴着少校军衔的军官问道："杨思国先生，你承认你犯有间谍罪吗？"

杨阮柳听养父回答："是的。"

少校又问："你在一九五五年杀害了阮庆良夫妇吧？"

"是的。"

杨阮柳惊叫一声，便晕倒了。

第二天，杨阮柳被送到了"克格勃"办的"技术学校"。在这座学校里，由一个乌克兰的美男子里扬斯基少校做杨阮柳的专职教官，杨阮柳开始接受紧张而严格的训练。

一年的艰苦训练，杨阮柳成了一个万能特务。"克格勃"间谍学校还放映各种反华影片，以此来深化杨阮柳对中华人民共和国的仇恨，使她成为一个顽固的复仇主义者。

随着时间的流逝，这位印度支那女郎在里扬斯基巧妙安排的圈套中，投入了他的情网和怀抱。在杨阮柳被派往中国执行任务之前，由哈巴罗夫局长批准，她同里扬斯基到高加索去度了一次蜜月。蜜月旅行回来，哈巴罗夫就给她布置了"鬼魂行动计划"。

在临走之前，哈巴罗夫拿出两个筷子头大的小瓶，递给杨阮柳说："这个红色药瓶里的药片服下之后，它可以使你产生大流血、休克的流产假象；而这一个蓝色药瓶里的药片吞服后，可产生病情危急的假象。你不必担心，任何一个高明医生也不会揭开其中之谜的。"

哈巴罗夫又从手腕上摘下一块"黑熊牌"电子手表，递给杨阮柳说："关于'鬼魂行动计划'的第一套方案，里扬斯基少校已向你详细地交代了。现在我们就来谈一谈'鬼魂行动计划'的第二套方案吧。"哈巴罗夫指着那块电子手表，说，"对它的使用，你是十分精通的。我要说明的是，'鬼魂行动计划'第一套方案如果简称之为'偷'，那么，第二套方案便称之为'炸'。我是说，非在万不得已的时候，特别是在没有得到你的上级——'鬼魂'通知之前,是不准使用第二套方案的,这是纪律。"哈巴罗夫眼睛里闪着阴森的蓝光,盯视着杨阮柳。

杨阮柳问:"就我一个人去吗?"

哈巴罗夫点燃了一支雪茄,吸了一口说:"中国有句军事术语,叫做'攻其不备'。我们在那里收买了几个大盗窃犯,中国的公安机关认为这些人都在他们的掌握之中,外国间谍机关是不会利用他们的,我们就来个反其道而行之。"哈巴罗夫奸笑了两声,又一本正经地说,"为了你的安全,我们给你选择了一个瞎老头作为你的隐身草。你们乃是父女关系,是被越方驱赶出境的华侨。如何行动,里扬斯基会向你具体交代。那边,我们的人为了迎接你,整整做了两年的准备工作。他们选择了一位同你如双胞胎一样的杂技演员作为你的替身。"

服务员的敲门声,打断了杨阮柳的回忆。她接过女服务员送来的飞机票,心想:九点钟,独眼龙和他驾驶的汽车将在七〇七研究所门前爆炸,而晓玲手腕上那块电子表也将送张教授全家上西天了。等中国公安机关按照我订购飞机票的时间来抓我时,我已和我的里扬斯基久别重逢了。她看了一眼电子手表,正好八点三十分。杨阮柳抓起电话说:"要外线,请接66674号……喂,张教授家吗?你是晓玲吧?李大夫和张教授都在家吗?看电视呐,祝他们晚安!"她望了一眼表盘上的跳动着的秒针,又拖延着时间,问:"电子手表走得准吗?"晓玲那边回答说:"我午睡醒来,表就停了,大概睡梦中给摔坏了。"杨阮柳大惊失色,但故作镇静地说:"我倒忘了,表该换电池了,明天你来这里,我给你换上。"警犬般的嗅觉,使得这个女特务预感到事情不妙,她决定马上离开这里。

预定的时间到了,"鬼魂"仍未出现,杨阮柳觉得不能等了。她从化妆盒里拿出一个钢卷尺似的小圆盒,从里面拉出特制钢条,轻轻地推开窗户,向下看了看,巨大的榕树遮住月光,四周一片寂静。杨阮柳迅速地把钢条一端挂在窗档上,又把小圆盒挂在腰带上,跳上窗台,滑到楼下。双脚落地后,四处看看,又侧耳听听,周围没有一点可疑的动静。她从后角门溜出华侨旅社的大院，蹲在墙根下，望着前面的停车场。十分钟后，一辆轿车停下了，司机下车后关上车门，就向华侨旅社大楼走去。杨阮柳飞快地来到轿车前，用万能钥匙打开车门，钻了进去，脚踩油门刚要启动，一支枪管顶在她的后背上。身后传来苏静的命令："不准动！举起手来！"

杨阮柳知道，反抗和逃跑都不可能了，只能乖乖地戴上了手铐。当这个女特务被押上街口另一辆汽车时，见那个瞎老头也坐在车上。她吃了一惊，心想：一定是这个老东西向公安机关告发了自己。暗恨哈巴罗夫选了个不可靠的人，自己的行动一定让这个瞎驴发现了。

一辆吉普车"嘎吱"一声停住，郑学智、方局长和一位医生押着独眼龙从吉普车里下来，登上了"面包车"。

郑学智向瞎老头严厉地说："别演戏了，鬼魂！"说着，上前夺下瞎老头的手杖，从里面卸下"克格勃"特工技术局制造的小型电气望远镜，又问瞎老头，"你在五小时前，拍摄七〇七所的技术资料放在什么地方？"

"鬼魂"知道大势已去，但仍一言不发。

杨阮柳暗暗吃惊：原来暗中指挥着自己行动的就是他呀！

郑学智转身对同来的医生说："医生，请你揭开庐山真面目吧！"医生拿出一把小镊子，从瞎老头的两只眼睛里，各揭下一层薄膜，说："这是人造的玻璃体假巩膜，扣在眼球上和瞎子一样。"

方局长说："敌人为了实现亡我之梦，真是费尽心机呀！"他又指着独眼龙说，"还有你这个从盗窃教唆犯升级到敌特帮凶的民族败类。"

郑学智接过假巩膜，说："这东西还和胶片一样，偷拍摄的七〇七所的资料都在它上面印着。"他把假巩膜放进一个小药瓶中，然后对司机说："回局！"

汽车风驰电掣般地直朝市公安局开去。

（陈玉谦　胡新化　赵炳寿）
（题图：王申生　许明耀）

夜谈·怪事
yetan guaishi

太阳下山,一切沉浸在无边夜色之中,怪异的故事悄然上演……

绝 杀

安州古来棋风盛行，无论男女老幼，谁都会来那么两着。乾隆二十四年春天，在安州城东的圣手居前是人山人海，因为在里面摆开了一场象棋擂台赛。这场棋赛，是乡党们为庆祝象三老爷子百年寿诞而举办的。最后的胜者，除奖赏千两黄金外，还将有幸与象三老爷子手谈三局。

朝廷得知此事后，派礼部官吏飞马前来祝贺，一是祝象三老爷子百岁寿诞，二是祝这次比赛圆满成功，并要求安州州府将比赛冠军送进朝廷，面见皇上。你肯定要问：这象三老爷子谁啊，咋这么大面子？象三是安州人，天资聪慧，幼年随名师学棋，到二十岁的时候，方圆数百里已经无人可敌，于是辞家远游，寻访天下高手。不出两年，象三的名字在华夏棋坛已经是无人不知、无人不晓了。康熙二十年,象三被引荐入宫,在皇宫大院里专门教那些皇子皇孙下棋,同时还代表朝廷与外邦棋手对仗。这些外邦棋手,多是顶尖好手,都想借此机会赢棋,长长本国气焰,压压大清国威风,然而在象三面前,统统"丢盔弃甲",俯首认输。于是象三更加声名远震,连康熙爷都敬他三分,敕封他为"天下第一棋",官拜三品,并为他在安州老家赐建圣手居。

乾隆四年秋天,棋艺如日中天的象三老爷子不知为何,突然告老还乡。更怪的是,告老还乡的象三老爷子,从此连棋子都不再碰一下,人们蜂拥上门请求拜师学艺,都被象三老爷子谢绝。有人千里迢迢赶来,希望能够和一代棋王手谈一局,象三老爷硬是闭门不见。逼得急了,象三老爷子传出话来,说等他百岁之时,在圣手居摆下三局,请前来挑战者回去耐心等候。所以到今天设下了这个赛台,谁不希望一睹象三老爷子重出江湖的风采呢?一时间,大江南北、长城内外,数不尽的棋坛豪杰云集到了安州城。打败象三老爷子,就意味着是新的棋王!况且还有那么优厚的奖赏,可以进宫面见皇上,有享不尽的荣华富贵……

二月初二,正是民间所说的"龙抬头"的日子,在这一日,举行了盛大的开赛仪式。先是一阵响彻云霄的礼炮,然后是安昌河里举行的龙舟竞渡,最后,安州知府大人站在高高的圣手居五楼,手执朝廷圣谕,一番诵读过后,宣布擂鼓开战,于是三通鼓响,棋赛开始。

在圣手居的一楼,八字排开八张棋案,一盘定输赢,胜者上二楼。在二楼,四张棋案呈一字摆开,依旧是一盘分胜负,胜者上三楼。三楼,两张棋案决胜负,胜者上四楼。四楼,就一张案子了,最后胜出者,登五楼。在五楼者,自然是擂主了,接受后来者挑战,三盘分高低,胜者,留守擂台,负者,下楼回家。

开赛第七日,来自河南陈州的萧六郎连战连胜,登上了圣手居五楼。这萧六郎年纪在五十上下,一袭黑衣,长须飘逸,一副仙风道骨模样。此人棋风凌厉逼人,那棋法着数古怪异常,都是大家闻所未闻、见所未见的。

连日来,还不曾有过谁与萧六郎交了五十手的,往往是在四十回合的时候,就不得不推盘认输。萧六郎端坐擂台,取出随身带的一副棋子,在楚河汉界两边布置开来。这棋子分黑、红两色,宛如羊脂做的一般,光滑圆润,透着一股异香,闻一闻,顿时叫人神清气爽。好棋啊!天下竟有如此宝贝?

来自江东的棋王司马先生成为攻擂第一人,刚一入室,就被面前的棋子惊呆了。

萧六郎伸手做了个"请"的姿势,冷冷地说:"你如果赢了,这棋就输给你!"

江东司马"嘿嘿"一笑,取下身上的棋袋,随手抛进窗外的安昌河里。

第一局,江东司马执红先行。棋赛规定,黑棋为主,红棋为客,擂主守黑棋,如果输了,就执红棋,反主为客。

"这真是罕见的宝物啊!"江东司马不由赞叹道。那棋落子的声音清脆响亮,随棋势的轻重缓急而音色不一。开局棋势缓和时,其声悠扬,似玑珠落盘;倘若中局搏杀激烈,则似暴风骤雨;到残局胜负将分时,自然是凄然悲怆了。

第一局,江东司马推盘认输。第二局,江东司马使出浑身解数,从晌午直到掌灯时分,往来三百多个回合,一身大汗淋漓,才逼得萧六郎敲子认输。第三局,双方互换位置,江东司马守黑棋,萧六郎提"卒"上河,江东司马思量再三,飞了一"象"。这一局棋,竟然下了一夜。

到第二日凌晨,安州百姓看见江东司马失魂落魄地走出圣手居,摇摇晃晃走上街头,刚到客栈门口,就一口鲜血喷涌而出,倒地身亡。

这一日登擂的是河北号称神算子的陈子阳,三局两负。黄昏时刻,陈子阳摇头叹息着走出了圣手居,第二天,客栈伙计发现他已经倒毙在床上。

第三日登擂的是有"天下第一快手"之称的江南先生。江南先生擅长快棋,三炷香的工夫,三局棋,一胜两负。

江南先生走到大街上,仰天长叹道:"赢得艰难痛苦,输得稀里糊涂。我江南从此不再摸棋了!"话音未落,就口吐鲜血,一命归西……

一连七天,竟死了五名顶尖的象棋高手,百姓惊慌,棋手惶恐。官府也被惊动了,派人细查,竟然查不出任何死因。

最后,安州知府亲自带人登上圣手居五楼,只见萧六郎端坐棋案前,双目微闭,正在调息养气,等待人来攻擂。

知府问:"本官可不可旁观?"

萧六郎欠欠身,答道:"大人请随便。"

这一日攻擂的是山西五台山的三德和尚,两人一来一往,知府连眼睛都不敢眨一下,却并未看出任何端倪。但是三德和尚刚走出圣手居,就扑地而亡了。

知府大惊失色,忙叫衙役将萧六郎拿下,喝问道:"你这妖人,究竟使的什么妖术夺人性命?提回衙门受审!"

萧六郎对知府施了一礼,说道:"大人且慢,我不过是一个棋手,哪里会什么妖术。这象棋之道,贵在看得开,看得开,就棋占一着先。那些死了的,全都是看不开的人,他们的眼里只有功名,心里装的全是利禄,下棋时,心浮气躁,输棋后,妒火攻心,再加上应对时已经殚精竭虑,哪有不死之理!他们都是死在自己的贪欲里,我不过是给他们摆了一个绝杀的局子。"

知府听了这话,半信半疑,沉吟良久。萧六郎接着说道:"死了这么多人,我也是有口难辩,何况官府历来都是欲加之罪,何患无辞。此番大赛,我肯定是荣登冠军无疑,只是指望请来象三老爷子,与他手谈三局后,任凭你治我什么罪,就算砍头,我也无怨!"

就在此时,门口传来一个苍老的声音:"不用请,我来了。"原来象三老爷子已经登上五楼,站在了门口。

闻听象三老爷子将与萧六郎对战,安州百姓和那些棋手将圣手居围了个水泄不通,安州城被火把灯笼映照得犹如白昼。

象三老爷子入座后,淡淡地对萧六郎说:"左手为主,右手为客,我如若守擂,就用左手下黑棋,如若攻擂,就用右手下红棋!"

听得此言,萧六郎突然浑身发抖,面如死灰,泪如泉涌。在旁观战的知府发现事情蹊跷,连忙上前询问。

只听象三老爷子长叹一声,对萧六郎道:"这么多年,我一直心神不宁,寝食难安,我就知道你肯定会来的,但是没有想到会殃及这么多无辜!"说着,他慢慢地讲述了一段往事。

那是乾隆四年春天,象三还在皇宫的时候,接到一个叫无心道人的拜帖,此人声称独步天下未曾遇到一个敌手,愿以一命和象三赌一局,如果象三不应战,他就在午门剖腹自杀,并且死前要大叫三声"象三伪君子",大骂三声"象三胆小鬼"。象三没有办法,只得应战。

两人选了一处僻静地方,摆下一局棋,赌注是双方的性命。这无心道人不愧为好手,一局棋,下了三天三夜。可是,拼杀到最后,无心道人除一老"帅",已无兵可用,而象三还余有一"马",一马定杀。

象三说:"你可不可以不死?"

无心道人惨淡一笑,道:"摸子动子,棋道贵在行必果,你小瞧我了。"说完,抽出刀来,插进自己的肚子里。

死前,无心道人对象三说:"我死后,将会有人来找你报仇。你必须得死,死在棋上!"

说到这里,象三不由老泪纵横,用手点着萧六郎道:"没想到为了杀我,你竟然想出如此歹毒的办法来!"知府不解,询问究竟。

象三解释道:"这红、黑两色棋子,是分别用两种药水浸泡过的,这两种药水混在一起,就成了剧毒,无色无味,无知无觉。下棋之人,多习惯用一只手,胜则执黑,输则执红,那泡在棋上的药水沾在这一只手上,就和成了剧毒,慢慢浸入心脾,发作后立即毙命。大人有没有发现,这些天登擂向萧六郎挑战者,一共十人,死了六人,还有四人安然无恙?这四人都是三局败北的,也就是说他们三局都是执红棋,如果他们赢了一局,动了那黑棋,也会像那六人一样,必死无疑!而他——"象三老爷子指着萧六郎说道,"每次都是分手执棋,黑棋用一只手,红棋用另一只手。"

对面的萧六郎听到这里,发出一声惨笑:"想不到象三果然厉害,我愧对家父了,没有本事杀你!"说罢,不等众人反应过来,他拿起棋盘上的红"帅"

和黑"将",放进嘴里生生地吞了下去,然后摇摇晃晃走出圣手居,脚刚迈出门槛,就倒下了,众人上前一看,已经气绝身亡。

这天晚上,象三老爷子一个人住在圣手居里。半夜,他点燃一把大火,将自己和这座皇帝敕建的名楼,化为了灰烬。安州人至今说起,依然叹息不止,不知是为那楼,还是为象三老爷子,或者是为那无辜的六条人命……

(安昌河)

(题图:黄全昌)

法场怪事

这是伪满时期，发生在辽南的一件怪事。

阎大头从二十二岁开始做刀斧手，做到四十四岁了，还舍不得撇开老行当。二十九年下来，他把该砍不该砍的脑袋砍掉不计其数，错杀多少与他无干系，杀令一下，他不动家什能行吗？

说起来，阎大头也是苦出身，自小没有父母，是姐姐辛辛苦苦把他拉扯成人，又是姐姐跑里颠外给他说上媳妇的。姐姐看他有了贴心人，这才把自己嫁了出去。对于阎大头，姐姐的恩情重于父母，所以他把姐姐的儿子当作自己儿子待，有一口好吃的都填进外甥嘴里。外甥也乖巧，舅舅家劈柴、打水、推碾拉磨之类的碎活，得便就帮着干，舅舅没有白疼白爱他。

可就是这么个心肝宝贝，十七岁这年为一口窝囊气跟人动了武力，一铁锹铲去揭掉个天灵盖，犯了人命案，被打入死囚牢。姐姐鼻涕一把、泪一把地找上弟弟，求他想个法子救救儿子的命。

阎大头虽说是衙门里的人，却管不了衙门里的事，职贱位卑呀，管得了的只有自家手里的那把鬼头刀。他想了想，对姐姐说："这次处斩的人不下三十个，人多难免乱，一乱就有机可乘。别的死犯咱不管，单'杀'外甥这点事还办得到。刀刃不朝下不是割不下脑袋吗？咱不妨来个刀背朝下。可有一宗，待刀背在脖梗上一去一回拉完一个来回，外甥必须立即往前蹿，早了、迟了都会露破绽。前头便是堆尸倒的黄泥坑，蹿进堆尸倒里那么一猫，瞅个什么空子还逃不出去？"

姐姐觉得这办法行得通，便借着探监的机会，把这个安排从头至尾讲给儿子听，叫儿子千万记在心里，别误了大事情。儿子也认了真，牢子不在身边的时候，便一遍遍跪曲双腿，运足气力，演习生命攸关的那一蹿。

到了执刑的那日里，杀人场上果然横着跪起老长一排死囚犯。一人身边守候着一个刽子手。外甥斜一下眼，见守候在身边的正是舅舅，心里托起好大个底。为防万一，又小声问了舅舅："妈妈说的可都准？"

舅舅低声回了个"准"字。

这阵子里，阎大头别的都不去想，只想刀刃朝上还是朝下；别的都不去看，只看刀背朝下还是朝上。他想着看着，看着想着，不知不觉乱了脑子花了眼，待追魂炮声一响，只知道习惯地把刀往前一推，再往回一拉，都早忘记应该刀背朝下刀刃朝上了。他脑子里乱哄哄的，也不敢看一眼刀下外甥身首分离没分离，转身飞步离开了杀场。

阎大头不知外甥死去还是活着，心里总梗着块病疙瘩，回到家兀自一人喝闷酒。

几大杯下肚，忽听外面响起"砰砰砰"的敲门声，这个杀过多少脑袋都不曾眨一下眼的人冷不丁打起了哆嗦。他心想：若是外甥活着，这门怕是捕快敲起的，要咱命来了；若是外甥死了，这门怕是姐姐敲起的，算咱账来了。

随着门扇"吱呀"一声响，谁知进来的既不是捕快也不是姐姐，而是活生生的外甥。

只见外甥猫儿悄儿地靠上前来,气喘吁吁地一边哭一边说:"舅啊,外甥遵照您的叮咛逃出黄泥坑,逃进老林里,正想远走高飞,忽然想起此一去不知今生今世能不能再见到舅舅一面,这救命之恩没法补报怎么能行,就转了回来,外甥给舅舅磕个头吧。"

外甥说着便跪下去,声泪俱下地磕起头来,一个,二个,三个。第三个头磕下去,却没抬起来。

没了哭声,断了泪流,舅舅怕外甥拖延久了被捕快追来再丢了命,便上前扶了一把,催他快逃。谁知这一把没把人扶起,倒把个脑袋从脖梗上"吧嗒"一下齐刷刷地掰了下来,鲜血"咕嘟咕嘟"冒了他一身。

原来刚才杀场上阎大头的那一刀,竟是刃口朝下使的劲。

被割掉的脑袋,竟然能留在脖梗上那么久的时间,办完那么多的事情?

阎大头眼见那颗脑袋在地面上悠啊悠啊地转,觉得比来了捕快更可怕,比来了姐姐更揪心,一屁股坐下去,再也没起来。

(白清桂)
(题图:周志武)

1排18号

德泰大戏院建于民国15年,是安平镇唯一的一家戏院。

一九四〇年冬的一天晚上,戏院上演京剧《三岔口》,大汉奸何金宝带着手下人来看戏,位于前排正中的1排18号是整个戏院里最舒适的位子,自然归他坐。可谁知戏演到中途,台上一个演员突然手一扬,就见一道白光闪过,一把尖刀直直插进何金宝的胸口,这个大汉奸顷刻之间便命归黄泉。

八年之后,大概是一九四九年初,一位国民党军队的团长,好不容易打了场小胜仗,洋洋得意之余,来戏院看戏,指明要坐最好的位子,那自然就是这1排18号了。那天演的也是《三岔口》,可是戏演到一半的时候,不知从哪里飞来一颗子弹,正中这个团长的脑门,当即让他一命归西。

这一来,那些来看戏的人就谁也不敢再坐这1排18号的位子了。

后来解放了,镇上有个外出好多年的人突然衣锦荣归,回来后的当天晚上兴冲冲到德泰大戏院看戏,一看1排18号这么好的位子没人坐,一屁股就坐了上去。谁知戏还没演到一半,就见他突然莫名其妙地倒在了座位上,再也没有起来。

消息传开,从此以后,德泰大戏院1排18号这张座位票,就再也卖不出去了。

又过了几年,戏院公私合营了,不知是谁出的主意,索性把1排18号这个座位给拆了,于是1排16号和20号之间,就留下了一个空空的位置。

一直到"文革"开始,德泰大戏院改名为朝阳影剧院,革委会主任说要破除迷信,叫人在这个空位置上安了一张有靠背的软椅。椅子是安了,但没人敢坐。革委会主任心想:我把一镇子的牛鬼蛇神都打倒了,还怕坐这个位子?那晚演的是样板戏,革委会主任大摇大摆地坐在软椅上,正看得摇头晃脑,突然座位上方一盏大灯掉下来,不偏不倚正好砸在他的头上,当即一命呜呼。

这个主任其实在"文革"中干尽了坏事,所以安平镇上的人一听他被砸死了,都在心里暗暗叫好。但毕竟这事儿有点神秘,所以以后若不是十分拥挤,这1排18号的位子还是没有人愿意去坐,甚至连两旁16号和20号的座位票,都不太能卖得出去。

剧院卖票的,是一个叫王三大的人,他就特意把1排18号座位票撕掉,看客不多时,16号和20号的票也干脆不卖。若干年之后,进入了二十一世纪。

这时候,影剧院里的工作人员已经换了一拨又一拨,只有卖票的王三大,从二十岁一直做到了六十五岁,仍坚守在岗位上,不过他已经不再卖票了,剧院经理让他平时帮着验验票。而此时,关于1排18号的传闻,早就淡出了人们的记忆,只是因为历任经理都害怕再出事,所以这张座位票,剧院依然不卖。

这天晚上,天上飘着小雨,来剧院看电影的人不多,王三大像往常一样帮着验票。忽然，他发现一位长得挺秀气的小伙子递给他验的票，座位号竟然是1排18号。他不由倒吸一口冷气，哆嗦着嘴唇，一脸狐疑地看着他。

小伙子笑呵呵地问他："老伯，电影票有问题？"

"没、没问题。"王三大撕下票的副券，想了想，说，"你别坐这位子，另外找个位子坐，好不好？"

小伙子一愣："为什么？18号，多吉利的数字呀！"

王三大张了张嘴，不知怎么回答他。

小伙子见他没说什么，于是就走进了影剧院。

王三大觉得很奇怪：怎么今天会把1排18号这张票卖出去了？电影放映才几分钟，王三大就来到前台，悄悄掀开幕帘，借着亮光朝1排18号看去。这一看不打紧，王三大紧张得嘴都合不拢了：那小伙子不知从哪儿弄来一块木板，搁在1排16号和20号之间，他就坐在木板上，正看得津津有味。王三大看了一会，没再发现有什么异常情况，只好悄悄退了下去。可他老心神不定，过了一会儿，又悄悄到前台，掀开幕帘看。电影放映不到一个小时，他来来回回跑了无数次。也是巧合，电影放到这里，这时的情节也是主人公在看戏，戏台上演的居然就是《三岔口》。王三大再也忍不住了，一把掀开幕帘，从前台跳下来，朝坐在1排18号的小伙子奔过来，一边奔一边喊："快，快起来，别坐这位子！"可是，还没等他奔到那小伙子跟前，小伙子突然"啊"叫了一声，两眼翻白，往一边倒去。

场子里的人都被这突如其来的一幕惊呆了，放映员立即关了机器，灯也全打开了，影院经理拿出手机就要报警。

王三大一把拉住经理："别报警！"

经理大惑不解地看着王三大。只见王三大目光呆滞，嚅动着双唇，不停地说："怎么会这样？怎么会这样？他不该死，现在不该死人的！"

经理觉得很奇怪："老王，你这话什么意思？"

王三大深深地叹了口气，说："经理，今天我走到头了，我无脸见我九泉之下的父亲啊！"

经理听得一头雾水，大声喝道："老王，你瞎搅和什么？这到底是怎么回事？"

只见王三大突然喊了一声："这小伙子死了，我把一条老命赔给他吧！"他边说边猛地一头朝场子里的一根柱子撞去。

周围人全都愣住了。说时迟、那时快，那位已经倒在椅子上的小伙子，这时却突然一个挺身蹿过去，一把抱住王三大，说："我没死，你也不能死！"

王三大惊恐地转过头，瞪着小伙子，站在一旁的剧院经理含笑朝他点了点头。

王三大弄不明白了：这到底是怎么回事啊？经理不好意思地对王三大解释说："这位小伙子是档案馆新调来的工作人员，他对我们影剧院长期以来发生在1排18号座位上的凶案十分好奇，很想探个究竟，所以故意让我卖给他1排18号的座位票，没想让你受惊……"

经理要向王三大和全场观众道歉，可他话还没出口，王三大却激动地说："经理，我……我实说了吧！不是我受惊，而是凡坐1排18号这个位子的人，都可能死！"

他转过头，对小伙子说："你既然是搞档案的，那你应该知道，死在这个座位上的是些什么人，那都是些坏透了的人。大汉奸何金宝和那个国民党团长自不必说了，刚解放时死的那个人，他离开安平镇好多年干什么去了？他是在外面当土匪，手上全是老百姓的血……"

小伙子一边听一边点头。他说，他调查1排18号悬案已经好长时间了，可一直没有理出头绪。后来他想，说不定现在仍有与悬案相关或知情的人，会跟这个影剧院有关系，于是就说服影剧院经理，故意去坐那个位子，看会不会有什么奇特的事情发生，从而寻找出解开悬案的蛛丝马迹。果然，他发现王三大不时躲在幕后观察自己，心里不由暗喜，但他不露声色。直到王三大喊着向自己跑来时，他突然灵机一动，假装昏了过去，目的就是想看看王三大接下来还会干什么。

小伙子问王三大："老伯，你能告诉我那些人究竟是怎么死的吗？"

王三大沉思半晌,说:"我……我都说了吧!我们镇子30年代出过一个杀富济贫的组织,人很少,我父亲也是其中之一。他们都是穷人,因为受尽了苦,所以发誓要为穷人'除霸平天下'。不过,他们采取的都是极端的做法。一个偶然的机会,他们发现但凡要除的对象,都喜欢看戏,而且只要进'德泰',总要坐最好的位子,自然就是这个1排18号了。所以,我父亲就给组织里的人定下一条:只要是坐1排18号的,谁有机会都可以动手将他除了。何金宝和那个国民党团长,都是组织里的人下的手;至于那个土匪,是我父亲在他喝的茶里下了毒。后来,解放了,天下太平了,这规矩也就废了,组织也随之解散了。可不知怎么,到'文革'时,又有人对那个革委会主任下了手,虽说这家伙当时作恶多端,可我父亲知道这消息后,还是好几夜没睡好觉,他觉得当时再怎么说也是共产党的天下,这种事不能再做了……父亲临死前,把这些秘密都告诉了我。他说,他也不知道这事是谁干的,组织里还剩什么人;但这种法外杀人的事,哪怕有天大的理由,今后也坚决不能再做了。他要我一定要设法制止。所以今天,我看到你坐上这个位子,吓坏了,真担心会有人对你下手……"

(刘建东)

(题图:杨天佑)

猎人借宿

方家村有户人家,女主人叫方大嫂,她的丈夫叫方大兴,两人有一个不满周岁的孩子,一家人住在村西的小山下。

一天傍晚,方家村的大队会计急急忙忙跑来对方大嫂说:"刚才县人民医院来电话,说你娘得了急病,住在内科病房七十一床,叫你快去。"一听娘生病,方大嫂的心里当然着急,可是怀里有个吃奶的孩子,眼看又起风下雨了,这黑灯瞎火的,一个单身女人咋能赶夜路呀?还是让丈夫前去探望吧。丈夫一走,方大嫂把东西收拾了一下,就哄着孩子睡下了。

谁知躺下不久,就听到"笃笃"敲门声。方大嫂想:这时候,谁来敲门呢?丈夫也不会这么快就回来呀?她马上起床,点上灯,拉开大门一看,心里倏地一惊,只见站在门前的是个满脸胡茬的老汉。

没等方大嫂开口,老汉抢先说:"大嫂,这是方大兴的家吗?"

"是啊。"方大嫂顺口答道。听口音,老人不是当地人,看他急匆匆的样子,可能找大兴有急事。方大嫂就说,"外边太冷,快到屋里说吧。"

老人也不推让,走进堂屋,脱下雨衣,肩上露出一支猎枪。

方大嫂问:"老人家,你跟大兴认识?"

老人低着头说:"不,我是打猎的,在山里跑了一天,刚才又在山上设了夹子,怕被人捡走,准备明天一早去收拾,今晚想在这里借个宿。"

方大嫂一听,心里犯难了:丈夫不在家,怎么好让陌生男人住宿呢?但她还是和气地说:"大爷,这里实在不方便,请你到前面大村子里找个人家住吧。"

老猎人听了脸上露出难色,嘴里吞吞吐吐地说:"大嫂……我……我就住在貂棚里吧,要是貂棚里也不方便,那就让我在大门外蹲一夜。"

方大嫂看了看这个打猎老汉,心里就有点犯疑了,她想:这儿是座荒山,没有什么野物,白天都没人,夜晚怎么突然冒出个猎人来?这老汉说话吞吞吐吐,问他是哪个村,叫啥名字也不讲。而且他为什么不敢到前面大村子里去住?难道是怕人?那么,他又为什么怕人呢?这时候,她猛地想起上午从银行提回的五百块钱,难道这钱被坏人看到了?幸好钱已经送到信用社去了。想到这里,她心里又稍微踏实一点。但是,面前这老猎人非要在这里借宿,该怎么办呢?

方大嫂思索了一会,心里有了主意,仍旧平和地说:"老人家,这大冷天怎能蹲在外面过夜呢?这样吧,咱西屋正空着……"

猎人听了,大喜过望,他连忙跟着方大嫂进了西屋。方大嫂顺手"啪哒"把门锁上了。她想:这屋四周墙壁都是用石块垒的,窗棂子又焊了钢条,进去了,看你还能出来胡作非为!她又悄悄地在外面站了一会,见没啥动静,这才蹑手蹑脚地回东屋去了。

方大嫂拿了根棍子放在床边,和衣躺在床上,静听着西屋里的动静。过了很久,没有什么响动,她神经稍稍松弛了,慢慢地便迷迷糊糊地睡着了。不知过了多久,忽然听到一阵"哗啦哗啦"的响声,接着又是"吱——"一声,她惊得猛地翻身坐起,急忙点亮蜡烛,抬头一看,吓得她"啊呀"一声,几乎昏了过去。原来，在她床前站着一高一矮两个怪物，只见那两个怪物浑身墨黑，只露出鼻子和嘴巴，手中都攥着一把闪闪发光的尖刀。呀！是两个蒙面强盗。

只听那高个儿低声威胁说："把钱交出来！"

不等方大嫂回答，矮个儿紧接着一句："上午提的，五百元，我亲眼见到的。"

那高个儿说着，又把刀子在她面前一晃："要钱，要命？说！"

方大嫂心里紧张极了。听声音，她断定这是两个年轻人；口音和晚上来借宿的老猎人有些相似。方大嫂一想到他们可能是串通好的同伙，便担心地向西屋里瞄了一眼。

方大嫂这一看，被矮个儿觉察到了。他以为钱一定藏在西屋里，于是，就朝高个儿使了个眼色，逼着方大嫂去开西屋门。

方大嫂颤颤抖抖地走过去开了锁，那高个儿见方大嫂迟迟疑疑不敢进去，抬起一脚，"忽隆"一声，把门踢开，冲了进去。这时，屋里的老猎人突然跳了起来，大吼一声："跪下！"

这声音如同晴空响了一个炸雷，两个蒙面人顿时愣住了。他们万万没有想到里边还锁了个人。在他们还没清醒过来时，一支黑洞洞的猎枪枪口就对准了他们，矮个儿眼睛往外一斜，想溜。只听老猎人威严地喝道："谁跑？我就开枪！"

这时，方大嫂如梦初醒，慌忙捡起一根木棍，摸了一只铜盆，奔到门外，拼命地敲起来。边敲边喊："抓强盗，抓强盗！"她喊了几声，又怕老猎人对付不了他们，就找了一把斧头堵在门口。

这时，只见那老人两眼喷火，满脸怒气。那高个儿双腿发抖，两眼惶惶，突然"扑通"跪下，喊了声："爸爸——饶了我吧！"

他这一声喊，可把方大嫂搞迷糊了。前村的群众听到"抓强盗"的叫唤，也先后赶到了。他们帮着老人把两个蒙面人捆了起来。这时，方大嫂惊奇地问老人："这究竟是咋回事？"

原来，这位老人家住陈家湖，大家叫他许老头。这高个儿蒙面人就是他的独生儿子许地生。许地生高考落榜后，不肯踏踏实实地种地，一天到晚东游西荡，跟一些不三不四的人往来，渐渐走上歪道。老人虽多次教育，他都当作耳边风，可把老人气坏了。

一天在大集上，许老头发现儿子在同一个不相识的人说话，但他们所说的却是别人不懂的黑话。他见儿子和偷盗集团勾搭上了，愁得揪心痛。他想找儿子谈谈，儿子根本不照面。他想：贼无赃，硬似钢，不抓到真凭实据，他哪会认账？于是，许老头下定决心，暗暗监视儿子的活动。

昨天下午，许老头见儿子一个人关在房间里画呀，画呀，先画了一个箭头，再画一个大方框，然后在西边加上一个小方框。许老头想：这可能又是他们的暗记。一会儿，儿子骑了车子出了门，许老头立即跟踪追上，见儿子进了邮局，挂了个电话。许老头一听，儿子这电话是挂到方家村的，说是方大兴的妻子方大嫂母亲病危住院了。许老头想：我家根本没有亲戚朋友在方家村呀，看来这小子一定又在搞啥鬼！他又联想起儿子刚才画的那大方框、小方块，顿时明白了：儿子要进行犯罪活动了。于是，他赶回家里，背上猎枪，冒着风雨奔到方大兴家。为了不打草惊蛇，在方大嫂询问时，他就没讲出自己的住处、姓名，只是再三要求借宿在方大嫂家。

这时，方大嫂激动地对许老头说："你老人家受委屈了！"

许老头说："孩子给我丢了脸，我让你受惊了。"许老头说完，押着儿子走出门去。

（李学广）

（题图：谌孝安）

火车司机的爱

　　火车司机陈星是个人见人爱的小伙子,不但人长得精神,技术更是一流,就连老司机们都不得不跷起大拇指,赞一声"行!"

　　陈星有个妹妹叫小莲,是他妈从外面捡来的孩子,和他一般大小。如今,小莲也出落成一个亭亭玉立的大姑娘,可她的心智却只相当于一个五六岁的孩子。陈星妈很疼爱小莲,而陈星也打定主意,将来要接替母亲照顾小莲一生。

　　这天陈星刚上班,老主任便找到他,严肃地说:"南方水灾,有一列救灾物资要运过去,刻不容缓,现在正是暑期运输紧张时期,所有的机车都在线路上,只有60606号机车了,你上!"

60606号机车,那可是辆"名车",为什么呢?这辆车三年前出过一次事故,此后每年的八月二十五号晚上十点,都会出现问题。司机们都怕了它,私下里说:这车,哼,有鬼。就因为这个,谁也不愿上这台机车。

俗话说养兵千日,用兵一时,今天正是八月二十五号,关键时刻,又赶上这车货物十分重要,老主任当然要把他手下最好的兵派上去。

陈星一听老主任这么说,立即毫不犹豫地接下了这个任务。他给家里打了个电话,就来到了这辆机车前。

60606号机车已被擦得锃光明亮,陈星仔细检查了机车,没问题。等车开动起来,他就更放心了。凭他的经验,从机车的响声、震动,以及排出烟的颜色判断,这绝对是一辆好车。于是,陈星载着货物出发了。

天渐渐黑下来了,大灯把前面的线路照得清清楚楚,火车在铁轨上飞驰。忽然,陈星发现车头玻璃窗上出现了一个白色影子,很淡,而且仅有几秒钟就消失了。陈星以为自己看花了眼,可过了一会儿,那影子又出现了,停留了几秒钟就又消失了。陈星的汗毛都竖起来了。他明白,玻璃窗上有一个影子是自己的影子,而那个白影就在自己影子的附近,这就是说,自己的身后有个人——一个穿着白色衣服的人!天哪,难道这车上真的有鬼?陈星咬咬牙,猛地回过头去,可身后什么都没有。他抹了一把脸上的冷汗,心紧张得"怦怦"直跳。

忽然,耳边响起一阵悦耳的笑声。陈星又回头,还是什么都没有,那笑声也同时消失了。"有鬼!"陈星不再怀疑同事们的议论了。不过,听到刚才的笑声,他反倒不太害怕了,因为那声音听起来俏皮又可爱。

前面是一段直路,一眼望去足可以看到五架信号机,一路绿灯。陈星检查了一遍自动监控系统,一切正常,现在可以轻松一会了。他轻轻舒了口气,自言自语道:"一个人开车真寂寞,要是有个人说话该多好啊!"

这时,身后又是一阵轻笑,陈星摇着头说:"你若是长得吓人就别出来,我是兔子胆儿,经不起吓;若是长得好看,就出来吧!"话音未落,只听身后一声轻响,陈星回头,真是一个穿着白色衣裙的姑娘站在后面。只见她眉毛弯弯，眼睛圆圆，一脸的调皮。

姑娘笑着问道："真奇怪，你竟然能看到我的影子，听到我的声音。要知道这几年，从没有人能看到我。"

姑娘的声音像银铃一样悦耳，陈星哪里还会害怕，便问她："你是谁？啥时候上来的？"

"嘻嘻，我在这车上已经三年多了，随着火车跑来跑去，每天都看司机们开车。不瞒你说，现在我都会开了。而且，我还知道很多让火车停下来的办法。"

陈星笑了："难怪，你老实交代，每年八月二十五号的机车故障是不是你捣的鬼？"

姑娘一听，撅起嘴来，但很快，又像只快活的小鸟叽叽喳喳说了起来。原来她生前是个刚参加工作的小学老师，三年前的一个晚上被这台机车撞了，此后就一直留在这台车上。

正说着，姑娘却忽然不作声了，还轻轻叹着气。陈星不禁同情地问她是怎么回事。

过了好一会儿，姑娘才开口："三年前的那个晚上，我去朋友家玩，回家时天黑了，就想走近路，没想到被一个脸上有痦子的男人盯上了。他看左右没人，就想非礼我。我拼命呼救，被一个老大爷发现了。老大爷上前制止，没想到竟被那个禽兽一棍子打死了，我没办法只能拼命地向前跑，男人就在后面追。当我跑到铁路的交叉口时，恰好这列火车开过来……"

陈星终于明白了："那时候正是晚上十点，所以你每年那个时候就让这台机车出毛病是不是？"

姑娘点点头："每年到了老人遇害的时候，我就把车停下来，也算是纪念他的一个仪式。"

陈星望着她，说："你知道今天这列车上装的是什么吗？"

"知道，"姑娘点点头，"你刚刚上车的时候，我就知道了。该是我离开的时候了，我不能再影响这列车的运行了，毕竟那么多灾民在等着这些药品和物资呢。"

陈星点点头,但想到姑娘马上要离开,竟有些不舍。

终于到了分手的时候,只听姑娘轻声说:"愿灾区人民尽快摆脱困境,也愿你一生快乐平安!"说罢,便如烟如雾般慢慢消失了。

陈星也在心中默默念着:"愿你一路平安!"

第二天早上,陈星顺利归来。机车刚一停好,老主任便一溜小跑迎上来,脸上笑成了一朵花,拍着陈星的肩,不住地说"好小子"。

几天后,老主任当众宣布,任命陈星当队长。这么年轻就当队长,这在整个铁路局也是独一份哩,哪个不羡慕?大家议论着、赞叹着,整个会议室顿时热闹得像一锅煮开的粥。

老主任刚要宣布散会,有人进来报告说:昨天一列货车在运行时撞上了一个脸上有瘊子的男人,据说那男人喝得醉醺醺的,无缘无故地冲上铁路,当时就被撞飞起来。

陈星猛然想起姑娘昨天的话,他有种感觉,这个男人应该就是三年前作案的那个坏蛋。天网恢恢,恶人终有恶报!可一想到再也见不到那姑娘,陈星心中竟有些淡淡的惆怅。

下班后,陈星无精打采地回到家,刚打开门就听到屋里传出阵阵笑声。

陈星他妈见儿子回来了,一把抓住他的手,乐得合不拢嘴,说:"你可回来了,今天咱家有大喜事啦,你猜咋了?"还不等陈星说话,他妈从身后拉过小莲说:"昨晚小莲的病突然好了!"

只见小莲开心地对陈星说,"你说过要照顾我一辈子的,可要说话算话哟!"

陈星疲倦的脸上终于露出了笑容,他心里"呼"的一下像打开了一扇窗……

(杨晓军)

(题图:谭海彦)

"鬼"讨债

永福村二十五号前客堂，住了个青年叫小华，今年将要结婚。他想买只电视机，但手头紧了些，就向后客堂卖葱姜的孙老太太借二百元钱，讲好三个月内如数还清。

卖卖葱姜，本微利薄，怎么会有这么多积蓄呢？原来，她为了给远在海丰农场工作的独生女儿阿珍积一笔钞票，平时克勤克俭，一分钱也要掰成两半用，好不容易才积蓄下了二百多元。当她听说小华结婚急需要钞票，为了成人之美，特地从银行里取出二百元借给小华。

小华拿到钞票，当天就去买了电视机，晚上还请孙老太太看电视。那天晚上看的是滑稽戏，孙老太太笑得嘴巴像烧熟的蛤蜊，闭也闭不拢。

俗话讲：天有不测风云，人有旦夕祸福。孙老太太看电视时还好端端的，看完后回到后客堂，就喊脑壳痛，越痛越厉害，送到医院已不省人事。一检查，是脑溢血，到下半夜就气绝身亡了。小华见孙老太太离开人世，心里禁不住一动:借二百元钱的时候,只有我与她两个人,真所谓:天知、地知、她知、我知。现在她一死,这事只剩我一个人知道了,只要我守口如瓶,还有谁会向我讨债呢? 小华邪念迷心,决定来个闭口不谈!

再说孙老太太的女儿阿珍接到凶信,心急火燎地从海丰赶来上海奔丧。在清理亡母遗产时,发现一张存折,内存二百十五元,三天前取走了二百元。阿珍想:娘生前省吃俭用,从不肯乱花一分钱,如今取出的二百元派啥用场了呢? 添东西? 房间里没一件新家什,那么,这钱会不会还没用掉,放在什么地方呢? 阿珍翻遍所有抽屉,连枕头芯子也拆开来,还是找不到二百元现钞。她心想:娘平时热情心善,乐意助人,会不会把二百元钱借给别人了? 假如真的借了人,我女儿回来了,借债人应该主动向我打个招呼。如今不声不响,看来不是好兆头,说不定还想赖账呢!

这一天,灶间里只有阿珍和小华两个人。阿珍说:"小华,我们两家是一板之隔的老邻居。据说,我娘生前有二百元钱借给人家了,不知借给了谁,你能不能帮我打听打听? 我娘苦了一世,临死再被人家骗去二百元,她死了也口眼不闭的!"

小华一听,心头一惊:啊?! 我以为这事只有死人得知、我得知,现在看来竟还有第三个人知道! 小华想摸摸阿珍的底,就眨眨眼睛说:"阿珍,我们两家虽是一板之隔,但有关铜钿银子的事情,你娘从来不对我提起的。不过,帮你打听打听还是可以的。唉,可惜你娘死得太快,没留下片言只字的凭据,即使我帮你打听到借债的人,万一不认账,又不能叫你娘还魂转来对质的! 死无对证,要讨还这笔债,难呵!"

阿珍听完这番话,心想:完了! 看来要这二百元钱,就像到大海里捞针,没指望了。她一阵伤心,一声不吭地回后客堂去了。

老话说得好:为人不做亏心事,半夜敲门不吃惊。小华一心想赖账,被阿珍提起二百元后,心里就多了一个疙瘩。

到了孙老太太大殓的日子,小华特地请了假,买了花圈,赶到火葬场,名是"送葬",实际上是来轧苗头、摸底的。

一会儿，大殓的仪式进行到最后，轮到向遗体告别了，一班亲友与阿珍都扑到孙老太太的遗体上痛哭起来。有的像"哭亲人"似的一边哭，一边诉说着："啊哟阿珍娘啊，阿珍娘啊——想你在世好良心，为人厚道又热情，生前助人二百整，哪知帮助一个黑良心。阿珍看到存折起疑心，东打听，西问询，哪知人家不承认。如果你老有灵性，请你睁开眼睛指指明，或者开口讲一声，我们好帮你来查清。你临死被骗走二百元，替你想想真伤心，啊哟，真伤心啊——"

亲友哭声阵阵，小华坐立不定，不敢走近遗体，他想：我来的目的已经达到，刚才"哭亲人"中有一句话："阿珍看到存折起疑心"，说明不是第三个人告诉她的。只要没有第三个人知道，这二百元钱除非老太婆还魂来讨！

从火葬场里出来，小华特地到浴室洗个澡，除除晦气，洋洋得意地回去。来到房门口，将门一开，"哗——"一阵风吹进房间，奇怪！新买的电视机背后轻悠悠、轻悠悠地飘起一根白颜色的棉纱线，棉纱线连着一张黄草纸。小华又惊又疑，急步上前，拿过黄草纸一看，上面写了四句诗："借我二百整，速速还阿珍，若存抵赖心，休怪我无情。"下面具名：卖葱姜老太太。

"啊？！"小华看完，两眼一黑，一阵慌乱，只感到一颗心好像跳到了喉咙口，在蹿上蹿落。去火葬场之前，窗是他亲手关的，门是他亲手锁的，小华抬头望望天花板，天花板上没有一丝光，说明二层楼的地板缝道全部钉没了。再朝后客堂的板壁看看，年久失修，板壁缝道细的像鞋带，阔的像裤带，这样的缝道不要说一张草纸，就是一刀草纸也塞得进来。会不会刚才我没有向遗体告别，引起阿珍疑心，丢张黄草纸，借她娘的口，来试试我的心？嗯！世界上鬼是没有的，但是搞鬼的人还是有的。小华想到这里，心神反倒安定下来，他将黄草纸折叠好放进口袋，不露声色，若无其事。

第二天是小华厂休，他与女朋友事先约好粉刷新房间。原来打算用些涂料刷刷的，如今改用贴墙布了。小华想：我把板壁缝道全部贴没，看你阿珍还有什么东西可以塞过来。

越是稀奇的事越是传得快，这二百元的"无头案"早已惊动了整条里弄。人人同情阿珍，个个为死去的卖葱姜孙老太太抱不平。里弄干部也积极排线索、查疑点。从孙老太太到银行取款的日子算起，整条弄堂只有小华买进过电视机。而且有人来反映说：小华买电视机前曾托人借过钞票，现在电视机买来了，会不会就是向孙老太太借的钞票呢？里弄干部为了摸清情况，决定找小华谈一谈，就把他请到了里委会。

里委会就在小华家隔壁。小华临出门，特地把窗关好，将门锁上，看看板壁，也已经全部贴没。心想：只要闯过今天这一关，里弄干部下趟就不会再来纠缠不清了。

小华来到里委会，当里弄干部一提起二百元的事，小华就暴跳如雷，"霍"地站了起来，提高了嗓门喊叫起来："同志啊，我不知怎的踏痛了人家的尾巴，有人存心想害我，冤枉我借过二百元，反正阿珍娘死了，死无对证，这不是存心要我背一世的黑锅吗？同志，你们对死人负责，也要对我活人负责啊！"

里弄干部不防备小华会来这一手。找小华谈话，只是有疑点，要讲证据还不足。现在小华这么一闹，里弄干部只得反过来劝慰他："别急，是红是白，我们了解后会弄清楚的！"

小华从里委会出来，心想：笃定了，里弄干部手中没证据，下趟不敢再来找我了。他回到房门口，将门一开，"哗——"一阵风吹进房间，奇怪！新买来的电视机背后，轻悠悠、轻悠悠地又飘起一根白棉纱线，电视机上又有一张黄草纸。

"啊？又来了！"小华惊惶不安地拿起黄草纸，只见上面写得密密麻麻：写小华是怎样开口向孙老太太借钱的，孙老太太是怎样到银行去领出款子的，小华是怎样请了病假回家来拿这二百元的，孙老太太又是怎样在靠窗的台子前数钞票的，小华接过钞票又是怎样谢孙老太太的，而且怎样保证三个月内如数还清借款的……那天借钞票的前前后后,黄草纸上写得眉是眉,须是须,有板有眼。黄草纸的最后还写着:如果你小华欺侮阿珍,存心赖账,我就到阴曹地府告状,我与你在阎罗殿上当面对质!下面具名:卖葱姜老太太。

小华看到这里,只感到脊梁骨上凉嗖嗖。借钞票那天,阿珍还在海丰农场,绝对不会知道得这样详细,如此看来,真是出鬼了!小华捧了黄草纸,越想越怕,吓得面孔煞白,手脚冰凉,两眼发直,额角头上的冷汗,好像六月里的阵头雨,大的像黄豆,小的像赤豆,一颗一颗在落下来;人像泥塑木雕似的,一动不动,站在房间当中。

这时,小华的女朋友莺莺下班回来。莺莺和小华,真是一个半斤,一个八两,是一对"宝货"。当初赖账,一个吹箫,一个捏眼,真所谓一个调子,一个心思。今天她下班后想来看看新房间粉刷得如何了,一进门,见小华口不开,人发呆,好像一根蜡烛插在房间当中,就问:"喂,怎么,青天白日见鬼啦?"

"莺莺啊,我真的大白天碰见鬼了!"说着,把黄草纸递给莺莺。莺莺一看,浑身汗毛根根竖立,哭丧着脸,顷刻间成了只"煨灶猫"。

莺莺想:这间新房是给我新娘子用的,现在我还没住进去鬼倒先来了,我还敢当新房?!莺莺把黄草纸朝小华手里一塞说:"快,快去找阿珍。二百元钱我们一定在三个月内还清,请她帮帮忙,叫她娘不要再来了。"

看来赖是赖不掉了!唉,竹篮打水一场空。小华只得垂头丧气去找阿珍。此刻阿珍正在里委会与里弄干部商量这二百元的事。小华见他们人都在,心想:叫我如何开口呢?刚才我趾高气扬满口"冤枉",现在一百八十度大转弯,全部承认下来?小华感到两片嘴唇有千斤重,开不出口。他朝四周看看,心想:这里是阳间,不是阎罗殿,再说阿珍娘又不在,我何必要全部承认呢?这家伙真是鬼迷心窍!他走到里弄干部和阿珍面前,说:"阿珍娘在世时,我向她借过一百元钱,不是二百元。所以,你们说二百元,我就搞糊涂了。我借的这一百元,保证在三个月内凑齐,如数还你。"

阿珍是个老实人,心想:小华既然承认一百元,还有一百元可能是别人借的,我们也不能冤枉小华。阿珍说:"小华,我马上要回海丰,以后你将钱交给里委会,请他们寄给我。"

"可以可以,邮费全部由我来付。"小华见阿珍相信,心想:我又赖着一百元了!他在里委会坐了一会儿,寒暄几句,便走回家里来。到了门口,见莺莺坐在靠天井的门边,正低头在勾台布的花边,心想:莺莺坐在房里静悄悄的,看来太平无事了。小华跨进房间,从窗外吹进一阵风,"哗——"小华本能地抬头朝电视机方向一看,"啊?!"一根白棉纱线又在电视机背后轻悠悠、轻悠悠地飘起,电视机上又有一张黄草纸动了动。小华想:咦,又来了?他三步并作两步上前拿起黄草纸,上面又有四句诗:"明明借二百,为何讲一百,非要当面对,方能弄明白!"

"什么?我刚刚承认一百元,老太婆已经晓得了?"

黄草纸下面还有一行小字:当心,今夜三更我来和你对质!

小华看完,转身问莺莺:"刚才我去找阿珍,你离开过房间吗?""没有,我一直在勾台布,没离开过一步。"

"有谁来过?"

"没人来过。"

小华听完,只感到头里嗡嗡响,身体直摇晃:"莺莺,完了!我与你夫妻做不成,今夜三更就要分手,你要做孤孀了!"说着,把第三张黄草纸递给了莺莺。

莺莺接过一看,明白了,她慌乱地脱下手腕上的表,对小华说:"你的表也摘下。两只表总值二百元吧!先押给阿珍,等我们筹齐了二百元再去赎。你求求阿珍,千万不要叫老太婆再来了,我吓不起,再吓下去,苦胆也要吓碎了!"

这时的小华,只要莺莺讲啥,他就做啥。他拿了两只表来到里委会,见阿珍、里弄干部都还在,他将表往桌子上一放,说:"我承认,阿珍娘的二百元都是我借的。现在我拿来两只表作抵押,等我筹齐钞票再赎。"

阿珍和里弄干部一时间都弄不明白了，心想：小华一会儿神气活现地不承认，一会儿又含含糊糊地承认借过一百元，现在又失魂落魄地拿表来作抵押，这到底是怎么一回事？阿珍疑惑地问："小华啊，你到底借过几百元？"

小华一听阿珍的口气，怀疑自己不止借二百元，这下他急了："阿珍，我真的只有借过二百元，只有二百元啊！你们不相信，喏——"他摸出三张黄草纸，摊在桌上，"这就是证明，是阿珍娘亲笔写的，只有借过二百元。"

在场的人看了黄草纸都奇怪起来：孙老太太已经死了，死人怎会写字呢？阿珍更不相信：娘生前是个文盲，与我通信，都是请别人写的，怎么一故世，不但摘掉文盲帽子，还学会写诗了？阿珍对着黄草纸摇摇头，说："不是我娘写的！"

小华见阿珍不相信，急了：现在唯一能证明我只借过二百元的，就是这三张黄草纸。阿珍不相信，再来第四张黄草纸，叫我还三百、还是还四百啊？"阿珍，阿珍，黄草纸真的是你娘写的，是真的啊……"

正在小华尴尬万分时，门外进来一个人，她是阿珍的同学，叫素琴，也住在二十五号里。素琴一进门就对小华说："小华，你承认了二百元，黄草纸就不会再来了。"

大家听了，不觉一怔。素琴又说："三张黄草纸都是我写的！"

原来，素琴就住在小华的楼上。当她得知小华要将前客堂做新房间时，心想：地板上都是一条条缝道，万一拖地板水漏下去，弄脏了新房间要惹是生非，所以她弄来一些薄铁皮，打算把地板缝道钉没。

那天，素琴正要钉铁皮，从地板缝里看下去，只见卖葱姜孙老太太正在数钞票借给小华。孙老太太死后，阿珍急着查问二百元的下落，素琴想站出来做证人，可是她听阿珍讲已经找过小华，小华说了"死无对证"之类的话，素琴这才明白，小华是存心要赖账，即使自己当证人，万一他死不认账，仍然无济于事。她想了又想，才决定布个"鬼讨债"的迷魂阵。她撬起一块已钉好的薄铁皮，把黄草纸从楼上放了下去。谁知素琴写了第一张黄草纸后,小华竟在隔壁里委会大吵大闹,于是素琴就写了第二张,接着又写了第三张。

谜团解开,小华顿时满脸血红,说不出有多窘,说不出有多羞,头越垂越低,恨不得找个地洞一头钻进去。

阿珍知道了事情的底细后,和颜悦色地将表还给小华:"小华,只要你学好,二百元等你有了再还我好了!"

小华见阿珍如此宽厚、慷慨,禁不住流下了两行热泪,吐出三个字来:"我错了……"

(黄宣林)
(题图:陈柏荣)

恐怖邀请函

王刚大学毕业,找工作接连碰壁,索性做起了"啃老族",整天呆在家,时间一长就感到了无聊,他从网上订购了一个高倍望远镜,无聊的时候就架起望远镜,对面楼里的男男女女仿佛就在眼前,看得特清楚。

有天晚上,王刚通过望远镜看到了有趣的事情:对面六楼的一个房间,晚上十一点左右就有两个女孩跳舞,只是窗户上挂了一层薄薄的窗纱,两个女孩美妙的舞姿若隐若现看不清楚。而且两个女孩只在晚上跳舞,白天从来不跳。

一连好几天,王刚看得入了迷,这天吃了晚饭,王刚关上房门,又对着六楼架起望远镜。到了11点,两个女孩准时出来跳舞,王刚正看得上瘾,两个女孩忽然停止了舞蹈,猛地拉开窗帘,两张披头散发、布满血污的脸立刻出现在王刚眼前,王刚看得目瞪口呆,接着出现了更恐怖的一幕:只见一个女孩右手抓住左胳膊,一下子把左胳膊扯了下来;另一个女孩把腿高高地跷起,用力一扯,居然扯下半条腿。两个女孩,一个举着胳膊一个举着腿,不停地朝王刚挥舞……王刚吓得眼前一黑,瘫坐在地上,等王刚回过神来,再通过望远镜望过去,对面已经拉上了厚厚的窗帘,什么也看不到了。

王刚吓得浑身打哆嗦,窥探别人,竟然看到了女鬼!

那晚以后,对面六楼的窗帘再也没有拉开过。煎熬了两天两夜,王刚实在受不了了,这天早上,王刚决定到对面问个究竟,他战战兢兢来到六楼,鼓足勇气敲了几下门。门开了,一个老太太探出头来,对着王刚上上下下地打量,问:"你是张英和张丽的朋友?"

王刚这才知道两个女孩的名字,急忙点头称是,老太太让王刚进了屋,房间里拉着厚厚的窗帘,阴森森的,客厅的墙上挂了一张大大的合影照,两个身穿舞蹈服的女孩,笑得春光灿烂。

王刚正看得出神,老太太在旁边絮絮叨叨地说起来:"两个孩子是双胞胎,都喜欢舞蹈,谁能料到,大学毕业出去旅游,出了车祸,车从山上掉了下去,一车人摔得血肉模糊……"

老太太嘶哑的嗓音在房间里回荡,照片上的两个女孩瞪着双眼直直地看着王刚,王刚吓得大叫一声,转身就跑。

王刚一口气跑回家,心还怦怦地跳个不停:两个女孩死了,自己真的见鬼了!这两个女鬼会不会缠住自己?王刚一整天失魂落魄,不知道如何是好。到了傍晚,忽然听见敲门声,王刚小心翼翼打开门,门口站了个八九岁的小女孩,手里拿着一封信,说:"两个姐姐让我给你送一封信。"说着把信递给王刚,蹦蹦跳跳地走了。

王刚把信撕开,见里面是一张慈善晚会的演出票,票上画了两个披头散发的女孩。王刚有点摸不着头脑,这难道是两个女鬼派人送来的?思前想后,王刚决定去看一看,反正演出现场这么多人,两个女鬼也不能把自己怎么样。

按照票上的地址,王刚来到了剧场,现场人山人海,热烈的气氛让王刚稍微放松了些,他左顾右盼,希望看到跳舞的女孩,可又怕看到她们恐怖的脸。

演出了几个节目,忽然,舞台上出现了那两个女孩熟悉的舞姿,王刚心里"咯噔"一下。这时,主持人上台说:张英、张丽是双胞胎姊妹,都是学舞蹈的,可不幸出了车祸,姐姐张英断了一条腿,妹妹张丽断了一条胳膊,都成了残疾人,可她们两个自强不息,不但找到了适合自己的工作,业余还坚持练习舞蹈,给大家奉献精彩的节目。观众听了,舞台下立刻响起雷鸣般的掌声,王刚恍然大悟,也激动地鼓起掌来。

节目演完了,王刚买了两束花去后台,给两姐妹道歉,张英和张丽都已经卸了装,假肢就摆在身边。两人见到王刚窘迫的样子,都爽朗地笑了。

张丽笑着说:"我们晚上练跳舞,经常发现对面楼上有镜片的反光,以为是个大色狼,就和奶奶商量了,想吓唬他一下,没想到吓着了你,奶奶怕你出事,才让我们给你送去了演出票。"

王刚听了,激动地说:"我要向你们学习,明天就去找工作,再也不做这种无聊低级的事情了。"

(赵忠华)

(题图:顾子易)

复仇亭

这天下了班,彭奇接到杨亮的电话,说想一起吃个饭。彭奇和杨亮是好朋友,分别在两家公司上班,已多日未见,所以见面后,两人寒暄了几句,便找了一家酒馆去喝酒。

几杯酒下肚,杨亮就连连叹起苦经来,说今天他被顶头上司狠狠骂了一顿,这活真不是人干的,一个小小的芝麻绿豆官,就对他颐指气使,威风十足。

彭奇则劝他:"我们是打工的,没办法呀,要挣钱,就只能忍。"

不过杨亮发了一通牢骚后,心情好多了,端起酒杯,对彭奇说:"你说得对,咱们出来打工,难免要受气,人在屋檐下,不得不低头哇!"

接下来,两人说了不少各自的开心事,酒就喝得有味多了。

喝完酒,两人走出酒馆,这时已是夜色朦胧了,彭奇见杨亮有点步态踉跄,就决定送他回去。他们一边走一边说笑,一会儿,看到路边有个亭子,杨亮说要进去歇一下,彭奇就在路边方便起来。

可奇怪的是,等彭奇方便完回头一看,惊呆了:亭子里根本就没有杨亮!彭奇喊了几声,总算听到了杨亮的回答,但那声音好像离得很远。

彭奇大声问道:"杨亮,你在哪里?"

只听杨亮远远地回答他:"我自己回去了,你也回吧!"

既然这样,彭奇也就掉转头来,自顾自地回家了。

可他没料到,一场突如其来的变故从天而降……

第二天上午,彭奇还在宿舍里睡觉,有人把他喊醒了,睁眼一看,床边站着公司的保安,还有两名警察。彭奇吓坏了,揉揉眼睛,不知是怎么回事。

一个警察问他:"你是彭奇吧?昨天晚上你在哪里?是不是跟杨亮在一起喝酒?"

彭奇说:"是啊。"

警察要彭奇把昨晚喝酒时的情形讲述一遍,彭奇如实说了,然后急着问:"出什么事了?"

警察告诉彭奇,今天凌晨时分,杨亮闯进他打工的公司宿舍,用刀刺死了一个人。

彭奇一下子跳起来,急促地问:"那个人是谁?"

警察说是杨亮工作的那个车间里的班长。据其他同事说,这个班长昨天因工作原因批评过杨亮。彭奇听了,连忙对警察说,昨晚一起喝酒时杨亮确实说过这事,不过当时只是稍微有点不快,并没有显得很激愤呀,这可太奇怪了。

警察走后,彭奇发起了呆,有点反应不过来。彭奇对杨亮太了解啦,这人是典型的乐天派,平时很少忧郁,偶尔遇上不开心的事,略微沉闷一下也就过去了,他怎么会为这个事去杀人呢?

不过警察的话不会假呀，彭奇随后就赶到公安局，提出能不能见见杨亮。这当然不行，于是彭奇就又去杨亮的公司，希望了解点详细情况。结果得知，事发时的过程其实非常简单：大约凌晨三点左右，杨亮进了公司宿舍区，敲开一个房间的门，来开门的正是那个班长，杨亮二话没说，拔出一把刀子就扎了过去……

据在场的同事说，杨亮当时就像个僵尸一样，目光直直的，脸上毫无表情；他杀完人后，房间里曾有人抓起一个塑料凳子砸他，但塑料凳"砰"地碎了，而他的身子竟然一动没动，那塑料凳就像砸在石头上一样；而且，杀完人后杨亮也没有跑，就在门外的走廊上呆着，直到警察赶来把他控制住。

彭奇听了，简直没法想象当时的场面，杨亮这么一个性格善良的小伙子，怎么会突然之间变得如此凶残呢？

过了两天，彭奇从电视里看到了杨亮，只见记者把话筒递到杨亮面前，问他为什么要杀人，杨亮嘴唇颤动了半天，才吐出一句话："我没有想杀他……"

记者说："可你毕竟杀了他呀，这是为什么？"

"我……我不知道……"杨亮随即低头沉默，再也没有开口。

彭奇看着这一切，只能替杨亮叹息。

这天，彭奇下了班走出公司，有个人来找他，是杨亮的弟弟杨明。杨明在一家酒店当服务员，他是要去拿哥哥留在出租屋里的东西，因为没钥匙，就来找彭奇，他记得哥哥有一次说起过，因为忘性大，所以特地留了把钥匙在彭奇手里，以防万一。

彭奇决定陪杨明一起去。

杨亮的出租屋在城乡接合部，中间的一条沙石路正在改建公路，还没建好。两人在这条路上走着，一会儿，又经过了那个亭子，彭奇就把那天夜里的情景说了。杨明听了觉得挺奇怪：我哥怎么会不跟彭奇打招呼就自顾自走了呢？

到了出租屋，清理完东西，杨明和房东结账，谁知为多付一天房租的事,他竟和房东争吵起来。彭奇劝了好一会儿,总算把两人劝开,然后拉了杨明就离开出租屋,又顺着那条沙石路回城。

一路走着,杨明背着东西有点累,半路上经过那个亭子时,他就想歇一歇。这时,彭奇的手机响了,彭奇随手将他帮杨明拿的东西往地上一放,就站在路边接电话。可谁知等他接完电话回头,突然发现杨明不见了。彭奇叫了几声,远远听到杨明对他说:"彭奇哥,你走吧,不要管我。"

彭奇突然想起了那晚的情景,吓得赶紧问:"杨明,你现在到底在哪里啊?"

杨明告诉他说:"我要去杀人——"

"什么……你要杀谁?"彭奇顿时大惊失色。

可随后,彭奇就再也听不到杨明的声音了,打他的手机也不通。彭奇心急火燎地拔腿就朝前追,可追了好久,也没看见杨明。

现在怎么办,去报警吗?可就凭杨明一句含糊的话报警,这不妥吧?警察怎么会相信?彭奇迟疑着,不知如何是好。此时天已经黑了,彭奇只好先回自己的宿舍,在忐忑中过了一夜。

第二天,彭奇就听说西郊发生了一起凶杀案,有个房东被杀了。当得知凶手就是杨明时,彭奇像被当头猛击了一棍,他暗恨自己昨晚怎么没有想到。可是再一想,当时杨明也不过就是和那个房东争执了几句呀,怎么会因此而杀他?真是太奇怪了。

警察很快又来找彭奇了,因为杨明杀人前曾和彭奇在一起。彭奇只好又将当时的情景讲述了一遍。警察问杨明,在发生争执后,杨明有没有说过要报复房东之类的话。彭奇想了想,摇着头说:"没有哇,一句也没说。我怕他生气,还劝过他,他反而说这是小事,根本不会在意呢。"

警察也觉得很奇怪:"就是这么一件小事,杨明居然会杀人报复?太不可思议了。"

确实匪夷所思啊!此时,彭奇不能不想到那个亭子,杨亮和杨明都在这个亭子里呆过,会不会是中了什么邪?但彭奇担心自己说了,会受到警察批评，这不是太荒诞不经了吗？谁会相信就这么一个亭子会让人中邪？准会说是自己在替他们哥俩开脱。

但是，彭奇自己却越来越对这个亭子充满了疑惑，他决定要进去看个究竟。

那天，他顺着沙石路来到亭子前，先站在外面打量它。这亭子三面有墙，正面敞开，很像一只张开的大嘴。他正站在那里出神，忽然听到亭子里面好像有人在招呼他，但问题是亭子里并没有人呀！这是怎么回事？疑惑间，他抬脚就向亭子里走去。

就在这个时候，背后有人在叫他："小伙子，别进去！"

彭奇回头一看，是一个老头。老头一边急急地朝他走来，一边喘着粗气对他说："你知道吗，这亭子里不干净，年轻人进去，可能会中邪。"

老头告诉彭奇说，早在几年前，这亭子里发生过一起凶杀案，三个二十来岁的年轻人，为了报仇而杀死了一个人。这场血案发生后，这亭子就变得十分诡异，年轻人进去后常常会变得很疯狂，打架、杀人，做出不计后果的事来。

"我有个侄子，本来很温和的一个人，去年突然和人打架，把人家好好一个人给打残了。亲朋好友怎么都想不明白，后来才知道，他进过这个亭子。"

老头让彭奇别进去，还说这个亭子不久将会被拆除。老头好意劝告一番后，就走了。

老头的话，让彭奇恍然大悟，看来是那几个年轻人杀人后，在亭子里留下了凶戾之气，彭奇于是便赶紧离开亭子。

可是走出一段路后，他忍不住又回过头遥望。蓦然间，他的心里冒起了一个特别的念头，这个念头令他恐惧，可也让他兴奋，踌躇许久，他终于下了决心……

彭奇马上打电话，约同事邢小毛出来一起喝酒。彭奇和邢小毛在一个办公室工作，平时关系虽说一般，但在彭奇的热情邀请下，邢小毛也就欣然赴约来了。

在一个小酒馆里,两人喝了一斤白酒。酒酣耳热之后,彭奇说要请邢小毛去看一处奇异的风景,邢小毛此时已是半醉,便高兴地跟着彭奇走。

两人来到那个亭子边,彭奇指指亭子,叫邢小毛进去瞧瞧。邢小毛打着酒嗝进去,一会儿,他出来了,但神色已经异常,喘着粗气,眼睛血红。

彭奇知道情由,故意问他:"小毛,你怎么啦?"

邢小毛嚷嚷着:"我要去找仇人,我要报仇。"

"你的仇人是谁?不会是杨经理吧?杨经理只不过是扣了你两个月奖金而已呀!"

"对,就是杨经理,他凭什么扣我奖金?"邢小毛大吼一声,然后掉转身子就朝着来路急急奔去。

此时,彭奇心里一阵兴奋。这个杨经理,是彭奇和邢小毛的上司,平时神气活现,作风霸道,不仅扣邢小毛的奖金,也扣过彭奇的,所以彭奇今天要借邢小毛之手,报一报自己心里的这个仇。望着邢小毛远去的背影,彭奇乐得哈哈大笑,他得意地从口袋里掏了支烟出来,可刚按下打火机,火苗就被风吹灭了,于是他下意识地走进亭子,那里风小。

可是,就在彭奇一脚跨进亭子的时候,猛然间,一股浓烈的异味钻进他的鼻孔。什么味儿?血腥味!彭奇这才突然意识到自己进了亭子,他立刻急着想退出去,此时忽见墙上出现了朦朦胧胧的影子,在诡异地晃动着。

彭奇仔细一瞧,那是三个人影,手里都拿着长刀。其中一个问他:"你为什么还不去杀人?"

彭奇疑惑地问:"杀谁?"

那人说:"当然是你的仇人!"

彭奇糊涂了:"仇人?我的仇人是谁?"

那人"嘿嘿"一阵冷笑:"当然是你的情敌!"

情敌?彭奇觉得自己好像没有什么情敌,但就在一瞬间,他突然想起来了,没错,他有情敌,就是邢小毛。于是,彭奇觉得怒从脚底起,恶向胆边生,他大吼一声:"邢小毛,我要杀了你……"

墙上的三个人影立刻异口同声地发出一片赞赏："对，快去杀了他！"

彭奇正想冲出亭子，谁知这时候邢小毛却突然跑了回来，冲着彭奇叫道："我想起来了，杨经理出差了，我先不找他，我要找你，你也是我的仇人！"说着，他举起棍子劈头就朝彭奇打来。

彭奇吓了一跳，赶紧闪身躲过，想跑出亭子，但邢小毛守着亭子出口，根本不让他跑。这下彭奇慌了，一迟疑，肩部就被邢小毛打中一棍。

只听得墙上那三个影子一片欢呼："打得好，快把他打死！"

影子们一喊，邢小毛的眼睛更红了，就一棍接一棍地朝彭奇打来。彭奇躲闪不及，脑袋上连挨数棍，痛得眼前金星直冒，他心里的火"腾"地直往上蹿。

这当儿，邢小毛又一棍打来，彭奇情急之中一把抓住棍子，猛一用力，把邢小毛拖过来，顺势将他摔在亭子的角落里。

棍子到了彭奇手上，而邢小毛一时还没爬起来，墙上的三个影子又开始为彭奇助威："好哇，你赢了，你才是好汉！现在该是你打他了，快打，打死他！"

彭奇的眼睛里喷着怒火，他高高地举起了棍子，但棍子没有落在邢小毛身上，只听"咚"的一声，却打在一个影子的脑袋上。

影子顿时一阵惊叫："你往哪里打呀？"

彭奇愤怒地吼道："我就是要打你们，你们这些恶棍，活着报复杀人，死了还在这里作恶。我们就是中了圈套，才自相残杀，我不上你们的当了！"说着，他照着墙上的三个影子一阵猛打……

不知打了多少棍，亭子里终于安静下来了。

彭奇停住手，喘着粗气一看，墙上三个影子已经没有了，邢小毛坐在地上，揉着摔痛了的屁股，正望着他发呆："彭奇，我这是……怎么啦？"

彭奇告诉邢小毛，他们刚才成了仇人，差点拼个你死我活。

其实，彭奇和邢小毛之间根本没有什么仇，只是都喜欢公司里的一个女孩而已。

彭奇给邢小毛从头至尾说了这亭子的故事，邢小毛一听，真是后悔不已。

彭奇说，刚才他自己也有一股子压抑不住的冲动，要想一棍子打死邢小毛，但正在那一刻，他突然发现墙角落里出现了另一个人影，浑身是血，举着两手朝他直摆，示意他住手，他马上明白，这一定就是当时被三个歹徒杀害的那个人，于是拼命控制住了自己，转而向三个影子发起攻击。邪不压正，三个影子终究被吓退了。

但彭奇也很愧疚，因为他毕竟想到过要利用这个亭子鼓动邢小毛报复杨经理。彭奇为自己曾经产生过的歪念而惶恐不安，他决意要摈弃这种一时的恶念，从今往后好好做人。

(沈银法)
(题图：谭海彦)

善人村

有一年岁末,警长小岛和妻子夕子到温泉去度新年。他俩乘上火车,风驰电掣地往温泉开去,不料半途山体滑坡,阻塞铁路,火车只得停驶。

眼看铁路一时难以修通,小岛为此感到懊恼。就在这时,突然有个人拍了拍他的肩膀:"警长,你好!"小岛一看,此人叫植村,与自己同在一个局里工作,因为两人不在一个部门,平时接触不多,植村给小岛的印象是个朴实忠厚的刑警。

两人寒暄过后,植村建议道:"到我们善人村去过年吧!那儿风景美丽,待客热情,绝不比温泉差。"小岛征求了夕子意见后,接受了植村的邀请,于是一边取行李准备下车,一边向植村打听村名的来历。

植村介绍道:"我们村坐落在深山里,四面环山,树木茂密,像个世外桃源,村里人淳朴善良,和蔼可亲,从不发生纠纷,一人有难,大家帮助……"

小岛插嘴:"哦,听起来倒像中国古典小说里的'君子国'!"小岛说了这话,忽然见对面座位上有位穿皮夹克的年轻人两眼望着他,当小岛的视线与他相对时,那年轻人立刻把脸转向了车窗外,小岛心里一个"咯噔",不免觉得有些奇怪。

三个人下了火车,在植村带领下绕过坍方地段,走了一段路,来到前方一个小站,那儿有个老人正坐在马车上等待植村。老人见来了客人,立即跳下马车,热情相迎,待大家坐好后,马车便向山里进发。

这时天渐渐暗下来,山风习习,寒气袭人,夕子冻得直打喷嚏,赶马车的老人当即脱下身上的大衣,定要夕子穿上,夕子感到盛情难却,连连道谢后穿上了。大衣带着老人的体温,夕子心里顿觉热乎乎的,她第一次感受到善人村村民的热情和温暖。

大约半夜时,马车到达善人村,六十多岁的村长热情地欢迎小岛和夕子,还特地在"公民馆"举行接风宴会,席间宾主频频举杯,满屋欢声笑语。

饭后,村长邀请他俩到他家里住宿。村长夫人名叫君代,是个三十来岁、长得很美的女人,由她亲自引小岛和夕子登上二楼,把他俩分别安顿在两个干净的房间里。

小岛一个人睡下后,觉得又冷又寂寞,正想叫住在另一房间的夕子过来同睡,就在这时,听到有人上楼的脚步声,他赶忙把刚伸出的半个身子缩进被窝。

一会儿,房门开了,只见村长夫人君代穿着睡衣走进来,微笑地对小岛说:"先生,一个人睡,一定很冷吧?我来陪陪您。"说着,便跪下解腰带。见这情景,小岛惊得不知如何是好。君代很快脱下睡衣,露出雪白的肌肤和丰满的胸脯,利索地钻进被窝。

小岛吓得急忙坐起来,结结巴巴问:"你、这是……什么意思?"

君代不慌不忙地回答:"这是我们村迎接客人的规矩。怎么,您对我不满意吗?"

小岛正尴尬,房门被推开了,夕子眯着眼走进来,睡意蒙眬地说:"小岛,好冷……我跟你一起睡吧!"君代见了夕子,赶紧从被窝里爬起来,披上睡衣溜了。

君代一走,夕子瞪眼说:"我要不来,你就和村长太太睡在一起了。奇怪,他们怎么这样招待客人呢？"

小岛咕哝道："听说爱斯基摩人过去有这样的风俗……"

第二天上午，小岛和夕子在村里游逛。小村群山环抱，溪流潺潺，风景很美。村庄中心有一个小广场，一群男人正在那儿干活，他们用两米长的木板子围成直径十米的围栏，四周搭起阶梯式的看台，像是为举行新年庆典准备的。小岛和夕子沿一条小路登上后山，穿过一片绿树林，来到一处足有五十米高的悬崖边。

两个人正在观赏这令人心悸的悬崖时，突然从背后闪出一个穿皮夹克的青年。小岛定睛一看，认出此人就是在火车上坐在对面座位上的那个人。青年很有礼貌地朝小岛鞠躬道："对不起，打扰您了。我叫三木，在火车里好像听说先生是警长，我想告诉您一件事：一年前，我那当记者的哥哥死在这里。警察局说是自杀，但我不信。我接到他死前写给家里的信，说善人村生活非常开心，晚上有漂亮的太太陪睡，他怎么可能自杀呢？"

凭职业习惯，小岛详细询问了三木后，才告别回村。而三木不肯进村，继续留在山上。

小岛和夕子回到村子里，忽然看到一处屋檐下坐着一个年轻女子，只见她长长的头发披盖在瘦削的脸上，衣服像乞丐一样又破又脏，眼神幽灵似的闪着光。小岛和夕子感到奇怪：善人村怎么会有这样无人关心的可怜人呢？

回到住处，吃过午饭，小岛和夕子在屋里议论上午碰到的怪人怪事。夕子无意间走向窗口，突然发出一声惊呼，小岛立即冲过去一看，只见窗下站着刚才碰到的那个脏姑娘，此刻她正目光炯炯地望着窗口，一副关切和焦急的神情，与上午的呆板相比判若两人。她似乎想说什么，又怕被人听到，显得惶恐不安，忽然她捡起一根树枝，急急在地上写了三个大字"会被杀"，接着赶紧用脚擦掉，转身匆匆走了。

小岛和夕子惊疑不定，他俩似乎感到了善人村潜伏着威胁！为了避免束手就擒，小岛决定下山向警察局求援，留下夕子找脏姑娘摸清底细。

当小岛找到村长,还没说到正题,只见一个村民慌慌张张跑进来,见小岛在场,愣了一下,才附在村长耳边不知说了什么……

村长表情严峻地告诉小岛,树林里死了个过路人,得去看看。小岛灵机一动,要求同去,村长答应了。他们出了村,上了山,走到上午小岛去过的绿松林里,一看那躺在地上的死者,竟是三木。三木咽喉处裂开一个大血口,很显然,是被人杀害的!

小岛又惊又怒,但他没有显露出来,他大脑急速飞转,得体地要求送尸下山,让死者亲人认领。出乎意料的,村长竟立刻同意了。

下山前的晚餐十分丰盛,菜上了一道又一道,还有在东京都难以吃到的优质牛排。饱餐之后,小岛和两个村民赶了马车运尸下山。小岛坐在马车上,凝神观察着前方道路,突然脑袋被重重一击,"轰"的一下,就昏了过去。

等小岛醒过来时,还感到眼前直冒金星,后脑勺火辣辣地疼。他睁开眼睛,就着昏暗的灯光,发现自己躺在一间小屋的地上,身边躺着还昏迷未醒的夕子。

小岛叫醒夕子,夕子告诉他,她也是被打昏后送来的。两人意识到目前处境十分危险,这个村是用对待死囚的办法对待他们的——给你吃好,玩好,然后……

这时门开了,植村走了进来。小岛像见到救星似的急忙叫起来:"植村,快救我们!"

哪知植村紧绷着脸,两眼射出怕人的光,突然举起手中的猎枪,对准小岛命令道:"不准动!"

小岛愤慨地问:"你这是干什么?"

植村冷酷地说:"你们是祭品,快要升天了。你们升天后,上苍会保佑我们村不遭灾难,兴旺发达!"

"胡说!植村,你骗我们来善人村,原来是要害我们。可是别忘了,你是刑警!"

"刑警怎么啦?刑警也是人。作为善人村的子女,他要服从善人村的传统习惯。环境对人的影响是决定性的！你们见到村里的疯姑娘了吧？她的未婚夫在东京上大学，回村后竭力主张废除杀人的祭祀，村里人被他说动了心，那一年没有杀人，不料第二年便遭水灾，山洪冲走了五六个村民。大家认为这是上苍对废弃祭祀的报复，于是就找那个大学生算账，逼他跳了悬崖，姑娘也发了疯……"

"因此，你就死心塌地当杀人帮凶？"小岛嘲讽地说，"你们就不怕警方发觉吗？"

植村"嘿嘿"一笑，得意地回答："人死了，我们就报意外死亡，被狼咬死的，失足落崖的，这儿的警察局从不怀疑。比如昨天死的那个年轻人，我们报被狼咬死，其实是我们杀死的，谁叫他来调查他哥哥的死因呢？"

这时响起公鸡报晓的声音，植村朝窗外看了一眼，说："时间到了，请不要恨我，我们已经尽最大努力招待你们了。"

这时，进来两名壮汉，植村命令道："先抓女的！"一个壮汉走上前，老鹰逮小鸡似的架起夕子就走。小岛跳起来阻拦，被另一个壮汉一拳击倒在地。与此同时，村里"咚咚咚"响起了恐怖的击鼓声，鼓声一停，欢呼声响彻云霄。

小岛急红了眼，正要冲向前与植村拼命，植村突然"啊"一声倒在地上，背上露出一把尖刀的刀柄。小岛一看，啊，原来是那个装疯的姑娘闯进了小屋，指着植村对小岛说："把我未婚夫推下山崖的就是他，你快逃走！"

"不，我要去救我的妻子。你会驾马车吗？"

姑娘说："会！"

"太好了！请你把村里的马车赶到下山的路口，等我救出我的妻子，我们就一起逃下山！"

姑娘走了，小岛抓过植村的猎枪，便向围栏跑去。

小岛远远望见夕子被押着绕坛示众，急得心都要跳出胸膛了，他脚步如飞地向前奔去。此时，全村人坐在看台上疯狂呼喊，以发泄一年来积压的不满和憎恨。当小岛赶到时，夕子已被押进通道，推进圈里，村民们正全神贯注地看着夕子,谁也没发觉端枪的小岛溜进通道。

小岛打开木门,顿时紧张得发抖,只见一头大灰狼正龇牙咧嘴地嚎叫着向夕子进攻。村民们齐声狂呼:"咬死她,咬死她!"夕子顽强地用皮靴狠踢恶狼,保卫自己。

小岛抑制住激动,端枪瞄准恶狼,可是人与狼绞成一团,使他不敢贸然开枪。突然夕子跌倒,恶狼纵身扑到她身上,张开大嘴就咬。在这千钧一发之际,只听"砰"一声枪响,恶狼脑袋开花,鲜血与脑浆迸飞⋯⋯

夕子绝处逢生,扭头一看是小岛,立即爬起来,紧随小岛穿过通道,向村口奔去。

村民们见了大惊,顿时"轰"全站起来,怒吼着,犹如一片汹涌的波涛,向他们的"逃犯"追去。

小岛边逃边回身射击,阻止了追兵的速度,终于和夕子冲到村口,跳上了姑娘驾驭的马车。姑娘把缰绳一收,一声吆喝,马车便如飞地下山,向目的地警察局奔去⋯⋯

小岛回头望着越来越远、越变越小的善人村村民们,感慨万分地自言自语:"可恶的虚伪!伪装善良的残暴实在太叮怕了⋯⋯"

(原作:赤川次郎 改编:杨承烈)

(题图:李 加)

太阳下的幽灵

飞来横祸

杭州湾有个远离县城的村庄,相传上古年间,有条神龙在此栖遁。老辈人引以为豪,取名叫"卧龙村"。

在卧龙村的龙头上住着一户人家,丈夫金大谷,年方三十,典型的农村汉子,长得腰粗膀圆,浑身牛劲。他承包了10亩水田,天天在泥水里打滚;妻子温亚妹,是个温顺贤慧的农村妇女,在乡办工厂当工人;母亲金大妈,一辈子烧香敬神,老人家天天祈求老天爷保佑合家太平;刚刚六岁的东东,是全家人的掌上明珠。这孩子长得虎头虎脑,十分逗人,聪敏、懂事。这些年,全家靠手指头上抠,牙齿缝里省,含辛茹苦盖起了一幢上下全新的楼房。每当月上树梢,三代人齐聚在宽敞舒适的阳台上,打趣逗乐,哄着东东跳舞唱歌,嘿!这小日子过得真叫甜蜜蜜,乐融融。

每当布谷鸟一叫,金大谷就和母亲起早,一头扎进田里。照往年规矩,小东东就由在工厂当车工的温亚妹带到厂里。

这一天,温亚妹低着头在紧张地车螺丝,在一旁玩耍的东东见母亲累得满头大汗,就从工具箱上拿起一条毛巾,蹦蹦跳跳地送过来,不料,脚下一滑,"扑"一头栽倒在废铁屑堆里,顿时痛得他"哇"一声哭起来。

温亚妹听见儿子的哭声,赶紧关了车,急慌慌奔过来一看,立刻心痛得直打哆嗦:只见儿子脸蛋上被铁屑扎得东一条,西一块,渗出一颗颗血珠。温亚妹立刻抱起儿子用舌头舔,又拿出毛巾来回擦。谁知越是擦,东东哭得越厉害,嘴里嚷着:"痛呀!痛呀!痛死我啦。"温亚妹见儿子拼命喊痛,急得眼泪掉了下来。

东东见妈妈哭了,反倒止住了哭泣,伸出小手去揩母亲脸颊上的泪珠,边揩边说:"妈妈别哭,东东不痛了,东东不哭了。"说完,挣着下了地,一颠一颠地走了。

东东仅仅是擦破点皮,这在农村谁也没当一回事,慢慢地就算过去了。3天后的一个夜晚,温亚妹在睡梦中忽然被东东的哭叫声吵醒了,她赶紧用手摸摸儿子的额角,并不烫手,她以为是东东在说梦话,就轻轻地哄着:"东东别吵,东东乖,快睡觉。"哪知东东一反常态,双手抱住脑袋"呜呜呜"哭个不停。金大谷干了一天农活,累得浑身像散了架,正在好睡时,被儿子无缘无故吵醒了,恼得他举手打了儿子一屁股。

温亚妹心痛地狠狠瞪了丈夫一眼,然后从床头柜里抱出个洋娃娃,哄道:"东东听话,爸爸干了一天活,很累很累,你抱着小弟弟睡,不吵不闹,让爸爸睡个好觉。"东东听话地慢慢住了哭泣。

过了不到一刻钟,东东又轻轻地呻吟起来,温亚妹把儿子搂在怀里,东东就凑着母亲的耳朵说:"妈妈,东东痛,东东脑袋里有根针,痛死了!"温亚妹这才紧张起来,她怕吵醒丈夫,灯也没开,抱起儿子,摸黑朝乡卫生院奔去。

到了乡卫生院,温亚妹挂了急诊,值班医生睡眼蒙眬地问:"小孩生了什么病?"

"医生,孩子直喊头痛。"

值班医生粗粗一瞧,见东东额角上有几道已经结了疤的小伤口,便挥挥手,埋怨道:"擦破点皮也值得黑灯瞎火地找上门来,涂点红药水回去吧!"

第二天,金大妈见孙子额角微微红肿,心里不由得多了个疑问:眼下正值清明,阴界大小鬼魂都要出来游荡,东东会不会让鬼附了身呢?想到这,老太太浑身起了一层鸡皮疙瘩,她一面埋怨媳妇不该擅自将东东送医院,一面摆案点香,把头磕得咚咚响。

虽说给神仙烧了香,许了愿,但东东的头痛仍未见好转。金大妈见阴魂缠着孙子不放,急得从箱底里摸出一叠钞票,决定去找刘巫婆帮忙。

刘巫婆已经六十出头,凹前额,凸眼睛,圆鼻头,薄嘴皮,平时常穿一身黑衣黑裤,来时一阵风,去时一道影,说起话来总让人觉得后脊梁上凉飕飕的。别看她模样吓人,可方圆几十里,不少人对她敬如神仙。为啥?刘巫婆能拜神问仙,驱鬼治病,而且还特别灵!金大妈就亲身碰到过一件事,那是个清明节,她上完坟回家,觉得脖子突然不能动了,便去求刘巫婆帮着捉鬼。刘巫婆当着众人的面,一面打卦念咒,一面用干枯的手在金大妈脖颈处推来推去,不一会,又从神案上拿过一把大刀,粘上一张画有咒符的黄裱纸,然后口中念道:"天帝敕令,五鬼走避,万病根除,大吉大利,急急如律令!"念完这些,刘巫婆朝黄裱纸上喷了一口水,大叫一声,大刀朝下一劈,高声喊道,"鬼被我杀死了!"

众人围拢来一看,果见黄裱纸血迹斑斑,再看看金大妈,脖子能动了,众人不由肃然起敬。金大妈从此对刘巫婆崇拜得五体投地。

现在金大谷见母亲取钱,知道老人的用意,有些犹豫地问:"妈,是不是巫婆、医院一齐找,两面看看,多一道保险。"

金大妈脸一沉:"又要胡说了,东东是遇上鬼了,医生哪治得了?你看,东东上了趟医院病不是更重了?"

温亚妹见婆婆对自己有气,忙劝丈夫道:"大谷,听妈的话,求神保佑贵在心诚,你别再胡思乱想了。"

刘巫婆的家不远,这里正准备翻造新楼,院里院外堆满了建筑材料。金大妈祖孙三人踏进那间阴森森、黑魆魆的房子,只见仙台上红烛高烧,烟雾环绕,在那幡帏遮掩的神龛里供着个稀奇古怪的泥菩萨。

刘巫婆此刻正端坐在神案前念咒,她听见有响声,微微睁开眼。金大妈忙恭恭敬敬地递上一个红纸包:"仙婆,求您……"谁知她话没说完,刘巫婆突然"啊呀"惊呼一声,连红纸包都顾不上接,起身就朝房里走去。

巫婆捉鬼

刘巫婆这声惊呼,吓得金大妈和温亚妹魂飞魄散,双腿一软,双双跪倒在地:"仙婆救命,仙婆救命啊!"

刘巫婆回头看了一眼东东,摇摇头长长叹了口气:"唉,救人一命,胜造七级浮屠,你们快起来吧。我老太婆一向以替人解忧排难为本,这孩子多可怜,今天我搭上老命也要想法救他呀!"

金大妈感恩不尽地将红纸包塞进刘巫婆兜里,刚想开口说什么,一抬眼,只见刘巫婆脸露凶光,龇牙咧嘴地冲上来,一把抓住东东的头发,朝上拎了拎,大叫一声:"不好!这孩子印堂发暗,额角发紫,犯冲啦!"

金大妈见孙子果真撞上了鬼,直觉五雷轰顶,万箭穿心,她顾不得哇哇哭叫的孙子,一把抱住刘巫婆的大腿,苦苦哀求道:"仙婆,您有仙术,快帮我们问问,是哪路神撞住了东东?"

刘巫婆放下东东,叹了口气:"不瞒你们说,你们一进门,我就看出来了,这孩子是被他爷爷的阴魂缠住了。这些年他爷爷孤身一人在阴曹地府太冷清了,他很喜欢小孙子,所以想拉东东去作伴哩。"

一席话说得婆媳俩抱头痛哭,直哭得刘巫婆心也软了,她开口道:"唉,别哭啦,不过事情很棘手,我还得先替你们去天宫走一遭,求求玉皇大帝大发慈悲,然后……"

金大妈一听这话，如同黑暗中见到一丝光亮，她没待刘巫婆话落音，就对她一边千恩万谢，一边慌忙掏出钱来放进那只红箱子里。

刘巫婆又开口说："我去了天宫，若得到玉帝准许，还要下地府，你要不要给东东爷爷带点东西去？"一句话提醒了金大妈，她赶紧爬起来，往隔壁走去。

隔壁有爿日杂店，里面什么东西都卖，店老板就是刘巫婆的男人，外号叫"钱瘸子"。他听金大妈一说，显得很关心的样子说："哟，东东爷爷怪可怜的，你可别惹他发火呀！你得多买些东西，他满意了，就会放过东东了。"

此刻的金大妈还有什么不依的，掏出袋里所有的钱，"钱瘸子"递来什么，她就买什么，整整买了一大兜东西。

刘巫婆见东西齐备，又对婆媳俩一本正经地吩咐一番，这才慢慢地走到神案前神态虔诚地坐定，然后伸出双手向上一举，突然她两眼一翻，口吐白沫，人像着了魔似的变得疯疯癫癫，嘴里不住地喊着："天马天马快快走，天马天马快快走……"

东东没见过这阵势，刘巫婆这番举动吓得他脸都变了色："妈妈，我怕、我怕，我们回家吧，我不要这个人看病。"

金大妈忙捂住孙子的嘴巴："别说话，仙婆已经上天了。"果真，刘巫婆一会儿尖嗓门，一会儿粗嗓门，仿佛在和谁说着话，可声音含混不清，谁也听不清楚。

也不知过了多久，才见刘巫婆声音越来越低，连连打了几个呵欠，伸了几下懒腰，吐出一口长气，慢慢恢复了人样。

金大妈见刘巫婆回过神来，心情紧张地问道："仙婆，您辛苦了，见到东东爷爷了吗？"

刘巫婆捏了把鼻涕，擦擦嘴角的白沫，显得心事重重地回答："东东爷爷我见是见到了，带去的礼物他也收下了，不过……"

金大妈婆媳俩本来就紧张的神经更紧张了，忙问道："仙婆，东东爷爷怎么讲？"

刘巫婆面露难色，仍没开口，婆媳见了，又"扑"双双跪下，求她开口，这时，刘巫婆又长长叹了口气，说："唉，不告诉你们吧，灾难就要降临到你家头顶上，告诉你们吧，又怕你们经受不住打击，真叫人左右为难啊。"

"仙婆，看在我们一辈子诚心行善的份上，您就把事情告诉我们吧。"

刘巫婆被逼得没办法，只好说道："东东爷爷跟我说，家里那幢新楼的地基没选好，压在龙头施宫庙上，今后必然会家道衰落，人畜死净。东东现在头痛就是先兆。"

婆媳俩被刘巫婆这番话给吓傻了。金大妈又要朝口袋里掏钱，可掏了半天没掏出一分钱来，忙褪下耳朵上的金耳环："仙婆，我们一家和和睦睦，您总不能看着塌下去，快帮着想个办法吧。"

刘巫婆接过金耳环，不阴不阳地说："乡里乡亲的，我哪能见死不救？办法是有的，可是，可是不知你们是否愿意。"

金大妈连连说："只要能救我们全家，什么条件我们都依！"

刘巫婆好像下了很大决心似的说："好，那我就直说了……"

拆楼避灾

刘巫婆一本正经地说："刚才，东东爷爷让我捎给你们8个字。""哪8个字？""为保平安，拆楼避险。"

"拆楼？"

"对，而且越快越好。只有搬掉龙头上的楼房，东东的病才会好，你们全家才会平安无事。"

金大妈心乱如麻，她朝门外望望，自家那幢新楼醒目地竖在龙头上，这是全家的希望和幸福呀；她再转身看了看像只小猫一样偎在母亲身旁的小孙子，他是全家人的命根子呀。唉，金大妈思前想后，没有半点办法，只好点头同意。

金大妈婆媳俩抱着东东，拖着沉重的步子走到家，对金大谷一说，金大谷听到要拆他用血汗造起来的新楼房,比要拆他的筋骨还痛,他惊呆了。

虽说卧龙村香火很盛,家家户户都信神,金大谷和有些年轻人一样,长期来耳濡目染,也变得混混沌沌,但要按神的旨意拆掉楼房,一时间哪能接受得了。他把头摇得像拨浪鼓说:"不行,不行!咱为盖这幢楼,吃了多少苦,遭了多少罪,求爷爷,告奶奶,每个人身上都脱了几层皮,这容易吗?我不拆!"

金大妈叹了口气:"有什么办法呢?东东爷爷讲了,我们这楼压住了龙头,得罪了大神,迟早要遭殃的。"

这时候,躺在床上的东东有气无力地喊道:"奶奶,拆了楼,东东住哪里?"

温亚妹心痛地安慰道:"东东别怕,只要东东头不痛,楼房拆了,今后我们还能盖。"

金大谷看看白发苍苍,老泪纵横的老母亲,看看日渐消瘦,愁眉苦脸的妻子,再看看额头微微红肿,躺在床上呻吟的宝贝儿子,这个硬汉子,也不由鼻子一阵发酸,含着眼泪,一扭身跑到了阳台上。

月亮已经升上了树梢,在往日,这时便是全家最欢乐的时候,可现在笑声换成了啜泣声。金大妈望着抱头蹲在地上的儿子,泪眼巴巴地哀求着:"大谷,为了东东,为了全家,你、你就狠狠心吧。"

金大谷慢慢抬起头,脸上已经分不清是泪水还是汗水,他抬头说:"妈,这楼房是我们全家流血流汗造起来的,我怎么下得了手呀!"说着又抱着头呜呜地哭起来。

温亚妹见力大如牛的丈夫被折磨成这副样子,心里像刀剜一样难受,她劝道:"大谷,听妈的话,有了东东这根苗,楼今后还能盖。万一,万一断了这根苗,这楼房要它又有什么用?"

此刻东东弄不懂爸爸为啥不听奶奶和妈妈的劝,就天真地说:"爸爸,快拆吧,快拆吧,拆了东东的头就不痛了。待东东长大了,挣好多多钱,一定给你盖一幢好大好大的楼房。爸爸,东东的头痛呀!"

金大谷再也抑制不住,一把揽过儿子,紧紧地把他抱在怀里:"拆,拆!爸爸为了东东什么都舍得。"

第二天一早,金大谷一爬起来,就提了一瓶烈性酒,一盅一盅喝起来,此时虽说插秧季节已过,可金大谷被儿子的病已弄得六神无主,所以他承包的责任田里仍然是光秃秃的。眼下,他已顾不得田里的活,喝到太阳爬上山,他猛地把盅子里最后一口酒倒进嘴里,然后摇摇晃晃围着新楼转了起来。他一边走,一边用手抚摸着明净发亮的窗玻璃,用拳头敲敲雪白的墙壁,只觉得全身的血液在翻滚,胸口一阵发闷,"哇"地呕吐起来。温亚妹抱着东东忙奔过来,刚想问,金大谷突然"哈哈"一阵傻笑,抓起一把大榔头,一步一步朝楼顶走去。

走上楼顶,金大谷眼睛一闭,发疯似的举起榔头,就在榔头快要砸到水泥板的一刹那,他的手一抖,"当"榔头划了道弧线,轻轻地落了下来。

金大妈在下面看儿子好半天没动静,急得她大声喊:"大谷,别再犹豫了,心要诚,菩萨才会保佑东东病好。"金大谷见一家人可怜巴巴地看着自己,他觉得此刻儿子的命就捏在自己手里,为了儿子,他又把榔头高高举起,咬着牙,闭起眼,刚要往下砸,猛地仿佛耳边有人大声喊道:"砸不得!"吓得他一个趔趄,"扑"榔头又落到了地板上。

温亚妹抱着东东仰望着楼顶上丈夫如此模样,她完全体会得到此刻他内心的痛楚。她把东东递给婆婆,跑上楼来帮丈夫,不料这个平时干惯重活的农村妇女,今天一拿起榔头,顿时觉得心跳手软,怎么也举不起榔头。金大谷见妻子这副模样,走过来一把夺过榔头,朝地上一摔:"不砸了。"

"啊呀,那东东怎么办?"

金大谷双目圆睁,像只发怒的狮子:"砸,砸他娘个蛋。出钱雇人来砸!"

一幢崭新的楼房终于被砸掉了,可是东东的病情却日益加重,他发高烧,呕吐,成天只是昏沉沉地呻吟。金大妈看着不妙,赶紧又跑到刘巫婆家。

刘巫婆的新楼工程已经破土动工,看得出这幢楼规模很大,她还专门包了一个工程队,日夜赶造,十分热闹。此时刘巫婆见金大妈一家又求上门来，赶紧在神案前洗净手，取过一只课筒子，把几块竹牌用力朝八卦图上掼了几下，让金大妈抽了一根，全家人一看这签，顿时全傻了。原来签上写着：

白虎当头坐命宫，名利财帛总成空，

病逢仙丹奏效少，逢凶化吉诚惟重。

刘巫婆一边念，一边连连摇头："下下签，下下签。可怜东东这孩子是凶多吉少啊。"她的话一出口，全家犹如听到了死刑令，围着东东抱头大哭。刘巫婆安慰道："别着急，前三句虽是凶言，可第四句'逢凶化吉诚惟重'还有希望，只要你们诚心诚意，准能以诚驱凶，化凶为吉的。"

金大妈哭着说："仙婆，我们连新楼都拆了，心还不诚吗？"

刘巫婆想了想，说："让我再给你们看看。"边说边跑到天井里，看了半天天色，才惋惜地说，"你们拆了压在龙头上的新楼，大人的性命是保住了，可现在西南方有股很重的阴气直对着东东。看来要救东东命，你们还要去做一件事，不过这事嘛……"

"仙婆，只要能救东东，赴汤蹈火我们都愿意，您快说吧。"

刘巫婆说："我们是多年的老邻居了，抬头不见低头见，要是换个别人，我也不说啦。"

乞讨拒妖

金家全家不知刘巫婆要他们做件什么事，都屏声息气地站在她面前。刘巫婆看看他们，然后不紧不慢地说开了："最近，我家正动工盖一幢新楼。这幢楼取名'度生楼'，是为了普度众生，造福于黎民百姓。这幢楼盖好后，楼顶上安一块照妖镜，到那时妖魔鬼怪再也不敢进卧龙村了。"

金大妈见刘巫婆说了半天，还在圈子外面，就心急火燎地催道："仙婆，您到底要我们干什么？"

刘巫婆把那张"下下签"拿在手里，翻来覆去，盯着看了好一会才说：

"昨天，我去天宫谒见玉皇大帝，他告诫我说，现在西南方阴气太重，而我要造的度生楼阳气不足，需要有人去行善积德。玉帝要我派人沿卧龙村乞讨，让每户人家至少出一元钱，集全村人的阳气，压垮西南方的阴气，这件事你们能去做吗？"

金大妈听了心想：这卧龙村足有一千多户人家，让全家人抱着一个病孩去沿村乞讨，这能行吗？

她犹豫地问："是不是每户人家都要去？"

"有一户人家不给，就会前功尽弃，那东东的性命就……"

"这个，这个……"

刘巫婆脸皮牵牵："怎么，这种行善积德的事旁人抢都抢不到，你还挑三拣四……"

"不，不！仙婆，我们听您的，马上就去讨！"

回到家里，他们也顾不上休息和吃饭，做好了出去乞讨的准备，刚要出门，只见温亚妹脸色突变，"哇"一声，吐出一口黄水，人摇摇晃晃，好像随时都会倒下去。

金大谷见妻子这副模样，忙问："亚妹，你怎么啦？"

温亚妹此时右下腹钻心地疼，但她怕说出来，会分了全家人的心，就忍住疼，惨然一笑，说："没什么，或许是累了，我们出去讨钱吧。"

此时东东头颅已经肿得圆滚滚、亮晶晶，嘴巴、鼻子、眼睛都连成了一片。他在迷糊中听到大人的对话，喃喃地说道："妈，你别出去讨钱，东东有钱，爸爸快拿来。"

金大谷顺着儿子手指的方向，见橱上放着一只胖泥猪，里面有东东平时一分、两分攒下的零钱，忙取过来放到儿子手里。东东摇摇胖泥猪，里面叮咚作响，他脸上挤出了笑容说："妈妈，拿去盖新楼，东东要住新楼……"温亚妹一把搂住东东抽泣起来。

过了一会，在卧龙村村头出现了一支奇特而又惨不忍睹的乞讨队伍。按照刘巫婆的吩咐，前面是温亚妹，她手举一块白布，上面写着："各方慈主，救儿一命,大恩大德,永世不忘。"跟在后面的是金大妈,她双手捧着一只准备装钱的大铜盆;再后面是金大谷抱着昏昏沉沉的东东,一家人哭哭啼啼,跌跌撞撞地沿村一家一家乞讨过来。

东东生病,全家遭灾的事在卧龙村早已传开了,但他们谁也不敢得罪神,只有在一旁叹息,以至掉几滴同情的眼泪,如今见有了助一臂之力的机会,淳朴的村民们赶紧囊相助,你一元,我两元,不一会,铜盆里的钞票就越积越多。

金大妈一家拖着沉重的步子,连歇也不敢歇一回,挨家挨户乞讨着,他们的嗓子喊哑了,眼泪哭干了,全身的精力也耗尽了,只有那双麻木的脚,还在机械地一步步朝前挪动。眼看一千多户人家讨了大半,不料平地起风波,半路上碰到一户冤家。

谁?金家一个远房亲戚,他叫金四弟。好些年前,他们为分祖爷爷的遗产,两家发生过争执,为此还动手打过架,积下了很深的冤仇。今天,金四弟见金大妈上门来,不由得把大门"砰"一关,来个闭门不睬。

要在平时,打死金大妈也不会厚脸哀求,可今天情况不同,心头宝贝东东的命运都捏在人家手里,要是金四弟真的不肯掏钱,那东东也就没救了啊。想到这,金大妈也顾不得难堪,朝门缝里轻轻地求道:"他大哥,你有气要打要骂都行,看在东东面上,你就给一元钱吧。"

"哗啦",大门打开,露出一张干瘪的脸来:"现在想起我啦,你不是有办法吗?快走,我又没开钞票店。"

金大谷一听气得火冒八丈,金大妈怕儿子把事情弄僵,她用眼瞪了瞪儿子,仍旧苦苦求道:"他大哥,你就行行好吧。仙婆说了,若有一家不给,那东东就没命了。他大哥,我们给你下跪了。"

金大妈说着"扑通"跪下了,温亚妹见婆婆跪下了,忙捅捅金大谷的腰,金大谷长叹一声,无可奈何地和妻子双双跪了下来。

这时候,金家一家人周围,早围了不少人,有抹泪叹息的,有跺脚咒骂的,可现在钱要金四弟掏,旁边人是有力使不上,只好一个个忍住气,上来劝说。

金四弟见众人都支持金大妈，心里不免有点发慌，但要他掏钱，又觉得咽不下那口气，想了半天，终于理直气壮地说道："他们这是搞迷信，政府是禁止的，我不能支持！"

人们一听又"嗡嗡嗡"嚷开了："哎呀，你管他迷信不迷信的，你不相信就算了，可钱你得掏呀。"

金大妈见金四弟不肯掏钱，真是又急又怕，她不顾一切地说道："他大哥，我，我给你磕响头了。"说完，"咚咚咚"连磕三个响头，顿时额角上渗出血来。那些年老的妇女们，见了这副惨景，再也抑制不住感情，她们像有人指挥似的，也"扑通""扑通"跪下来，老年人一跪，那些年轻妇女，小孩和一些白发白胡的老头也齐刷刷地跪下来，一时间，偌大的空地上呜咽声，抽泣声响成一片。这下子金四弟吃不消了，他急得脸也白了："这，这是干啥？我又没说不给钱，这不是折我寿吗？"金四弟老婆赶紧拿出一元钱扔进了铜盆里。

村民们将金大妈一家扶起来，看着他们一个个衣冠不整，脸上挂着汗水泪水，走起路来摇摇晃晃，担心要出什么意外，就围过来劝道："金大妈，我们帮您去讨钱吧。"

"不！不！心诚才能驱邪，这种行善积德的事，旁人是代劳不得的。"

村民们没办法了，但他们还怕金大妈碰到麻烦，就齐声说："我们跟你一起去，再遇上哪家不肯给，我们帮着下跪！"于是一支更庞大的乞讨队伍又挨家挨户朝前移去。

卧龙村里有户乡党委书记的家，他姓高，常年在外，难得回家。今天正好回家休息，他爱人就跟他讲起金大妈一家的事，正说着，那支浩浩荡荡的乞讨队伍已到了他家门口。

高书记出门一看，心头不由沉甸甸的。他内疚地想：这些年光顾了喊生产、生产，竟把人们的精神支柱给忘到了脑后。他走过去轻轻掀开东东头上的纱巾，立刻眉峰紧蹙，暗叫一声：哎呀，这孩子已经昏迷不醒，再要拖延，必然性命难保啊。

黑鸦鸦的人群见高书记不吭声,以为他会拒绝掏钱,所以不约而同地一起跪了下来,嘴里虽然不敢说什么,可每个人的眼睛里都露出期待的目光。高书记觉得事情有点棘手,此刻要大谈破除迷信,对这帮虔诚的人来说,一时还难奏效。怎么办?亏得他有农村工作经验,从口袋里掏出5元钱,恭恭敬敬地放进铜盆里。金大妈见高书记高抬贵手,感激得淌着泪,又给高书记磕了三个头。高书记连忙单腿跪下,搀起金大妈,他的眼泪也禁不住流下来。他觉得身为乡党委书记,愧对卧龙村的父老兄弟!高书记又一把握住金大谷的手,恳切地说:"大谷同志,钱我给了,但我有一句话非说不可,再这样弄下去,东东没法救啦!"

金大谷平时对高书记很敬重,现在听他这么一说,把金大谷那颗迷糊得不知东南西北的脑袋给惊醒了,他好似刚刚做了个梦,醒过来想着梦中的情景,不由得牙齿格格直打战:"高、高书记,我,我该怎么办?"

不料还没等高书记开口,只听"扑通"一声,温亚妹终于支撑不住,一头栽倒在地。

高书记知道再这样下去,要出人命,赶紧威严地问:"这里有谁见过鬼的,请他站到前面来。"村民们见高书记动了怒,一个个吓得谁也不敢吭声。"既然谁都没见过鬼,那你们就忍心看着金家家破人亡?快,听我的指挥!"

高书记命人开来拖拉机,把温亚妹和东东直送乡卫生院。到了卫生院,医生一看东东这副模样,忙又让金大谷抱着,转送到省城大医院。

人妖之战

省城大医院里,医生们迅速地把奄奄一息的东东推进手术间。经过仪器检查,东东脑中有几粒黑乎乎的铁屑。这铁屑是怎么进入东东大脑的呢?说起来就是那天东东不小心跌倒在废铁屑堆里种下的祸根。原来,那时温亚妹见儿子头上尽是铁屑,就只顾心疼地用毛巾擦,这一擦,看上去把表面的脏东西擦干净了,实际上一部分擦断的铁屑在东东大脑里生了根,以后又由于误了治疗期，这些铁屑造成大脑感染化脓。现在待医生切开头盖骨，已经病入膏肓，显然无药可救了。

活蹦乱跳的东东终于被幽灵夺走了可爱的小生命，金大谷像个傻子似的呆呆地望着，忽然他看到儿子手里有块红红的东西，用力扳开一看，是块红积木，他耳中又响起了儿子的话："快帮东东搭楼房，一间给奶奶，一间给爸爸……"金大谷伸出那只曾打过东东一屁股的手掌，翻来覆去地看了半天，突然像疯子般地大叫一声："东东……"那只手拼命地敲打着自己的脑袋，哭喊着："东东! 东东!"

金大谷失魂落魄地回到卧龙村，走到自己的小楼前，那小楼早已拆得七零八落，留下的只是一些残墙断壁。金大谷扑倒在砖瓦堆上，捶胸顿足放声大哭。这时候，矮草棚里颤巍巍地走出个人来，金大谷定睛一瞧，是自己的老母亲。只见她白花花的头发蓬乱着，眼神呆滞，摇晃着走来。金大谷忙喊道："妈……"

金大妈耳朵似乎聋了，她撩了撩眼前的白发，痴痴地看了半天，才认出是自己的儿子，忙问："东东呢，东东呢？"

金大谷又抹开了眼泪："东东他……"

"怎么啦，要住院？"

金大谷不出声。

"你说呀，东东怎样了？"

金大谷实在忍不住了，不由得脱口说道："妈，东东死了。"

"啊!"金大妈闻听凶讯，两眼一翻，晕了过去。金大谷手忙脚乱，折腾了好半天，才把母亲弄醒。这时他才发现怎么没见妻子的影子，就问道："妈，亚妹呢？"

金大妈闻听，不由得又变了脸色："她，她……"

"妈，亚妹怎么啦？"

"我带你去看亚妹，我带你去看亚妹。"金大妈神情痴呆，蹒跚着慢慢地朝前走去。

走着走着，金大谷发现不对头，母亲怎么朝后山那埋死人的坟地里跑啊，他刚想问，金大妈"扑"地跪倒在一个新坟前，声嘶力竭地喊了起来："老天爷呀，我的命怎么这样苦哇？老天爷呀，我对你一片诚心，可你为什么要这样捉弄我们一家啊！"金大谷定神一瞧墓碑，不由得脑袋一震，瘫倒在地。

这是温亚妹的新坟！原来这些天她由于劳累，得了阑尾炎，但她为了儿子，硬咬牙坚持着，待以后发现，阑尾炎穿孔变成了腹膜炎，终因手术太晚而死亡。

母子俩在坟地上哭得昏天黑地，死去活来。这时，远处响起"劈叭、劈叭"的爆竹声，不一会，唢呐声也跟着响起来，金大谷茫然地问母亲："这是怎么回事？"

"刘巫婆家的度生楼造好了，正在办酒宴哩。"

"妈，我们沿村讨来的钱呢？"

"已经捐给度生楼了。"

"好，好！"金大谷突然干笑两声，站起身，拍拍身上的泥土，从口袋里摸出几张钞票来，"妈，这些天，我们没吃过一顿安闲饭，今天我去村头饭店，打些酒买些菜吧。"金大妈望了望儿子的脸，点点头。

不一会，酒菜买来了，他们在坟地前扫出块空地，放下四副碗盏，金大谷给母亲斟满酒，金大妈举起来一饮而尽："大谷，今后你一个人可要自知温饱呀，妈放不下心呀。"

金大谷也将酒一饮而尽："妈，您老人家往后要多保重，小辈们不能孝敬您了。"

金大妈反过来给儿子斟酒："大谷，让妈再看你一眼，瞧这些日子把你折腾成什么样喽。"

"妈，您不也是这样，这么大年纪……"

"别说了，妈老了，总是要走的。孩子，别忘了，让妈和小孙孙住一起……"

"妈，您说什么呀，快喝酒。"

"不，妈心里闷啊，像我们这样的人家，为啥会遭此大难？我不懂，真不懂!"

母子俩喝着说着,说着哭着,这酒也不知喝了多少时间,金大谷终于把酒瓶子朝远处一甩:"妈,我去有点事。"

"大谷,让妈再看看你。"

"妈,儿再给您磕三个头!"说着,金大谷"扑通"跪倒,一连磕了三个响头,然后爬起来,转身"噔噔噔"大步走了。

刘巫婆家的度生楼已经全部竣工,那古色古香,模样古怪的大楼,在卧龙村拔地而起,就像一只秃鹰,桀骜地窥视着全村的村民。在吵吵嚷嚷的人流散尽之时,金大谷拎着一只特大的塑料桶,踏着满地的爆竹残屑,缓缓地走进了大院。他在那扇古怪阴森的大门前停住了脚步,抬眼看看门上那副烫金的对联,只见上联写的是:"救民众脱苦海",下联写的是:"保生灵得平安"。横批是:"普度众生"。金大谷自言自语地读着,不由发出一阵冷笑,抬脚踢开门,闯了进去。

刘巫婆和钱瘸子送走客人,正手捧香茗,洋洋得意。这些日子,刘巫婆一家可称得上是春风得意。刘巫婆擅长装神弄鬼,但对医道也懂些皮毛,也能来点简单的推拿按摩,的确也让她治好一些病人,因此,人们都把她当仙婆供奉。自从金大谷家在龙头上盖起新楼,就好比在刘巫婆心口堵了个疙瘩,很不好受。她认为金家的楼房遮住了她家的阳气,破了她家的风水,一直想去掉这块心病。想不到瞌睡有人送来了枕头,东东这一病,给她创造了机会,几个回合下来,楼拆了,钱也骗到手了,真是如愿以偿。

就在刘巫婆和钱瘸子好不得意时,猛抬头,见金大谷像凶神恶煞一般闯进来,刘巫婆心头不由得"达达达"狂跳起来。她立刻稳住神,装着很遗憾的样子埋怨道:"大谷,我说捉鬼要心诚,你们把人朝医院一送,我的仙术可就彻底完啦。"

金大谷没理她,用眼瞧瞧四周,然后冷冷地命令道:"你们出去!"

"这、这是干什么?"

"你们出去!"金大谷又低低地吼了声,用力打开塑料桶盖子,"哗"将桶里的煤油全倒在仙台上。

刘巫婆和钱瘸子顿时明白要出什么事，一边过来拦，一边威胁道："你敢烧，那要吃官司的！"

金大谷哈哈一笑："怎么不说大仙动怒？你念咒吧，我等着。"

"大谷，大谷，千万别烧，我，我给你下跪。"

金大谷两臂一抖，把他们撞出老远，"嚓"划亮火柴，朝仙台上一扔，"轰"一团火光拔地而起。

刘巫婆他们扑了几下，见火势越烧越旺，只得拔腿朝外奔跑，边跑边喊："救火啊，救火啊。"

村民们听得喊声，拎了水桶跑出来一看，见是度生楼被烧，便都停在原地不动了。刘巫婆连连给众人作揖："大家帮忙呀，救下度生楼，全村都太平哟。"

起风了，风助火势，只见度生楼火光冲天，浓烟滚滚，大楼支架发出"格吱格吱"的声响，不一会，"哗啦"一声，度生楼像抽去了脊梁骨的癞皮狗，在火海中坠倒。

远处开来一辆吉普车，乡党委书记老高带着两个公安助理赶到，他们跳下车，看着被大火吞噬的度生楼，好半天才说了句没头没脑的话："可惜，可惜。"

这时，远处又有人惊呼："不好了，金大妈上吊自尽了……"

天空闪过一道霹雳，跟着又是一声闷雷，憋了许久、许久的暴雨终于铺天盖地地泻了下来……

（吴　伦）
（题图：杨天佑）

逃走的尸体

中心火葬场化尸炉要大修,两个月里不能火化。怎么办?总不能因为修炉,叫临死的人慢些断气,垂死挣扎两个月;也不能因此而关门停业,让死者家属自谋出路,来个"死人不管"啊!中心火葬场反复研究,决定请人帮忙,每天晚上八时后,将收下来的尸体运往远郊分场处理。

火葬场人员来到附近一个乡运输站,委托他们代招承包户,可是说来说去就是没人愿意承包这生意。为啥?怕!

真的没有浑身是胆的英雄好汉了吗?当然不是。

这一天,有个叫顾达光的运输专业户来接生意了。他一见火葬场人员就一撸长头发,伸出三个指头,每具尸体开价30元,有一具算一具。火葬场人员一听,开价这么高,吓了一跳,要求降低些。

顾达光咧嘴一笑,挤挤眼睛,撸撸鼻子,拉声拉腔地说:"30元一具还高?哈哈,这可不是装青菜、萝卜,你们想想,装尸体要接触死人,病菌要影响本人身体健康,这是缩短寿命的生意,我少活一年,至少要损失一万二千元;夜里在郊外开车,前面漆黑一片,后面死人一排,我开车时高度紧张,脑细胞加倍死亡,这营养要不要补充?人参蜂皇浆,啥代价?鸡、鸭、鱼、肉,啥行情?再说,装尸体可不比装货,不好堆,不好叠,一车能装几具?这些账,你们算过吗?老实说,没有点牺牲精神,谁愿来接这折寿减收的生意?30元一具,你们嫌贵,我还吃亏呢!要运,来寻我,不运,就算数,你们看着办吧!"说完,两手一甩,扬长而去。

又是三天过去了,还是没人来承包。时间紧迫,不能再拖了,火葬场别无他法,只好决定找顾达光拍板成交。

就在这个当口,有人向火葬场推荐,陆家宅有个陆文石,平时替人装货,价格公道,建议火葬场去找他试试。火葬场同志一听,喜上眉梢,立即问清了地址,就直奔陆文石家。

这陆文石是个二十五六岁的青年运输专业户,他身材不高,倒还壮实,为人随和,就是胆子特别小,一听请他装运死人,头摇得像拨浪鼓,变脸变色地说:"不行,不行,我最怕死的东西了,小时候踢着一只死狗,发了三天寒热,现在你们叫我夜里去装死人,这不是要我的命吗?"

火葬场同志道理说了千千万,好话讲了一大箩,他还是不肯点头。火葬场的同志倒也机灵,突然想到请将不如激将的办法,于是便假意冷笑一声,说:"真没想到,年纪轻轻怕死人,居然这么迷信,没出息。"

这话真灵光,陆文石顿时脸红了,头也不摇了。

火葬场同志一看有苗头,决定趁热打铁,拍拍小陆的肩膀说:"你放一百个心,我们火葬场的小姑娘,深更半夜一个人还洗死人呢,你这男子汉还不如个小姑娘?嗨嗨,装死人,安全太平。死人嘛,不吵不闹,不蹦不跳,不会挑精拣肥,不会说歹道好,车子停着没人敢偷,中途掉落无人敢拾。再说,死人复活的事就是真被你碰上了,你开车在前,装死人的车斗在后，尸体有塑料袋套着，他要走也走不上来，要发现，也得在到目的地之后呢。小兄弟，帮帮忙，你就支持一下吧！"说到这里，火葬场同志索性向陆文石摊了有人趁机提出高价装运的底牌。

陆文石低头想了好一会，才说："你们找我帮忙，也是看得起我，我只好拼死吃河豚，就试试吧！"当下签订了合同，讲定运输费每车30元。

就这样，每天晚上8点以后，陆文石开车到10里路外的中心火葬场装车，然后，将尸体送往40里外的分场，经过自己村庄附近三号桥时，停车回家吃点点心，喝口茶水，天天如此。很快两个星期过去了，平安无事，陆文石想想当初的顾虑，不觉好笑。

这天晚上，月色暗淡，迷雾茫茫，陆文石像往日一样，从中心火葬场装了六具尸体运往分场。谁知运到分场卸车时，尸体只有五具了，这下把陆文石吓得目瞪口呆：会不会是半路上震落的呢？想想不可能，车斗挡板一公尺高，怎么震也不至于把尸体震到路上去呀；那会不会是发运搞错，少装了一具呢？也不可能，今天都是自己亲手搬的，一次搬一具，一共搬了六次，清清楚楚！难道真的逢上死人复生的事了？可那尸体是用塑料袋套着的，就是活了，他跳车逃跑时，塑料袋总要抖下来留在车上吧，可现在车斗里却什么东西都没有。怎么办？死人既赔不出，又垫不上，看来只有一个办法：从原路去找。

陆文石向分场同志打了个招呼，满腹忧虑地开着车子，冒着茫茫夜雾一路寻去。

尸体真的逃走了吗？说起来也是奇事一桩。就在二三小时前，公路上的雾气还没现在这样大，正当陆文石把车子停在三号桥附近、回家吃点心喝茶时，有个黑影摇摇晃晃地走到车子跟前，朝驾驶室里张张，往后面车斗里瞟瞟，然后一咧嘴，嘻嘻一笑，再朝前后左右看看，随即蹿上车，拖了一具尸体，往水桥下面一抛。看着尸体随着水流籴啊籴啊籴走了，他又咧嘴嘻嘻一笑，这才嘴里轻轻哼着小调，迈着方步，一摇二摆地往前面村子里走去。

等那人慢悠悠地走到前面村庄时，夜里的雾气小了，他突然发现前面的水桥头旁有个东西在水面上汆啊汆啊，不由心中一喜：哈，运气运气，财宝汆到门前，这汆着的不是木料定是布匹。俗话说：汆来货，拿了富，不捞是戆大。他三脚两步，奔到水桥，蹲下身子，盘算怎样下手。他借着天上的月光、星光、水桥路灯的反光仔细一看，心里"咯噔"一跳，脚下一滑，"扑通"一声跌下河去。原来那汆在水里的东西，既不是财宝，也不是木料布匹，是他刚才抛下河的那具尸体。那尸体在水里汆了一阵，塑料包汆掉了，露出了真相，躺在水面上，面对面地望着他，水波一上一下，那胡须、头发一动一动，好像嘴巴也在一张一张地说："好哇，我在这里恭候你多时啦，快让我从水里上来，到火里去呀！"

那人要紧从水里爬上来，轻轻骂了一句"倒霉"，刚想把尸体推走，再一看，这不是本村的金牙阿四吗？他眼珠一转，自言自语地说："阿四啊阿四，这下好了，游泳游过了，身上也清爽了，我让你从'赴汤'到'蹈火'，请文石再为你服务一次吧！"于是，他把金牙阿四拖上岸，往肩上一扛，捎往陆文石家场地，正好发现文石家门口有根拄着晾衣裳的"节节高"，就把阿四尸体往上一戗，正好死人头被两根岔出的竹枝托牢，身子便稳稳当当地挺在那里。他前后一看，又咧嘴嘻嘻一笑，得意洋洋地哼着小调回自己家里去了。

再说陆文石开着车子一直寻到陆家宅，还是不见尸体影子，再看四周黑沉沉、静悄悄，心里不免有点发慌，连方向盘都把握不住，险些把车翻到沟里。他不敢再找了，打算回家休息一会，等天亮再想办法。他在村前停了车，垂头丧气地往家里走去，快到家门口时，猛抬头见一个黑影站在自家门口。他咳一声："哪位？"那黑影不回答，他又连问数声，对方就是不理不睬。陆文石的神经也开始紧张起来，他大声喝问："你是谁？不要吓人！人吓人要吓死人的！"那黑影还是不理不睬。陆文石咬咬牙，硬着头皮，朝黑影一步一步走去，就在他快接近那黑影时，突然"呼"一阵风迎面吹来，那黑影顺着风势直向陆文石迎面扑来。陆文石吓得要紧伸手去挡，一碰到对方,只感到冰冰冷、湿漉漉、硬邦邦的,他吓得肝胆俱裂,刚喊了一声"救命",人就昏厥了过去。

在这更深夜静的时刻,陆文石一声急叫把村里人都惊醒了,大家要紧出来看,只见三天前送出去火葬的金牙阿四趴倒在地上,陆文石仰面朝天倒在一边,这一下真把大家弄得丈二金刚摸不着头脑。于是救人的救人,报案的报案,议论的议论,陆家门前场地上顿时人声嘈杂、热闹非凡。

天亮时,县公安局一老一少两个公安人员带了一条警犬,坐了越野车来到村上,这时,陆文石也醒了,便向公安人员报告了昨夜发生的一切。那位年长的公安人员沉思片刻,向年轻的那位耳语几句以后,就让警犬嗅了几下尸体,然后发出了搜索的命令。只见警犬嗅嗅陆文石,又嗅嗅金牙阿四尸体,便向周围看热闹的人群搜去,吓得大家缩手抽脚,纷纷后退。不一会儿,只见警犬咬住一个人的裤脚,"汪汪汪"地叫了起来。

那么,警犬拉出来的人是谁呢?原来他就是那位开高价运尸的运输专业户顾达光。

这时,顾达光被警犬拖出人群,已吓得面如土色,魂不附体,结结巴巴地说:"我、我……交、交代,我没、没有杀人,我、我只不过丢、丢……了个死……人。"

公安人员把手一招,叫他到村办公室详细交代事情经过。一小时以后,逃尸事件便真相大白。

原来,顾达光到嘴边的一块肥肉被陆文石以30元一车的低价揽去,他肚里那火就不用说了,但又不好明说,他暗暗发狠骂道:老子一具尸体30元,一车就几百元,你倒好,30元一车,这不是硬抢我的生意么!哼,你等着吧,看我怎么收拾你!

也叫事有凑巧,昨天晚上他从镇上喝饱老酒回家,见陆文石车子停在三号桥,就趁着酒性搬尸下河,想叫陆文石急得肚肠断脱,吓得心跳乱脱,寻得眼珠落脱,累得手脚软脱,让他名气臭脱,牌子倒脱,再赔掉一笔钞票,做上几次检讨,从今后不敢再搞运输。可是没想到,那个尸体又随着水流余到水桥头,于是他把阿四捆到陆文石门口,想再吓吓他,出出自己心里的闷气。

顾达光交代完毕,公安人员说:"走,跟我们上车!"

顾达光慌了手脚:"我、我没有杀人,我……扔了个死……人,扔死人也犯罪吗?"

公安人员说:"你盗窃尸体,污染水源,破坏生产,扰乱治安……"公安人员这四句话,"嘣、嘣、嘣、嘣"像四记闷棍,敲在顾达光的头上,他身上汗水直淌,眼前金星直冒,耳朵嗡嗡作响,身体瘫倒在地上。

(华伦其 赵克忠)
(题图:王原家)